U0466905

献礼建党100周年作品

柳西周
LIU XIZHOU

文 里◎著

时代出版传媒股份有限公司
安徽文艺出版社

图书在版编目（CIP）数据

柳西周/文里著.--合肥：安徽文艺出版社，2021.4
ISBN 978-7-5396-7087-4

Ⅰ.①柳… Ⅱ.①文… Ⅲ.①传记文学－中国－当代 Ⅳ.①I25

中国版本图书馆 CIP 数据核字(2020)第 230255 号

出 版 人：段晓静
责任编辑：汪爱武　　　　　　　装帧设计：张诚鑫

出版发行：时代出版传媒股份有限公司　www.press-mart.com
　　　　　安徽文艺出版社　　www.awpub.com
地　　址：合肥市翡翠路 1118 号　邮政编码：230071
营 销 部：(0551)63533889
印　　制：安徽联众印刷有限公司　(0551)65661327

开本：700×1000　1/16　印张：17.5　字数：300 千字
版次：2021 年 4 月第 1 版
印次：2021 年 4 月第 1 次印刷
定价：69.00 元

(如发现印装质量问题，影响阅读，请与出版社联系调换)
版权所有，侵权必究

一

　　淮土平原上,早春时节才遇暖就迫不及待绽放的是杏花、桃花,色彩艳丽夺目,就像十八岁姑娘明媚的笑脸,给春光添姿添彩。继而,泡桐花、苦楝花也紧随其后,相继绽放,把春天打扮得越发万紫千红,绚丽多姿。百花丛中,只有洋槐花姗姗来迟,在淅淅沥沥的春雨中,在黄鹂鸟悦耳的歌声里,于人们不经意间,悄然开放。是的,洋槐花跟那些花儿是不同的。它小小的花瓣,不像杏花那样惹眼,也没有桃花那般张扬。洋槐花是不声不响的、平平常常的,十分朴实,但又是不可或缺的。而且洋槐花并不像别的花那样,一朵一朵地开放在人们的眼前,而是一嘟噜一嘟噜,云朵般地浮在枝丫间。

　　人们走在淮土平原上,随处都能看到洋槐花淡雅的花瓣,闻到洋槐花甜润的清香。这还不算,洋槐花与其他花朵最不相同的地方在于:洋槐花不但能赏,还能吃!将洋槐花采下,拌上面粉后放在锅里蒸熟,再用盐和油调味,完全可以当饭吃。"洋槐饭"相当独特,是一道不可多得的美味佳肴,食后,唇齿间都散发出洋槐花那种淡淡的清香。

　　田野里与洋槐花交相辉映的是大片大片翠绿动人的麦田。早春时节的麦子,经过返青、拔节之后,便转入孕穗期,农学上称为生殖生长。这时还柔嫩的麦穗真像个胖娃娃,被麦叶包裹着,含苞待放,像极了谁家含羞带嗔的孕妇,怀着喜悦的心情,一点又一点地把麦壳中的籽粒慢慢填满。生长旺盛的庄稼满载人们的期盼,这一望无际绿油油的麦田,让人们对收获的日子充满了遐想。

　　2018年的农历三月初六,这样的早晨,对于淮土平原上界首市代桥镇茶棚村的村民们来说,本该是稀松且平淡的一天。天气干燥闷热,一丝风儿也没有，整个村庄上空像扣了一口铁锅，空气好像不流动了，让人几乎透不过气来。即便坐在那儿不动，身上都汗水直淌，要是去干活儿，穿在身上的衣裳肯定眨眼就湿透啦！这种天气，是茶棚村村民最不喜欢的。

你看他们的脸上个个表情凝重、悲戚，每个人的心里都无比伤心和难过。这不仅仅是因为异常的天气，更因为他们即将要送别一个"亲人"，一个比亲人还亲的人——柳西周。他将在今日安葬，永远和村民们生死两隔。

柳西周是茶棚村村干部，是村里的领头雁，也是茶棚村的村民们的当家人、贴心人，是几十年来，一直跟他们生活在一起、劳动在一起的大家长。多年的相处，他和大家建立了深厚的感情，成了他们生活中割舍不了、离不开的一个人。茶棚村的村民们谁都知道，柳西周的爷爷当过茶棚村的村干部，柳西周的父亲当过茶棚村的村干部，直到柳西周，祖孙三代都当过茶棚村的村干部。十八岁那一年，柳西周接替父亲当上了茶棚村的村干部，也在那一年入党。打那以后，他便雷打不动地一直坚守在这个岗位上，直到如今已经三十三年了。这三十三年里，他尽心尽力为茶棚村的村民们着想。为了让村民们能过上更好的生活，他一直勤勤恳恳、任劳任怨地奔波、忙碌。柳西周为村民们操碎了心，他把每一个有困难的村民都放在了心上。可以说，他将热血和生命，全部无私地献给了他的村民们。按说，刚刚五十一岁的他正处于壮年，本是正能干的时候。可他年轻时太过拼命，太不顾惜自己，身体的极度透支使他过早地走了，被迫离开了他万分热爱的茶棚村的父老乡亲！

柳西周真的离他们而去了。面对这个残酷的现实，茶棚村的村民们万分悲痛，不敢相信这是真的，不能接受这个现实。整个茶棚村的村民们都在悲痛欲绝地哭泣。头顶的苍天、脚下的大地、村庄的树木，都在为痛失柳西周而呜咽、啜泣，还有田野里无边无际的麦子，也在跟着默默地流泪……谁都割舍不了跟柳西周的感情，谁都不舍得让他离去，谁都想让他留下来，让他长长久久地跟大家亲切无比地生活在一起。

茶棚村村口，聚集了近千名村民，每个人的眼里都满含泪水。大家都对柳西周充满了留恋和无法割舍的深厚感情，他们自发地前来给他送行，送这个大好人最后一程。

人群里有种地大户柳西红。他是茶棚村柳大营人,也是代桥镇农技站站长。当初他搞种子攻关,却找不到几十亩合适的连片田地,是柳西周主动把他们村最好的一块田地提供给他,为他提供了有力的支持,两人也因此结下了不解之缘。柳西红哭诉道,西周啊,我的好兄弟,你让我的种子攻关田成功落户在咱村里,可到收获时,又遇到了难题——我找不到人收割!是你手拿镰刀及时赶过来,任自家麦子不收,也要先帮着我收割。再到后来,启用大联合收割机,都是你帮我打电话联系。如今你走了,往后我还找谁给我去联系?你在村里成立的种植专业合作社,推行绿色有机小麦的种植,连片一千亩啊!你让我当你的技术员,若是以后麦子发生了病害,我还找谁跟我一块去诊断啊……

人群里有返乡创业,已经在柳西周的大力支持下彻底摆脱贫困,走上致富路的村民柳云峰。他悲不自胜地哭诉道,西周啊,你可是我生活上最离不开的人啊!当年我家因为老婆的一场大病一贫如洗,出门在外的我也被迫返乡。你不但帮我申请了低保,还鼓励我对生活要充满信心,勇敢去向困难挑战。我回乡的第一年,你帮我转租过来了二十多亩地,后来又鼓励我创业。我有刮大白(就是在水泥的毛糙面上用建筑上使用的大白粉、滑石粉和纤维素的混合物将墙面和顶棚填补耗砂度刮平刷白)的手艺,你就让我在家乡专业刮大白。生活中你从不让我作难,曾多次在我困难时借钱给我。如今你这一走,我要再遇到过不去的难事,还去求助谁?我要再有拿不定主意的事,谁还能跟我分析,帮我定夺?

人群里还有在街上开饭店,如今生意红火的柳西锦。他也为失去柳西周而痛哭流涕。他哭道,我家是祖传的打铁匠,祖祖辈辈靠打铁为生。本来干我们这个行当的,应该是村民离不开的,可谁能想到,铁匠铺子也会关门呢?正在我走投无路也想外出去闯荡时,你及时赶来劝我、挽留我,让我在家创业。你听我说平时爱好炒菜,就建议我在茶棚街上开饭店。让一个打铁的人去开饭店,我没那个胆量。你就说,啥事不是人干的?只要你用心,只要你争气,你就一定能干得好!我信了你的话,于是边开饭店边跟人家学厨艺。也真像你说的那样,家常菜确实也没啥难的。我跟人家才学了半年,厨艺就大有长进,去我饭店吃饭的人越来越多。后来,你还发展我入党,让我成了跟你一样的人。我知道,你最爱吃我做的手擀面。你说打铁的人手有劲,擀出的面筋道,有味。我现在真想再做一碗好吃的手擀面端给你吃,可你却再也吃不上啦!

站在人群最前面的是回乡创业的有志青年柳玉强。他常年在外打工,年前刚拿着积蓄返回家乡,打算进行二次创业。他哭诉说,西周哥,我开始一直坚守在家养猪,整整养了十年,结果不但没挣到钱,还赔得血本无归。最后实在是被逼无奈,只得出门打工。咱村好多人打工,你都尽力挽留,但我朝外走,你却大力支持,并且还为我送行,直把我送到镇上。不过,你对我有个特别的要求,你说,现在我支持你出去,将来你在外边闯好了,闯出眉目了,我强烈希望你返回家乡创业,大干一场,做个家乡发展的引领者!我一直牢记着你这句话!如今我回来了,打算在家规模种植草决明,你也帮我转租过来了五百亩土地。可这咋还没等到我今年秋里播种上,你就先离我而去了?我永远见不到你啦!

人群里也有不少年龄较大,或者身有残疾,行动不便的中老年人。他们强撑着,磕磕绊绊的,也坚持赶了过来。

年逾八旬的低保户柳洪俊,满脸悲切,动情地说,西周啊,那一年我家发生火灾,是你拼着命冲进去,把我从大火中救出来的!你还正能干着,咋就在我前头这样走了呢?我的救命恩人啊!

村里八十六岁高龄的低保户老人李秀兰,哭得浑身颤抖。她说,我腿脚不好,人也没力气,地也不能种了。这几年,都是你帮我种,帮我收,去镇里邮局代我取钱。你是我们老人最离不开的人,最信得过的人!就是自己的儿女,也不一定能有你这样尽心尽力!如今没了你,我还能去依靠谁?

村里七十多岁的五保老人陶秀颖,老泪纵横地说,去年冬天的两场大雪,每次你都赶来给我清扫房顶的积雪。天那么冷,你的手、脸都冻得通红,你全然不顾自己受寒受冻,却把我们这些老人的冷暖放在心里。为了照顾我们这些老人,你天天操劳,日日忙碌。西周啊,你可是我们打着灯笼都难找的村干部啊!

七十岁的五保老人于秀真,也为失去柳西周而悲痛欲绝。她干脆把手中的拐棍扔掉,直接坐在地上,放开声地哭。她说,我是个失去丈夫多年的孤老婆子,我还是个不合群的倔老婆子。我性格古怪,村里人都不愿搭理我,只有西周你经常一趟一趟往我家跑,耐心地听我说话。是你把我的危房扒了建新房;是你亲口对我说,让我好好活,不用担心没人管;是你让我把你当成儿子,让我大小事都找你……可老天爷咋就把好人给收走了呢?今后我去哪儿找你?今后谁管我、顾我?我的日子又该咋过?

村里数柳西安家庭情况最特殊。他一家四口人,两个儿子都先天性身体残疾,生活不能自理,老婆还有精神疾病,整个家庭全依靠他,这让他肩上的担子万分沉重,可他自己的身体也不太好。正是柳西周对他的帮助和各方面给予的照顾,才让他家把难关渡了过去。如今,柳西周的骤然离去,让他心碎,他不禁泪流满面地说,你即使病倒昏迷不醒,嘴里还不停地念叨着我的名字。我知道,我家是最让你惦记的,也是最让你放心不下的。我们这一家人,你从来没瞧不起!你每天工作那么忙,还抽时间到我们家里看看。我们一家人的命,全是你救的。今后我家再遇到克服不了的困难,让我去哪儿找你?我家大儿子,每天都怀抱着你给他买的收音机,两天见不着你的人,他都会问下你。如今,你买的收音机还在,可你的人却不在了!往后时间长了,我的大儿子见不到你,他想你了,想见你,让我上哪里去找你呀!我的好西周啊,我的好兄弟!

二

  这是一支极长的送葬队伍,置身于人群中前不见头后不见尾。每个人都是自发前来送行的。每个人都在哀诉、痛哭,哭声就像天空滚过的阵阵惊雷,那少见的撕心裂肺的场面令天地动容。

  走在这支送葬队伍最前边的,是柳西周的儿子柳兆文,一个身材高壮的青年。他身着黑衣蓝裤,头戴皂白的孝帽,裤腿扎着绑腿,脚穿素白孝鞋,胸前紧紧搂着父亲的遗像。他肃穆地低垂着头,默默流淌着泪水,父子之间像在交流着什么……

  紧随其后的是柳西周的妻子刘凤英,左边是柳西周的女儿柳惠媛,右边是柳西周的妹妹柳兰英。她们也都穿着一身素白,胸前披着长长的孝巾,三人满脸泪水,为痛失最亲的人而悲痛欲绝!

  他们的身后,是村人自发拉出的白色条幅。一条写着:一心为民,两袖清风。另一条写着:西周,走好! 这是村民对自己的村干部品行最确切的总结和评价,也是他们发自心底最真实的情感表达。

  这支长长的送葬队伍,打柳西周家门口开始,顺着村路缓慢向前移动。他们走出了村庄,走向了田野,一直向着柳西周的墓地走去。

  要说人群中最为痛苦,最伤心哀绝,最难割舍的,自然是与柳西周相濡以沫、患难与共几十年的妻子——刘凤英。只见她匍匐在地上,双手捶地号啕大哭,满身泥尘也不管不顾。

  当初,她嫁给柳西周时,他家中一共七口人,只住着三间破旧的房子。她没要过他一分钱的彩礼,甚至她家屋里所用的方桌、箱子、大衣柜等,还是她结婚时娘家给她的陪嫁。她刘凤英从来不图柳西周什么财物,她喜欢的是柳西周的善良热情和无私。尽管柳西周身为村干部,这些优秀品质让所有人都赞不绝口,刘凤英作为村干家属也付出了许多努力和理解。

刘凤英本是一个富家女,母亲是极力反对她嫁到柳家的,因为柳西周身为村干部,整天在外奔波,他操的是全村的心,过问的都是村民的事,他心里装的、想的也全都是他的村民们。几十年来,他自己那些微薄的工资,也几乎都贴补给了家庭有困难的村民。自从刘凤英跟他结婚之后,几十年来他极少有时间在家。就连他们的两个孩子,无论是吃穿,还是读书,他都无暇兼顾。

可以说,他们这个家,全靠刘凤英一个人在支撑。好在她勤劳能干,啥样的苦都能吃,再重的活也能干。地里的庄稼,她一人种;地里长草,她一个人锄;麦子熟了,她一个人割,一个人拉。田间地头本是男人的活,她也照样能干。一个人在场里,丢下锨,拿起扫帚,一个顶俩,忙个不停。汗水浸透了衣裳,她也只用毛巾擦一下脸,缓一口气,便又埋头苦干。家里的活也是她,喂猪、放羊、烧锅、做饭、洗衣裳,她样样都干得得心应手,把一切都收拾得井井有条。

她心里就没有情绪、没有烦恼、没有委屈吗?特别是农忙季节,别人家地里干活都是夫妻两人,边干边有说有笑的,活儿也干得轻轻松松的。而他们家,却只有她孤零零的一个人。尤其是遇到风雨天抢收庄稼的时候,柳西周的心里只会惦记着村民的田地,最后才会想起自家的庄稼。刘凤英时常在心里嘀咕道,我给村干部当媳妇,却要比寻常人家女人多吃好多苦,多受好多累。

正当刘凤英产生这样的不满时,扭脸又看见柳西周打外边回来,她的气恼就不打一处来,不管不顾地开始跟他吵闹,向他发泄起心中的不满。

柳西周即使满身疲惫,遇到这种情况他也只是耐心地、温和地劝她说,谁让你是村干部的媳妇呢?没有你在后边给我顶着,我还咋当这个村干部,咋管村民的事?刘凤英听到这话也就气不起来了。

每当她累得浑身疼痛,身心疲惫时,刘凤英也会向柳西周诉苦。柳西周默默地听完,无奈又歉意地对她说,我心里边也想着帮你分担,帮家里挑重担，让你一个女人为这个家累成这样我也心疼，很不忍。可村里有那么多村民，有那么多需要帮助和管理的事情，我也分身无术，身为村干部，我要尽到自己的职责。我只能对你说，你嫁给了我，我却不能为你遮风挡雨，让你为这个家受苦啦！

丈夫如此劝说，她有多大的气恼也消了。

柳西周十分心细，刘凤英若是情绪低落，他便走上前给她鼓舞；见她心情郁结，他就说风趣话，把她逗笑。每当两口子终于有了为数不多的闲暇时间，他就开导她说，我觉得你打内心里还是想支持我把这个村干部当好的，是想让我尽一切力量让村民都富起来，都过上好日子的。我干好了，让村民满意了，获得村民的认同，你心里也是高兴的，脸上也是光彩的。你身体上虽然受苦了，可你的心里却是甜的哩！

可不管咋样说，谁活着都朝好处想，都往高里走，都要面对现实。刘凤英看到村里的男人纷纷外出打工都挣到大把的钱，日子也蒸蒸日上，而她家男人，只守在家里当村干部，不少受累，也没少辛苦，却没挣到啥钱，跟人家打工的男人相差很远很远。人家的生活大变样，她家的生活却还是老样子。别的奢望她没有，只是她家的房子，已经破旧得一阵风都能吹倒。家里的一双儿女也一日日长大了，于是翻建新屋子成了刘凤英最深的渴盼。可是家中种地获得来的微薄收入，只能够勉强支撑家里人的吃穿用度。翻建一座新房子，需要一笔大数目，这笔钱总是攒着攒着就被柳西周拿去救济村里的贫困老人了，房子也就一年一年地建不起来了。不为别的，就算为了建一座房子，她也不能让柳西周继续当这个村干部了。

刘凤英几次劝说柳西周不当这个村干部了，出去务工，攒点钱好歹将这安身的房子给盖起来。她的丈夫却思想坚定，不但不听她的，还反过来开导她说，手指头伸出来还有长有短呢！每个人的分工是不同的，我爷爷当了一辈子村干部，我父亲当了一辈子村干部，现在轮到了我。你可不要轻看这个不起眼的村干部，那可是上面千条线，下面一根针啊！村干部这个岗位非常重要，当好村干部不容易，当一个让村民能信得过的村干部，就更加困难了。我身为一名党员，必须严格要求自己。不管外面是金山还是银山，我都不会离开这个村的。任何时刻,我必须要经受住这个严峻的考验,决不能半道当个逃兵!既然村民选择了我,村民需要我,我就要坚定地把这份工作坚持下去。身为一名村干部,本身就是为一村子的村民服务的,怎么把一村子村民丢下不管,外出打工呢?

柳西周深知,为了支持他当好这村干部,刘凤英付出了平常人家妻子两倍的辛劳,作出了很大的牺牲,他很受感动,也过意不去。柳西周每每看到妻子疲惫的样子,总是会说,等我将来退休了,干不动了,我就天天陪着你。到时候我带你出去,咱旅游去,看看我们祖国的大好河山!

她一直把丈夫的话记在了心里。她不止一次地跟他说,你将来要带我这个从没出过远门的女人去旅游,让我开开眼呀,你可一定要说话算话!

柳西周总是深情地看着她说,知道,知道,你放心吧!我说过的话一定做到,我一定会实现自己对你的承诺!

这些对话刘凤英都清清楚楚地记着,而许下这个承诺的人却永远地离她而去了。

这个在男人背后苦苦支撑几十年,也同样为茶棚村的发展作出了自己贡献的女人,如今伏在那片四周种满了麦子的墓地里,哭得声嘶力竭。在她心里,丈夫的分量千斤重,她对丈夫有深厚的情义,有无穷的依恋和不舍。她挣扎着站起来,一步一步走到柳西周的棺材前,用颤抖的双手一遍遍轻轻抚摸着自己最亲爱的人的面容,口中喃喃道,你太累了,你为村民操劳了一辈子,现在终于可以休息啦!

当黄土将棺木一点点埋没时,刘凤英再一次暴发。她哭着,用嘶哑的声音哽咽着说,西周,西周,你不是说等你将来老了,不当村干部了,要带我出去旅游,你怎么说话不算话,就这样扔下我们先走了啊!家里没了你这个顶梁柱,让我们咋活呀?

柳西周这个从不食言、从不失信的人,这次却没能兑现给妻子的承诺。这么多年,无论他遇到的任务多么艰巨,无论他在工作中遇到多么难啃的骨头,或者是他的村民找他办多难办的事,他都从不食言,而这次他却留给妻子刘凤英一个永远不能兑现的承诺……

柳兆文紧紧抱着爸爸的遗像,他肃立在那里,耳畔又响起爸爸跟他说过的话:你是新时代的青年,就应该勇敢地回到基层来,到艰苦的地方经受锻炼。一个人应该有志向,有追求,有使命,有担当。要把你的生命和青春,还有知识和才华,毫无保留地奉献给家乡这片土地。柳兆文望着父亲的墓碑,暗下决心,他要带领茶棚村的村民一起发展,建设茶棚村,让茶棚村变得更加富裕,更加美好,让茶棚村的众多村民过上更加幸福的日子。他将作为新时代的有为青年,肩负起振兴茶棚村这个光荣又神圣的使命。他要带领茶棚村广大村民奋发图强,一路向前!

淮土平原上,茶棚村的土地上,又多了一座浑圆的新坟!

老支书张兴成,伫立在柳西周的新坟前,他身旁是柳兆文,两人不约而同地看向这遍地绿色、充满生机的麦子。张兴成擦了擦脸上的泪水说,西周,你看今年麦子的长势,肯定又是一个丰收在望的好年成!

三

柳西周生活在淮土平原上一个贫穷、落后,名叫柳大营的村庄。虽说柳大营是个不小的村庄,然而位于省、县最西北的位置,与外界连接的道路又被山村阻隔,导致柳大营"与世隔绝",当然茶棚村也是如此。在过去六七十年里,村里都没有一条像样的路。村与村之间,都是些弯弯曲曲的羊肠小道。晴天还好说,要是遇到阴雨天,土路就变得泥泞难走。不要说离开村庄,就是邻里之间互相走动都要避开雨天。因此,外边的人很少进来,里边的人也不轻易出去。这地方的村民,长年累月都被封闭在了家门口这片土地上。

柳西周少年时听从外闯荡归来的人说,市里和县里出远门都有轮船和火车,可他从来没有见过。柳西周的爷爷当了一辈子生产队长,他的父亲在村里当了一辈子会计。正因为他们家上两代人都是当村干部的,所以能认识到文化的重要性。尽管家里贫穷,爷爷和父亲还是想尽一切办法让柳西周到学校上学。

每个孩子的成长都跟他的家庭环境有着密切的关联。柳西周长大之后要做什么,他似乎早就有了打算。他见过爷爷吹着哨子,带领生产队社员下地干活;看见过父亲经常去大队开会,用算盘给村里人算账。他心里也向往着将来能像爷爷和父亲那样成为村里的干部。爷爷告诉他,当村干部很重要,也很光荣。从那时起当名村干部变成了他的唯一志向,是他年少时的目标,更是那个年代的青年人伟大的追求。

柳西周自幼就是一个聪明的孩子,打小就被爷爷和父亲用心培养,他学会了许多课本上没有的知识。在学校他非常热爱学习,读书也很刻苦。老师上课，他聚精会神听讲，回家做作业，他专心致志。家里当会计的父亲给他辅导学习时，总会念叨，你不但要语文好，还要算术好，只有文化水平高，生产队干部才能当得好。

柳西周每个字都写得横平竖直，工工整整。他的学习成绩一直排在班里前两名。正因为他品学兼优，所以老师选他当了班长。柳西周总是严格要求自己，时时处处都起模范作用。每节课，他不但负责收同学的作业本，还抢着擦黑板，带头打扫卫生。同学之间打了架，他每次都能调解得很好，特别是对班里学习不好的同学，他也很热情地给予帮助，让他们跟他一起共同进步。因为他工作能力超强，表现特别出色，所以经常受到老师的表扬，年年都被评为"三好学生"。最后他还以优异的成绩考上了初中。他也是那个贫穷、落后的年代，村里少有的初中生。

按照柳西周的品行，还有他的成绩，应该继续上高中的，可家境拮据，能把他供到初中已然十分不容易了。文化普及率极低的柳大营特别需要他这样有知识的青年。因此，柳西周初中一毕业，村支书张兴成就立刻把他留在身边，培养柳西周成为一名团委书记。1986年正式参加工作的柳西周，每个方面都表现出众，在同一年加入了中国共产党，成了一名光荣的共产党员。

烈日炎炎下，柳西周头戴草帽，身穿白短布褂，手里拿把锄头，把庄稼地里的一棵棵青草铲除。累了他就用肩膀上的毛巾擦脸上的汗水，稍做休息。他手拄锄头向远处眺望，头脑中思考一个问题：这里地理位置偏僻，却还有这么多村民愿意长期生活在这里，依赖这里是平原，有大片的土地可以耕种。只要能打粮，人就有吃的，就能生存下去。过去靠工分吃饭行不通，如今把土地分到各家各户，农民种地的热情被激发出来了，积极性也提高了，收成是比过去好了，可亩产量却并没有得到大幅度的提升，仍然是低产。像他家这样壮劳力多的人家，粮食尚且不够，每年还缺至少两个月的口粮，这问题到底出在哪里呢？

他自己给自己出了难题，可又破解不了这道难题，他的眉头便跟着皱起来，心情也沉重起来。身为一名村干部，自然要担起责任，要想出一个切实有效的解决办法，把低产田改造成高产田。当务之急，就是研究如何提高亩产,让一亩地能顶两亩地的产出,改变农村的贫困现状。如果当村干部的不挑重担,不能成为村民的领头人,那还叫什么村干部?

柳西周是柳大营土生土长的娃,土生土长在柳大营,他打小过的就是食不果腹的日子,连黑面馍都吃不上,更别提白面馍了。村子顶富裕的人家也只是在过年的时候,有一顿白面馍吃。贫穷的人家,能在过年时吃上外皮是白面的杂和面馍,也就谢天谢地啦!那年月的孩子都盼着过年,而盼过年也只为了能吃上一个白面馍……

柳西周六七岁的时候,每年到了麦收时节,母亲就让他领着二弟,手里挎个小筐,去田里拾麦穗。母亲总是说,你俩好好拾,等到过年,娘好给你们蒸白面馍吃啊!

他领着弟弟走过一片又一片的麦地,他们拾到的麦穗又瘦又小,大多数都是瘪麦粒。地上丢下的麦穗也并不多,他和二弟跑了一上午,拾得的麦穗连筐底都盖不住。二弟的腿走酸了,脚疼了,又拾不着麦穗,心里就泄了气,不愿再拾。柳西周总是在一旁鼓励弟弟说,你快拾呀,到过年好让咱娘蒸白面馍吃。

正是心中惦记着过年能吃上一口白面馍,二弟一听这话就又有了劲,接着跟他一块继续找麦穗。只要能拾到一头麦穗,他俩就欢喜得不得了。

柳西周和二弟拾了整个麦季,其实也没拾到多少麦子。可他还是不忘问母亲,娘,我俩拾的这些麦子,到过年够蒸白面馍吗?

娘用木棍将麦穗捶碎,收到簸箕里,把麦糠一下一下簸出去,把不小心掉落在地的麦粒一粒一粒拾起来,重新放到簸箕里。她满脸喜色地说,能,咋不能?

柳西周不知在脑海里把拾麦穗的往事回忆了多少遍,娘弯腰捡拾地上掉落麦粒的情景,让他记忆犹新。是啊,庄稼人跟麦子有着密切的关系,他们把麦子看得重,每一粒麦子都是那么珍贵。过去大生产队时,小麦亩产只有一百多斤,产量好时也只有二百多斤。如今土地分到各家各户,小麦亩产才不过三四百斤,最多也不过五百斤。怎样才能让小麦的产量达到七八百斤,让低产田变成高产田,让村民不仅能填饱肚皮,还能常年都吃上白面馍呢？

  如何让村民的日子向上走，过得越来越好？这是一道难题，也是一场硬仗。柳西周认为他现在要把农业生产当成自己最重要的工作，不但要做好，还要做出成效。他要把小麦低产这个难题给解决，打赢这场硬仗。虽然他初任村干部，但他勇于担当，愿意主动挑战，迎接这个考验。他坚信，经过不懈努力，小麦亩产量由五百斤再提高到八百斤的愿望一定能实现。

四

　　当了一辈子生产队长的爷爷,对柳西周的父亲传授经验说,要想当好村干部,先要农活干得过硬!柳西周那当了一辈子村干部的父亲,又教育柳西周说,要想成为一个好的当家人,让村民打心眼里信服你,犁耧锄耙要样样拿手,把庄稼种得比其他村民更好。只有自己体会到当农民的艰辛,才知道怎样为村民着想。只有自己懂得地该怎样种,才能成为村民的好引路人!

　　柳西周刚走出校门回到家,他的爷爷就让他拿起牛鞭,赶着牲口,下到田间。爷爷教他的第一件农活,就是扶犁耕地。赶牛犁地是一看就会的活,本不用学,上手就会,似乎那本领是与生俱来的。但实际上,犁地也是讲究技巧的,真上手去干,并不那么简单。若想把地犁到得心应手,则需要下功夫去潜心练习,犁地也蕴含着不少学问哩!

　　犁地的第一步,就是牵牛上套。爷爷告诉他说,俩牛并成一具,套里与套外,大不一样,牛套挽短与放长,也大不一样。牛套后边有大担子和二担子,大、小担子上,并排挖有圆眼,牛铁钩往左边眼挂,或朝右边眼挂,完全是两种结果。就连牛肚皮上的拦绳,系松与系紧,也有区别。包括给牛下地所戴的笼嘴(套在牛的嘴巴上,防止牛吃庄稼的一种器具),内里也都有讲究呢!

　　柳西周过去在学校上学时,老师站在讲台上教同学说,要想把一个汉字学会,就要先把这个字的音读准,接着要掌握这个字的笔画、结构,最后要理解这个字的多种用法和多种内涵。要想能认、能写、能运用一个字,并不是件容易的事情。

　　没想到,赶牛扶犁学耕地这样常见的农活,爷爷竟说出了跟教书先生同样富含人生哲理的话。这不由得让他产生了浓厚的兴趣。他眨着一双黑亮的眼睛,渴望爷爷能现身说法,操作给他看。

只见爷爷口里说了一声,好!接着把牛套高高拿起,然后又告诉柳西周说,黄牛都是肥硕的长身子,四条粗壮的腿,一条长尾巴,看模样没啥差别。可实际上,有的牛是领墒牛(引领方向的牛),有的牛是二伴牛。领墒牛要套里边,也就是右边;二伴牛,自然相挨着套左边啦。顾名思义,领墒牛要一直顺着刚新犁下的地墒沟走,因为全靠它引领方向,不能偏左也不能偏右,要直道向前走。同样是拉犁,领墒牛比二伴牛多用力、多受累。如果把二伴牛放在地墒沟,因为它不具备领墒的意识,不能掌握方向,所以地也就耕不成。

说完爷爷手里已经把领墒牛套好,然后走到牛身后,在把牛套朝二担子上挂铁钩时,告诉柳西周说,因两头并具的牛只有一头领墒牛,这就牵涉到铁钩该怎样挂的问题。主人要保护领墒牛,体谅领墒牛,因此挂铁钩时,就要让领墒牛与二伴牛之间偏一个眼,让领墒牛把二担子拉长点,负重减轻。

柳西周心想,领墒牛既要引领方向,又要负重拉犁,所以比二伴牛多吃苦受累,发挥的作用也更大。而要想当好村干部,就应该像领墒牛。敢于吃苦耐劳,身体力行,带领村民向前走。犁出一块新田,翻下一片热土,播下一粒种子,长出一片青绿的庄稼。让村民心里有盼头,让生活发生新变化!

柳西周顺着爷爷的话意,心里翻出新的诗行,眼前展现美丽蓝图,让他越来越热爱这片土地。他也意识到,他选择当村干部是正确的,家乡的父老乡亲需要他接替父辈来挑起这重担。爷爷的话让他受到了启发,有了感悟,也让他的心变得更加火热起来。他接着问爷爷,那牛套挽短与挽长,又有什么不一样呢?

爷爷接着又给他讲解了长犁,短耙,磕腿磙,讲了三种不同的挽牛套方法。爷爷说,犁地时牛套挽得越短,犁子犁地越浅,反之,牛套放得越长,犁子下地越深,牛拉犁也就越吃力。一块田,要分种麦、播豆、点玉米、种红芋。有的庄稼根扎得很浅,有的庄稼根扎得很深,根据作物特性的不同,采取的犁田方式也是不一样的。喂养的牲口,也应该当成是我们家的一口,它为我们耕田犁地,所以要好好待它。不该深犁的土地,一定放浅犁,不能白白消耗牛的体力。一个庄稼人,要是连自己耕田的牛都不知道心疼、爱惜,那他就不是一个能担重任的人,指望这种人去为别人办事,十有八九都是失望而归。

柳西周明白爷爷这话不光是讲犁地,这在讲一个村干部应当有的品质。

爷爷接着说,牛钩子往左挂还是往右挂,这两者之间的区别,我还要跟你细细讲一讲。牛钩子在二担子上往左挂,左边牛多负重;向右移,右边牛多负重。不管向左还是向右,一般只移一个眼。要是连着移动两个眼,那就有惩罚牛的意思啦!人见牛有错,惩罚一下是对的,可不能无故欺负牛。就像村干部,见村民有错,只能多进行批评教育,可不能滥用手中权力,动不动就对村民下狠手。干部与村民之间的矛盾,跟牙和舌的关系一个样。身为村干部,一定要宽宏大度,村民是水,村干部是鱼,如果没有了水,鱼就活不成。

柳西周明白,爷爷这是在借套牛这事,把他一辈子积累的丰富经验传授给他哩!爷爷一生口碑足以载道,他今后也要做一个像爷爷那样仁德宽厚的人,他要严格要求自己,想到这里,他跟着问道,牛拦绳系松系紧,这里边也有讲究和学问吗?

爷爷抬头,嘿嘿一笑,说,你这孩子,这还用多问吗?可不要轻看牛前胸的这根细绳,它的作用可大啦!拦绳系松了,牛身子就不好扑下去,拉犁就使不上劲;若是拦绳系得过紧,牛能使上劲干活了,可它浑身不得劲。牛拦绳系得恰到好处,牛在干活时才能干得轻松。想当一个村干部,眼中不要光看到大事,而忽略了小事,许多点滴小事,其实很重要。耐心细致地去做,把小事做好了,往往事半功倍。无微不至的人,才是一个合格的当家人!

柳西周把爷爷的这些话语用心记下,受益匪浅。

爷爷清了下嗓子,又接着说,我下面要跟你讲一下给牛戴笼嘴的用途。一般人都认为给牛戴上笼嘴是防备它因为贪吃而影响干活。可我认为,给它戴笼嘴,是一种警戒。那是告诉它,无论是走在路上,还是在田地里,相挨着的庄稼,那都是人家用血汗种出来的。凡不是自家的,不该伸嘴的,就不要贪占和损坏。庄稼人不仅要呵护自家地,也要爱护人家的庄稼,把自家的牲畜管好，不对别人的庄稼造成损害。当村干部也一样，千万不可贪嘴，不能利用手里的权力多吃多占，损公肥私。当干部要是不能严格要求自己，就不会有好下场。不但害了自己，好几辈的名声也都败坏了！

柳西周起初跟爷爷赶牛下地，只当爷爷是教他赶牛扶犁的本领，没有想到，爷爷不但传授给他干活的技巧，还告诉他如何做人，以及如何成为一个好村干部的道理。

爷爷把一头牲口顺利套好后就要正式赶牛开犁了。爷爷抬头目视着前方说道，对于一个庄稼人来说，犁地之前，要首先把所犁的田块仔细观察一遍。地势高，地势洼，从哪处下犁，搅犁还是扶犁，要提前做到心中有数。开始起犁，就要把高处的土朝低处搂。犁过之后起耙，继续把高处的土朝低处推，犁耙过的田地，要平整。当然，只做到这样还不行。地里不能留硬土，不掩埋树根、野草、砖头、瓦块等。凡是田间不利于庄稼生长的一切杂物，必须全部清除。当干部也是这样。作为村干部，首先要有大局观念，把不利之处朝有利之处转变，要目的明确。克服工作中的一切障碍，把不和谐的杂音全都消除，一直向着正确的方向走，不达目的不放弃，不达目的不罢休！种庄稼图的是好收成，当干部就是为了大家都过上好日子！爷爷说到这里，认真看着自己的孙子，加重语气问，你都懂了吗？都记下了吗？

柳西周坚定地回答，我全记心里啦，今后我一定严格按照爷爷的要求做！

五

柳西周当上村干部之后,张兴成为让他尽快熟悉村民情况,就领着他下到农户家中走访调查。身为村干部,第一步就是要了解民情,掌握他们在生活和生产上的实际需求。做到心中有数,才好有针对性地开展工作。

柳西周跟着张兴成一家一户地跑,总体来说,两辈人的努力让人们的生活发生了一些改变。屋中泥囤里的粮食,有小麦、大豆、玉米、红芋片子,苇篓子里填满了棉花。白面馍也能吃得上,可要想全年吃白面馍,还比较困难,要在白面馍里掺些玉米面、红芋面。依然有些贫困户和人口偏多的家庭,粮食明显不够吃,每年有两个月粮食会断顿。甚至还有半年粮食接济不上的家庭。那些上了年岁的孤寡老人,身患重病的人家,日子过得就更为艰难了。

通过走访调查,柳西周认为,尽管村民的情况总体上比过去有一些改善,但依然有许多需要努力改变的地方,特别是土地。现今,土地已经分到各家各户,村民下到地里拼命去干了,可小麦的产量却没有得到提高,粮食总体来说还是做不到自给自足。他们的小麦至今还属于低产的。柳西周心里想,要是村民的小麦亩产能达到七百斤,村民就可以实现粮食自给。他认为,吃饭问题,仍然是一个大难题,眼下只有让大家每天都能填饱肚子,把身上这个沉重的包袱甩下来,生活才会越来越好。

柳西周把自己的想法告诉张兴成,问村书记有何见解。张兴成虽年长他几岁,又当了他们村多年的村书记,比他见多识广,可文化水平却没有他高。柳西周提出的这个低产田的问题,属于农业技术方面的专业问题,还涉及化学知识。两人都没上过高中,均不懂化学,张兴成解答不了,但是他向柳西周推荐了一个人，村里的柳西红。柳西红现在是乡农技站的站长，知道一些化学知识。或许，柳西红能帮他攻克这个难题。

柳西周计划着见柳西红商讨亩产的问题，眼看着天已黑了，他便回到家里。刚吃过晚饭，父亲柳怀荣把他叫到煤油灯下。父亲坐在板凳上，他站在父亲面前。柳怀荣连抽两袋烟之后，这才凝着脸开口，说，西周，在家里你是老大，如今又当上了村里干部。咱家数你身体强，肩膀壮，这个家要靠你扛起来呀！

柳西周目光灼灼地看着父亲，用坚定有力的口气说，你有啥事，只管说，不管有多大困难，我都尽力争取给你办好！

柳怀荣对大儿子的回答很满意。他仰脸示意，让柳西周看看他们住的房子，对他说，我们全家七口人窝挤在这泥砖混搭的三间屋子里，拥挤不说，后墙还裂开了一道缝，破旧得不能住了，而且，你们也都长大了。

柳西周明白父亲的话意了。他说，你是让我给家里翻建三间新房子？

柳怀荣说，对。这事一天也拖不得。

柳西周说，我也知道这事紧迫，可建房子毕竟是大事，我们才刚解决吃穿问题。生产队解体时，咱家和我二叔家一共就分了一头牛，圈里饲养的猪还小，连只羊也没，家里更是没有一点儿积蓄，也不能为建房把牛卖了，这你让我怎么办？

柳怀荣沉下脸，说，我知道这事不容易，但是办法总比困难多，我像你这么大的时候，已经结过婚，跟父母分开，独担独挑了。咱家这房子，也是我一手给建起来的，你也老大不小了，该考虑这些事情了。

柳西周听了有些犹豫。这时，爷爷过来了，他打破了父子俩的沉默，说，西周，你父亲说得在理，但是现在重新翻修老房确实困难。不过，有事要敢于迎上，不能有畏难情绪，观望起来一拖就没个头。不管是种地，还是做生意，都要勇于抓住机会。做事不提前，摸着枕头天都亮了，最后什么事也干不成！年轻人就要敢想敢干，不管困难有多大，都要想尽一切办法解决。你父亲让你翻建房子，的确不是一件易事，但我相信你有胆量、有气魄，能争下这口气，把这个艰巨任务给完成。

柳西周见爷爷和父亲都鼓励他翻建家里的房子,他一下明白过来他们的良苦用心。让他挑重担,是对他的一种考验,这是把建房当成了试金石啊。只要他有这个能力把自家的房屋建起来,他就有能力把一村子的重担挑起来,就能成为一个好干部。想到这里,他斩钉截铁地说,不管有多大困难,我一定建好!

爷爷和父亲不由得对看一眼,会心地一笑。

20世纪80年代中期,随着生活水平的提高,村里家境好的人家,都建起了砖瓦结构的新式房屋了。柳西周像立军令状般下定决心翻建三间新房,向爷爷和父亲兑现自己的承诺。

建房第一步,就是准备材料,砖块是最关键的材料。他们村就有一家砖窑厂,可是需要现金去购买。柳西周刚毕业,囊中羞涩,怎么办?他看着自家门头上苍劲有力的八个大字:自力更生,艰苦奋斗。他一下受到了启发,自己有手啊,没钱就想没钱的办法。打开思路的他,跑到砖窑厂找厂长,对厂长说,我诚心向你家制砖坯师傅学习制砖坯技术,再靠自己的力气,动手去制砖坯,然后把制成的砖坯拉到你们砖窑代烧,我来掏烧砖的费用。这样一来,就能节省下不少的钱。

厂长本是同村人,从小看着柳西周长大,也知道柳西周是个实干的年轻人,毕业了就回村里当村干部。他想,柳西周遇到难处时,他帮一把,将来他要是遇到了有求于柳西周的地方,柳西周也能对他多关照,于是就答应了柳西周。

柳西周既聪明又好学,没用多长时间,就把技术学到手了。接着,他便返回家来,用沟下的泥土在自家沟头动手制作砖坯。由于他还要处理村里的工作,有时顾不过来。于是,他便叫上二弟,把制砖坯技术教给他。就这样,每天上午两兄弟顶着毒辣辣的太阳,挥汗如雨,用了近一个月时间,制成两大垛砖坯子。尽管兄弟二人都晒黑了,身上也晒脱了一层皮,可他们干得很畅快,一切都是为了新生活,他们很享受这个过程。

青砖有了,再就是购买房檩和房瓦。柳西周自家宅子周围生长了大片树木,刚好能派上用场。但是房瓦需要购买,村里没有烧房瓦的地方,都是从外地拉到当地街上兜售的。虽说房瓦用量不大,可三间房瓦要两百多元钱,这对柳西周来说,仍然是一道难题。

正当柳西周为这笔买瓦钱发愁时,邻村刘新庄刘老汉找到柳西周,将怀中揣着的两百元塞到他的手中。柳西周忙说,刘叔你这是做什么,这可是你养老的钱啊,怎么能给我？刘老汉说,西周啊,我没有儿子,平时有个重活,过个节什么的,你都来帮我、看我,我早就把你当我亲儿子了。这钱你拿去用,我相信你以后一定会出人头地,刘叔老了还靠你呢。

终于,柳西周通过自己的不懈努力以及众人的帮助,三间敞亮的新房在他爷爷和父亲的眼前立了起来！

六

　　如今新房落成，一件大事了却了。得了空闲时间的柳西周便前往乡农技站，他要向研究农技的柳西红好好讨教。

　　柳西红也出生在柳大营，比柳西周大十来岁，他算是柳西周的老大哥。高中毕业回乡后，正赶上乡里成立农技站，要从回乡知识青年中聘一名有农业生产经验的人员做农技员，他便报名参加了。当时，全乡一共去了三十多人，通过两轮面试，柳西红以实打实的超群表现，脱颖而出！

　　柳西周对柳西红向来都是钦佩的。

　　柳西红工作的最大特点就是，他不是坐在农技站里空谈技术，而是到田间地头，将理论结合实际，有针对性地提出方案。于是，柳西红跟柳西周来到了柳大营，两个人走到田地里实地考察。

　　柳西周就从地里抓起一把泥土，亮在柳西红的面前说，大哥，你看我们这田地，耕得深，整得透。这地里既上了粪，也上了化肥，为啥粮食产量就是提高不上去呢？

　　柳西红将泥土放在手里，说，你说的是传统耕作方法，耕深、耕透只是种田的一个条件。要想取得高产量，仅仅把土地整好是远远不够的。就拿小麦来说，想要亩产八百斤的产量，就必须有八百斤的肥力，科学种田少不了氮、磷、钾三要素。小麦以氮肥为主，磷、钾也要跟上，还要适当补施锌肥。你要想母鸡多下蛋，喂的食儿跟不上，那产量必然不尽如人意，这跟种田是一个道理。

　　柳西周问道，你是说，我们这地还不够肥沃，达不到高产田的条件。

　　柳西红抬头向田野眺望着，点下头说，土地贫瘠的根本问题并没有获得足够的重视和有效的解决，就拿你家来说，总共耕种十一亩地，可只靠家里几口人和少量牲畜的粪便上到地里，庄稼所获得的有机肥远达不到标准，这就明显制约了粮食的产量。

柳西周恍然大悟道，确实是这个理。

柳西红继续说，刚才你谈到的施化肥，因为受钱的制约，每亩地只能施几十斤的碳酸氢铵。要知道每百斤碳酸氢铵只含百分之十七纯氮。要想达到八百斤的产量，每亩地只施几十斤化肥是远远不够的。而且你们都是单一施氮肥，从不施磷、钾肥料，这也是一大制约因素。

乡下农民，哪里懂得这些让粮食增产的科学施肥方法呢？可以说，今天柳西红给他带来了新的种田知识，他耳目一新，有拨云见日的感觉。

柳西红把目光从田间收回来，又看向柳西周，说，我讲的只是最基本的施肥，要想让土地高产，需要我们掌握的管理方法也有很多。比如田间管理，前期为生理生长，中、后期为生殖生长，作物真正大量用肥都在中、后期。要想高产，中、后期追施化肥很关键。不但作物的根部能吸收营养，叶面喷施效果也很显著。田间管理还包括病虫害的防治。拿小麦举例，小麦从出苗到成熟，一般有这么几个阶段：出苗期、越冬期、返青期、拔节期、孕穗期、灌浆期、成熟期。小麦的常见病害，大致这么几种：白粉病、黄锈病、条锈病、赤霉病，还有虫害。一般持续干旱的天气，红蜘蛛虫害会大面积发生；阴雨多湿的天气，有爆发蚜虫害的危险。总之，要当好一个称职的村干部，农业生产技术方面的专业知识，都要认真学习、掌握。只有成为一个科学种田的行家，你才能成为村民的带头人。你还年轻，又刚当上村干部，你要学习的各方面的知识和学问还相当多呢！只要你用心学，虚心讨教，有敬畏之心，会在实践之中慢慢锻炼、成长起来。柳西红说到这里，脸上的笑意消失了，他严肃地说，作为同村人，我是兄长，告诫老弟两句，当村干部，就要把路子走正。农业科技，跟农民生产生活密切相关，是至关重要的，千万不可当冒牌货，要成为实干家，响当当，过得硬，让村民打心眼里服你！

柳西周听了柳西红的一席话，他的心被点拨得透亮了，他明白过来。粮食低产，原因是多方面的。要想提高粮食产量，必须几方面齐抓共管，综合施策,下大力气,下真功夫,粮食产量才有可能获得更大突破。想到这里,他对柳西红说,今天通过你的讲解,我才感觉到,农业科技里边的知识如此渊博,好多知识我还是第一次听说。今后,我要老老实实跟你学习,逐渐提高,当个实干家,不做冒牌货。

柳西红又说,作为一个农技员,我也想每天都下到田间地头,根据实际情况,有针对性地跟村民讲解,告诉他们庄稼生的是哪种虫、得的是哪种病,又该用哪种药物,该怎么防治。可整个农技站就我一个人,又当站长又当农技员,乡里还有不少具体事务要办。我不但要参加乡里的重要会议,还要写总结,根本抽不出多少时间,哪怕我有三头六臂,也根本顾不过来呀。

柳西周明白他这话的言外之意了,他说,正因为你时间不够用,才更需要我们村干部积极主动地投身农业科技,尽快拥有专业的农业知识。我们在下边替你发挥作用,也等于你的力量加强了,也算是对你工作的支持呀。

柳西红由衷地说,我是打心里边想让各村的村干部都能成为专业的农技人员,助我一臂之力。我想跟你们都成为好朋友,每个村都能建个联系点,到时提高亩产,解决农田问题的事也就好办多啦。

柳西周心里也高兴,他说,你这个想法好,我第一个响应。能成为你的朋友,我可求之不得呢!以后,技术管理上遇到啥样难题,就能求助于你。有你在后边做支撑,有啥好种子、新农药、新化肥,我们就敢于试用啦。

柳西红也挺乐意地说,那好,往后你去乡政府开会也好,到集市上办事也好,都不要忘了到农技站找我。咱俩就各种有关农业技术方面的话题,好展开探讨啊。

柳西周见时间不早了,赶紧把话题收回来,说最紧要的问题。他问道,你不是说我们村的土地要进行改良吗?你有没有啥好办法指导指导我?

柳西红回答道,可以利用夏天的高温天,把青稞、麦糠、秸秆等堆垛起来,用湿泥在上边打上厚厚的一层,然后密封,这叫"高温堆肥"。咱们村里的沟塘也不少,沟塘周围树上的叶子每年都落到沟塘里,塘泥就是沤制腐熟的优质有机肥啊!一年一年已经堆积了厚厚的一层。你带领村民挖上来,直接拉到地里,马上就能发挥肥效!

柳西周茅塞顿开地说,那我知道了。

直到天色擦黑,两人才道别,各自回了家。

柳西周在回去的路上想,今天跟柳西红的交谈太有收获了,柳西红不但给他解开了心头低产田的难题,同时也让他意识到自己身上的担子十分沉重。他明确了自己今后在农业生产上的努力方向,明白了村干部到底要扮演一个什么角色才能合格,才能让村民打心底里接受,感到满意。

他走到自家门口的时候,正碰见他娘在夜色里站着。他娘见他回来,不由得埋怨说,饭都凉在锅里了,也不看啥时辰了,还不赶快回来吃饭!

柳西周让他娘这一说,方才感觉到自己的肚子饿了。可他跟柳西红在地里互相探讨时,竟丝毫没感觉到饿。他这么想时,口中不由自主地说了一句,良师益友!

他娘被他这没头没脑的话说得迷怔了,扭脸问他,你刚才说啥?

柳西周便含混地说道,没说啥!

他娘只好道,你这孩子。

母子俩相视一笑。

七

　　离柳大营二里半路有个刘新庄,村东头刘老汉有个女儿叫刘凤英。她有一双水灵的大眼睛。姑娘不只是模样俊俏,人也勤劳能干。家里缝衣服、做鞋、煮饭、刷锅都是她的,并且样样都干得又快又好,走出走进,如一阵风般。她家圈舍里的猪,一天三顿都由她端食来喂,让她养得毛色红润发亮,每年都出栏两头大膘猪。收拾好家务,她经常肩挎个草筐去地里割青草,每趟都割回满满一大筐。她用青草喂养一头母羊和两只小羊,再把剩下的拿到屋里,去喂兔笼里的长毛兔。这样一来,刘老汉家每年卖猪的收入、卖羊的收入,还有卖兔毛的收入,加在一起还真存下了不少钱,自然也就成了村里的富裕户。刘凤英在各村都很有名,成了当地百里挑一的好姑娘。

　　刘凤英到了订婚的年龄,周围好多男家便抢着上门来提亲,其中也有不少有志青年。但是在这件事上,她要她爹给她当家,刘老汉大半辈子见过许多人,所以刘凤英相信她爹的眼光。她的婚事迟迟没有定下来的主要原因,是她爹还没有一个看入眼的,刘老汉觉得还没有一个能配上他女儿的人。他对女儿说,我要给你挑个好的。

　　柳大营的柳西周,年龄与刘凤英相仿。他跟刘凤英一样,也正在四处托人介绍相亲对象。因为柳西周是村里的团委书记,又是党员,个人条件不错,名声也好听,这让女方见过之后没啥说的。可他家里拮据,这些女方父母一见柳西周一家老少七口人挤住在三间房子里,屋里连茶几、方桌、衣柜这些摆设都没有,也就全摇摇头走了。

　　柳西周知道家里人口多,只有耕种田地和饲养家畜的收入,又没有别的门路,挣的钱根本不够家庭开支的,因此,生活上就显得捉襟见肘。但柳西周认为，男女婚事，看重的是人品，以及有没有强烈改变现状的决心，有没有带领一村人走向富裕的雄心壮志。他认为跟他相配的姑娘还没有出现，他坚信那个跟他志向相投的姑娘，总有一天会来到他的身边。

这天，张兴成书记来柳西周家串门。他告诉柳西周父母，邻村刘新庄有个名叫刘凤英的姑娘，正值婚嫁年纪。姑娘不但勤劳能干，而且细心体贴，是个好姑娘。柳西周当村干部，身后正需要这样一个姑娘。

可柳怀荣两口子听张书记说女方家庭条件和个人条件都那般好，他们担心自家不富裕，怕女方看不上呢。

张兴成却鼓励柳怀荣两口子，他说，你们快托媒人去提亲，不能因为这双鞋不合脚，就拒绝穿那双鞋！柳西周过去相的姑娘没成，那是缘分没到呢。如今这个姑娘，要是相上了，可能就是两人的缘分到了。

柳西周父母按照张书记的建议，特意托了媒人去刘老汉家向刘凤英提亲。

他们不知道张兴成其实是刘老汉的说客，刘老汉有意促成这门婚事。果不其然，刘老汉见媒人来，便有些迫不及待。他忙站起身，把媒人热情地迎进家里，又是搬凳子，又是倒茶水。媒人刚一落座，还没详说情况，刘老汉就先开了口，柳西周我是从小看着长大的，我经常上街，打他家门口经过。不用你介绍，我啥不门儿清？那小伙，犁地、扬场，我都见过。他给自家翻了三间房，脊背让日头晒得像那烙饼的鏊子！能吃苦，又能干的小伙子，真没的说。

他催媒人快喝茶水，脸上带着喜悦的神采接着又说，我最看重的是，这个青年人还在当着村干部。有些目光短浅的人，把年轻人当村干部不当回事，可我就不这么认为。我觉得能当村干部的人，就是不简单，得有本事。一个柳大营有两千口人，怎么谁也没当上，偏偏挑选他当呢？我还知道，他爷爷，他父亲，一直到他，他们家祖孙三代都是村干部。这就是最好的人家，我不给我女儿挑选个这样有前途的人才，还能给她找个啥样的？柳西周，团委书记，我看在眼里，喜在心上。我给女儿选择一个这样的女婿，我觉得脸上有光。

这话说得嘎嘣脆,原来柳西周没托媒人上门前,刘老汉就已经等着他上门提亲呢。

媒人从来没提过这么顺溜的婚事。

这事也就这么定下了。

刘老汉送走了媒人,刘凤英打里间出来,她涨红了脸,走到父亲跟前,有些不情愿地问父亲,你就没想过他家光景不好?这就算是给我找的好人家?我真的要嫁给他吗?

刘老汉说,他家去年翻建新房,没有买瓦钱,我借给他二百元。他家到底啥情况,我心里还能不清楚吗?他说完,抬头看着自己心爱的女儿,接着说,婚姻是一辈子的大事,要从大处着眼。他家眼下穷富不是最主要的,我看重的是他的品性。柳西周这么年轻就当了团委书记,又是党员。他吃苦耐劳能成大事,是打灯笼都难找的男人。我让你跟着他,不是贪图享受,是让你用自己的一双手,跟他去劳动。他当干部的肯定顾不了家,你是个不怕吃苦的,去为他支撑起一片天。你是他需要的,他心里会感激你,你们以后会有好日子过的。

刘老汉不只这么说说,他嫁女儿时,考虑到柳西周家境不好,不要一分钱的彩礼。他还陪送了大衣柜、方桌、箱子、两把椅子,还有四床棉被。直到今日,几十年过去了,这些家具,还有棉被,尽管已破旧,却依然在柳西周家中摆放并使用着。

刘凤英记忆中,结婚那天天气很冷,她脚下的路,坑坑洼洼,格外难走。虽然只简单备了几桌酒席,上门闹喜的人拥满屋里、院里,喜气洋洋,可在刘凤英心里,她的婚礼场面还是太过寒碜和冷清,跟那些她见过的结婚场面是完全不能比的。

刘凤英嫁过门,柳西周家算是又添了一口人。本来的七口之家,如今变成了八口人,还是挤在三间屋里。因太过狭窄,一间屋里放不下两张床,柳西周和刘凤英夫妻二人睡在床上,他的两个弟弟就在床下打地铺,睡到天明再把地铺收起来。

几十年来,柳西周为当村干部,把自己的一颗心都放在村民身上,自从娶了刘凤英,他只管没日没夜忙工作,奔波,却把自己的家完全扔给了妻子刘凤英。正如刘老汉所说的,刘凤英支撑起了柳西周家里的一片天!

刘凤英也时有抱怨,她想甩开性子跟丈夫大吵大闹一场,可柳西周总是满怀愧疚地面对她,十分无奈地说,我也想待在家里忙前忙后,可我工作太忙,事情太多,我恨不能一人顶两人用。我知道你为我吃苦受累,让我下辈子做牛变马也偿还不了!我实在不是个好丈夫。

刘凤英天大的气恼撞在一团棉花上,也只能由怒转为委屈,呜呜地流泪了。而柳西周就会走过来哄劝她,把她揽进自己宽厚的怀抱,在她肩上轻轻地拍着。刘凤英在他怀抱里哭着哭着,一种甜蜜的暖流慢慢涌上她的心头。

八

　　一般来说，人一旦结了婚，有了自己的家庭，就像一棵竹子般，迅速地稳重、成熟起来了。

　　柳西周结婚那年，刚二十一岁，是一名党员，也是位年轻的村干部，参加工作也已经四个年头了。他如今想问题、办事情，自然而然就要从全村的角度去考虑。

　　柳西周喜日那天，他这个新郎光彩夺目，神采飞扬。长得那么出众的刘凤英可是刘新庄一朵鲜艳芬芳的村花，他该是一个多幸运、多有福气的小伙子啊！

　　婚礼前一晚，柳西周激动得大半夜都没睡好觉。他心想，岳父选他做女婿，一分钱彩礼不要，还给女儿陪送那般好的嫁妆，明眼人一看就知道，岳父是看重他柳西周这个村干部的工作，才把这么好的女儿嫁给他，帮助他，也是给他增添动力，让他更勤勉地工作，多为村民办实事、办好事。他怎么也不能辜负岳父对他的满怀期望，自己只有扑下身子，尽最大努力，把自己的工作做得更扎实，才算是对岳父最好的回报。

　　柳西周牢记着柳西红所说的话，村里的土地翻得再深再透，也改变不了土地贫瘠的现状。要想提高粮食产量，就必须从根本上解决问题。对于柳西红的科学论断，柳西周十分信服，决定按照他说的去做。柳西周打算：把村里河塘里积存多年的肥沃的塘泥挖上来，再运到地里去。

　　那天柳西周听了柳西红的话，早早便到村里的沟塘边实地查看。围着沟岸长满了郁郁葱葱的树木，枝繁叶茂的树冠，春天生长，秋天飘落，片片落叶都落到沟塘里，日积月累，塘底早已积存厚厚的塘泥。

而要挖塘泥,却并不容易。沟塘里存有那么深的水,村里曾购买过两台抽水机,可连着几年风调雨顺,柴油机和水泵都成一堆废铁了。想要购买一台新的抽水机,需要不少钱,沟塘水深,连抽几天,这又要一笔数目不小的油钱。先前村民们也知道塘泥能育地,可要说必不可少,把塘泥视为珍宝,倒也不至于。村民没有这么高的觉悟,单为了抽水挖塘泥而筹钱,大家会认为很荒唐。

因这实际的困难,柳西周就把排水挖塘泥的想法放在了一边!

这年入冬,竟然连着几个月都不落一滴雨,塘水急剧下降,整个沟塘都干得见底了。柳西周认为这是老天给他创造了人工挖塘泥的大好条件,他要抓住这难得的机会,把全村青壮男女动员起来,下到沟塘挖塘泥。

柳西周高挽裤腿,手拿铁锹,第一个跳了下去。他站在满眼污黑的塘泥中,心中满是欢喜。

塘泥沉在水底,里边大都是沤烂的树叶,腐熟得相当好,用铁锹一挖,滑溜溜的,仿佛豆腐块一般。经过这几年的累积,塘泥足足有半人厚,真是天然的优质有机肥。柳西周一带头,大家的干劲一下子被激发了出来,纷纷跳下沟塘挖起塘泥来。他们大冬天的只穿着单衣、短裤不停歇地干,浑身热气腾腾,满脸是汗。不大会儿工夫,身后的沟坡上便堆起了一堆塘泥。

柳西周眼前仿佛出现了金黄的麦浪,又大又长的麦穗沉甸甸的,籽粒饱满,煞是喜人!他边干边鼓励大家说,今年的河塘泥,明年的金麦粒,抓住这个机会,都甩开膀子干吧。这些可不是塘泥,这些都是满眼的白面馍啊!

在商品经济不发达的年代,村民把土地看得很重,认为只有土地才能给他们带来财富。柳西周告诉大家河塘泥是难得的农家肥,铺到地里能改变土质,提高粮食产量,增加大家的收入,这么好的事情他们一定要努力去做呀。

经过连续苦干,柳大营村几个沟塘的塘泥全都被清理干净了。用筐挑,用架车拉,挖上来的塘泥都拉运到各家房后,堆成堆。等到第二年的秋季,上茬作物收获之后,秋种前,柳西周便让村民把各家门口堆起的塘泥运送到各家的地里,在地里铺上了一层厚厚的塘泥。

柳西周特意把柳西红请过来进行实地查看。柳西红拍着柳西周的肩膀，脸上带着微笑赞扬道，西周老弟，村干部当中也只有你信我。你们村的土地经过这样一改良，明年你就瞧好吧。你盼望的亩产八百斤，从地力上已经满足条件了，其他方面你再加把劲，田管环节做到精细管理，我相信你的蓝图定能变成现实。

柳西周很服柳西红，因为柳西红是专门跟庄稼打交道的，他的优势和专长就在农业科技。在柳西周心中，柳西红的每句话都是金玉良言。

柳西红告诉柳西周，要想把小麦种好，你还要合理施肥。碳酸氢铵只含有氮肥，光用这一种肥料太单一，小麦还需要大量的磷、钾肥。碳酸氢铵只是一种速效肥，前期施用提苗效果好，到了中后期，肥效就跟不上了，氮肥中后期还要进行追施，种地也必须氮、磷、钾肥配合施用，这样效果最好。

柳西周按照柳西红的建议，又打听到临泉有家化肥厂生产的化肥好，就赶去了临泉。按照柳西红的说法，氮肥要每亩施足量，还要施用磷、钾肥，这样算下来，每亩地的成本就由过去的十几元增加到了几十元，可村民手中根本没有这么多现钱。情急之下，柳西周就产生了一个大胆的想法。他跟销售化肥的主任说，你看这样行不行，我先付给你们一部分现款，我们整个村一千多亩地呢，全用你家的化肥。我在你这建立一个信用户，你也在我们村设个专销点。如果这化肥施用得效果好，你的产品名声也会传出去，名声有了，化肥的销量也就上去了。你是做生意的，头脑灵活，你觉得这个方案怎么样？

主任听他这么一说，心想自家的化肥在外地打开局面，可以把生意做得更大些。柳西周要从这里购买一千多亩地用的化肥，这样的购买大户很难得，他可不想让这个大客户跑掉了。再者，他看柳西周也像个诚实的人。于是，他当场拍板，同意了柳西周的提议。

就这样，柳西周从邻县拉回几大车的化肥。因为到村里的这段路不好走，化肥只能运到代桥镇上。柳西周又找柳西红从镇上联系了几辆手扶拖拉机，一趟一趟往村里运。

柳西红见柳西周一下运回这么多化肥，对柳西周另眼相看，夸赞他道，西周老弟，真有你的！

20世纪80年代中期，化肥在乡村还相当紧俏，村民受经济制约，只能有限度地施用。在当时，柳西周此举引起了相当大的轰动。

过几天，柳西红又找到柳西周说，光有好化肥，那叫一条腿走路，还要有好种子才行。我给你提供两个好麦种，你在村里试种。柳西周知道新种子都有潜在的风险，新种子对土壤和气候的适应性还不清楚，要是一上去就大面积推广，万一砸了锅，那可不得了。想到这里，他便跟柳西红说，行是行，不过，种子的质量你要给我打包票。

柳西红却连连摇头说，你又来这一套！种子不比化肥，再好的种子，生长也跟当年的气候变化有密切的关系，再稳产的种子也有一定的风险。你借我一百个胆，我也没这个本事包你一定能丰产丰收。

柳西周胆大又心细，并没有把话说死，他说，那我先引种这两个麦种，把我家的耕地当你的试验田，试种好了，咱再说下一步。

正因为柳西周听取了柳西红促进小麦高产的建议，尽管村民使用的还是自己留用的麦种，可到了第二年夏收，他们村的小麦产量普遍有了较大的提高，几乎都获得了亩产七百斤的收成。

而柳西周自家田引进了柳西红农技站里的两个新品种——百农3217和豫麦18，都表现出高产、稳产的特性。百农3217的表现最为抢眼。因它是半冬性播种的早茬品种，这个麦种分蘖能力强，抗病又抗倒，整个麦地满眼都是黄灿灿的，穗匀且稠。收获之后，在麦场实地过秤验收，亩产达到了九百一十六斤，这是从来没有过的破天荒的数字。

柳怀荣脸上乐开了花，他两手捧起麦穗，看着粒粒饱满的麦子，无比激动地说，你看这麦子颗颗都是金麦粒啊！

柳西周引种镇农技站的两个新麦种取得高产后，他便积极动员村民引种这两个有潜力的好麦种。打那以后，大家这才逐渐改变了过去种地只靠自家留种的习惯，纷纷去农技站购买优良品种。

柳怀荣坐在自家门口，眯缝着眼，回想着儿子做了村干部之后带来的变化。在田地里，儿子带领村民增添了不少新做法，使大家地里的产量得到了很大的提高,增加了村民的收入,大家日子也越过越好。想着想着,柳怀荣在心里不由得喃喃道,我儿子越来越有头脑了,他懂得干部咋当了,还干出了成效,是比我做得好啊!

九

柳西周所在的茶棚村交通闭塞,可茶棚村也有优势,那就是街市。像茶棚村这样有街市的村,全镇境内只有两个,另一个是扎扒集村。据传早先时,茶棚村有位老婆子在路边搭了简易的棚子,摆张桌子,烧两瓶热茶水,摆两个茶碗,供南来北往的过客坐下歇个脚,喝口茶。老婆子赚个茶水钱,不过就是一个过路店。

到了1947年,刘邓大军挺进大别山,从这里南下,卖茶的老婆子支起大锅烧开水免费供解放军喝,表示欢迎,这件事让茶棚声名大噪。之后这里兴起了街市,这儿的村落也便被称为茶棚村。

1980年土地到户时,尚未兴起外出务工,村民还都劳作在自家的土地上。那时候,茶棚村集市上人特别多,不管是南北街,还是东西街,到处都熙熙攘攘。集市的规模也越来越大,有粮食行、牛行、猪行、鸡行、鱼行,正街有卖布匹、衣服、鞋帽、日用百货的,还有卖家具和青菜的,那是应有尽有。要论茶棚村集市的繁荣程度,绝对不亚于当时代桥镇的集市。

相对来说,种地的人不比在集市做生意的人有钱。集市上大多有领头人,往往这种人最有钱,也最有气势,就是跺一下脚,地也得跟着摇,人们习惯把这样的人称为街霸。

在茶棚街上柳姓是大户,头人应该也是姓柳的,可没想到,街上的大老董单门独户,偏偏成了街上的头人,也就是街霸。摸不清内情的人感到有些奇怪,他有多大本事,一个人能压住整个集市?他是怎么做到在茶棚村集上不可一世,威风八面,成为街霸的呢?他到底有什么过人之处?

大老董原来不是茶棚人,他祖上是从外地要饭来到这里的。他家穷到只有一根棍、一个豁牙碗,一辈一辈过得低眉顺眼。大老董长大后,生得浓眉大眼,仪表堂堂。他家住在路北面,家住路南的姑娘柳玉梅喜欢上了这个小伙子。

这柳玉梅也不算平常姑娘,她有四个哥哥,分别叫大狼、二狼、三狼和四狼,只数她最小,是妹妹,在家里唤作五妮。

她跟董明也就是大老董,私下相好。因为柳玉梅家在集上有生意,可以说是富裕人家,而董明家里穷得连吃穿都作难,母子俩相依为命,过着贫寒的日子。

柳玉梅心里有董明,不嫌他家穷,总拿好吃的给董明。柳玉梅长成大姑娘后,便有人上门提亲。因她住在街上,家庭条件也不错,门当户对,媒人给她提的男孩,也都是富裕家。可她总是不松口,后来在父亲的追问下,柳玉梅才哭着告诉父亲自己喜欢董明,她的父亲听了坚决不同意。

这样一来,董明想要娶柳玉梅,就成癞蛤蟆想吃天鹅肉了。柳玉梅的父亲知道女儿的想法后想要快刀斩乱麻,强行给她定下了亲,并且在第一年订下婚,第二年便要柳玉梅出嫁。

在柳玉梅新婚前夜,父亲找来她的嫂子们,轮换着看她。悲痛之中的柳玉梅两眼哭得红肿,心里又急又愁。到了下半夜,她的两个嫂子熬困了,坐在她身边睡着了。柳玉梅抓住这个机会,偷跑出去,直奔董明家,两人实在没有别的出路,只有私奔。

她的两个嫂嫂只是闭了会眼,醒来就不见妹妹的人,吓坏了,赶紧去跟父亲说。父亲判断女儿肯定去了董明家,就带上四个儿子前去找,没看见女儿,也没见董明的人。

然而柳玉梅跟董明刚跑到村口,就让她父亲领着四个哥哥给追上了。董明吓得拔腿就跑,被柳大狼扑上前一把抓住,四兄弟围着董明一顿狠揍。

浑身是伤的董明第二天听到柳玉梅出嫁的喜乐,他再也得不到心爱的姑娘了。他亲眼看着她嫁给别人,就像钢刀剜了他的心。他跌跪在地上,用手揪拽自己的头发,可是痛苦发泄不出来。失去柳玉梅,他感到天昏地暗,彻底绝望了。董明认为他落到今天这步田地,都是贫穷惹的祸。

董明在柳玉梅出嫁后的第二天,从家里悄然离开,追随练武人的脚步而去。他认为只有有一身武功,才能不被欺负,也才有自己的出路。

董明没有钱,他接连去了两家武校,都被拒绝了。哪有人愿意白教徒弟?他就继续往北走,一家一家地找,终于,皇天不负有心人,有一所武校愿意收他。校长姓高,身材魁梧,他看董明身子挺拔,人也结实,学武的热情和愿望都很强烈,他对董明十分喜爱,就破了例,条件是学成之后要留校任教三年,董明一口答应下来!

董明无奈失去了心爱的姑娘,还遭到了一顿毒打。过往种种历历在目,也让董明变得勤奋、刻苦,全身心投入训练。别的学员睡觉了,他还在练,每天都比别人付出更多。

就这样,董明学武三年,执教三年。董明自打离家以来,只跟他娘保持联系,其余人全然不知,好像他从世上彻底消失了一般,音信全无。

六年之后,他在茶棚街上重新出现,回家第一件事就是直奔柳玉梅娘家。见了柳大狼,他二话不说,一把抓过来就是一巴掌,看着好像没用多大力,就把柳大狼的半张脸扇得肿起来。

看见大哥被打,柳家兄弟谁也不把董明放在眼里,他们手里各自拿了钉耙、铁锹、木棍,不由分说,便一拥而上。

谁也没想到,赤手空拳的董明,身手是那么矫健,那么灵活。四个身强力壮的男人一齐上,他竟然都能一一躲过。四个人完全不是他的对手,不一会儿全被董明撂倒在地。

从此,董明便在茶棚集市上声名大噪。

响了名的董明,并没有随意惹是生非。他在教训了柳家四兄弟之后,再没跟任何人动过手,茶棚集上的人谁也没这个胆,轻易去惹他。董明虽说家贫屋破,可他家的地理位置好,门前就是正街。于是董明就在自家门前摆了个肉架子,手拿一把杀猪刀,卖起了猪肉。

他也正是靠卖猪肉娶了老婆,成了家,挣了钱,立了足。

董明有了钱,就把他家的旧房子拆去,建了三间平房,改了行当,卖起了家电。他手里的钱越攒越多,又把平房翻建成楼房,买了一辆客货汽车。

街南边的柳家三狼、四狼做化肥生意，干得也还不错。

街南与街北开始闹矛盾，也是由三狼、四狼两家卖化肥引起的。

茶棚街上本来修的是砂浆路，每次在农忙之前，柳家三狼、四狼都要用大汽车运化肥囤货。砂浆路禁不住如此重量的大汽车碾轧，一碾一轧，就把路给轧坏了。他两家轧坏了路，可他们不愿出钱整修。

头两年，路都是董明领头给整修的，他不但出面，还多出钱。

让董明尤其难忍的是，赶到化肥销售旺季，柳三狼、柳四狼门前停下的车架子，能把整个大街全占了，连人都过不去。无形之中，董明的家电生意也受到了影响。

这还不说，每当赶上连续的阴雨天，整个茶棚街上的水都由南往北汇集。而街南柳家人担心雨大了窝水，竟把本来地势偏高的地面又向上垫了厚厚一层，街南不存水，却让街北积水更深了。

董明本来就跟柳家几兄弟有过节，看不顺眼，如今又见街南的他们做事这样霸道，不讲情理，小处他忍让一些倒也罢了，可事情到了这地步，还怎么能容忍得下？是时候要出手教训一下他们了。

雨停，天放晴之后，董明就领头去街北挨家挨户收钱，然后找人拉土，开始垫街北的路，把街北边垫得高过南边。这样一来，天再降雨，水就汇到了街南。

街南柳家看到是董明领的头，他们心里也生气，可又不敢明着与董明对着干，于是他们只能再次拉土垫路，地势高了，水自然而然就往街北流淌了。

双方这样互相对垒，矛盾越来越深，事情也越闹越大。

董明最后使出了大动作。由他出大头，街北其他人家出小头，用四轮拖拉机拉土加垫，一下将街北垫高了足有二尺，又把水泥、石子和砂子混到一起搅拌，修成了光滑的水泥路面。这还不算，他还特意跑到街南，找其中跟他关系不错，同时又跟柳家关系疏远的人家。正因为董明有街南那几家人撑后腰、使后劲，当柳家再次提出垫高时，因为难形成统一意见，事也就做不成了。

实际上街南地势原本就高，街北地势原本就低。从董明屋后向北不远，就是一个大坡塘,有一条通泉河的沟正好跟这个大坡塘相连。赶到夏天洪水泛滥时,整个茶棚街南、街北的水往北流淌,经过街北的这个大坡塘,都流到泉河的那条沟里去了。

十

董明跟街南柳家过不去,搞对垒,当然连带着也惹怒了其他柳姓人。可董明已经不是过去的董明了,他把自家屋后的坡塘垫高之后,资金雄厚的他在屋后面建起一片新房子。为了不让运送化肥的大汽车从街面上顺利通过,他就在街面上也建了两处砖混房。董明有两个像他一样虎背熊腰的儿子,老大叫大虎,老二叫二豹。光看这名字,就知道他是打算这辈子跟柳家那几条"狼"死磕到底啦!过去他是单枪匹马打天下,现如今,是他父子三人逞英豪了。

董明的本名不让人叫了,他在茶棚成为头人之后,因为无人敢惹,他也变得越来越强势。在人们的心中,他自然就成了茶棚街上的街霸,被人叫成了大老董。

街南街北的矛盾,致使整个茶棚街都受到了危害。因为街北地势高于街南,只要下雨,水就积存在那儿。向北流不动,只能向西流到南北大街上,导致整个茶棚街的路面都损毁严重。从东到西,从南到北,到处都是坑坑洼洼,泥泞难走。许多路段,因积水过深,行人根本走不过去。

看见茶棚街变得这般不像样子,许多住在街上的人心里发急,大家多次跑到村里去反映,强烈要求村干部站出来把茶棚街上的烂路好好整修整修。茶棚村干部也不是坐视不管,也多次找大老董谈茶棚街修路这件事。可财大气粗的大老董,嘴上答应着好,内心却很不情愿。因村干部好多都是姓柳的人,他打心眼里看不上姓柳的村干部,不把他们当回事,也不买账。

大老董不出面,不配合,就像一块大石头拦在这里,让整修茶棚街上的路这件事遇到了很大的阻力,迟迟没有进展。

茶棚街上的这条破烂路成了老大难。

还是村支书张兴成想到了柳西周，他觉得柳西周年轻，有胆识，也有干劲，尤其是他的头脑好使，有自己的想法，办法又多，敢啃硬骨头。无论大小事，他接手之后，都能圆满完成。张兴成觉得只有柳西周有这个能耐，只有他能降住大老董，有本事把这块硬骨头啃下来。想到这里，他就把柳西周叫来说，整修茶棚街上道路的事，我就交给你了。我知道这件事不好办，但我相信你有办法解决。

于是柳西周来到了街上大老董家电专卖店。他跟着几个购买电视机的顾客，装作随意走进去。他进去第一眼就看见大老董待在柜台里边，正跟两个顾客谈生意。大老董卖力地向顾客介绍一款新到货的电视机，介绍荧光屏、显像管，说得头头是道。柳西周不好一直盯着他看，只用余光观察。

大老董一直没注意到柳西周，当那两个顾客离开店之后，他这才无意间发现了柳西周。不知道为什么，他看见柳西周时，心里咯噔了一下。他知道，柳西周天天很忙，一般很少来他店里，他这一来，肯定有目的。大老董对大部分姓柳的人都没好感，也真别说，唯有柳西周倒是让他另眼相看。

在大老董的印象中，柳西周跟别的柳姓村干部不大一样。他不摆谱，本真、随和。平常日子里，两人相见时，柳西周离得老远就跟他亲热地打招呼，询问他上哪儿去，店里生意怎么样，有没有用得着自己的地方等。如此寒暄之后，两个人才各自离去。每次需要他帮忙办事，他都会尽力而为。

大老董在心里仔细想了想，柳西周虽然也姓柳，可两人之间真没有什么过节，也没红过脸。可今天，当大老董在自己店里看见柳西周时，他竟纠结于是应该主动跟柳西周打招呼，还是装作没看见。在犹豫间，他转念一想，忽然发现一个不对劲的地方：平常见面时，柳西周离得老远就跟他打招呼，可今天柳西周人都来到店里了，竟然没主动跟他说话。他肯定是有啥用意。

柳西周待在大老董的店里，只装模作样看家电，一直没用目光直视他，但是大老董的一举一动，任何细微的表情变化，柳西周都尽收眼底。柳西周在跟他打心理战。他从大老董的表情变化上，捕捉到大老董对自己的到来还是很在意的，从发现自己开始，他便一直在琢磨。

柳西周心里有了底,就转过身向大老董走过去,用惯常的那种热情说,呦,董大哥,你店里生意不错呀,我进来看你正在跟顾客谈生意,就没敢打扰你。

大老董见柳西周把话说得这般严丝合缝,心存的疑虑立刻打消了。他见柳西周先主动跟他打招呼,也赶忙满脸带笑,故作惊喜道,西周呀,今天咋有闲空逛我的店啦?

柳西周顺水推舟说,我看看这电视都是什么牌子的,如果我碰到有熟人想买,也好帮你介绍啊。

大老董亲热地说,那好,那好,你识字,不用我介绍,你自己都能看懂,那你先自己看看吧!

柳西周便转身继续看家电了。

大老董没料到柳西周会跟他打招呼,有些始料不及。他也觉得自己表现得太过亲热,有些失态了。他想,柳西周就是个村干部,没啥大不了的。他很快调整好自己的心态,守在柜台里,把柳西周全然当成那种没事在店里闲转悠的顾客,态度变得冷淡起来!

柳西周知道自己在这待久了不好,看了片刻便向大老董告辞走人。

过了没两天,柳西周又来到大老董店里的时候,大老董心里充满疑惑,他问柳西周这次来办啥事,柳西周仍然说,没事,没事,你该忙只管忙,我闲看看。

大老董便不多搭理了,想看就任由他看,大老董心里拿定主意,以不变应万变。

柳西周总在大老董的店里待着,大老董明显有嫌他的意思了,可柳西周全然不顾。有前来购买家电的,他还主动往前凑,不遗余力地帮着大老董宣传。有他的捧场,那天大老董还真就多卖了两台电视机哩!

大老董见柳西周在他店里待了一上午都没走,他想柳西周一定是有目的而来。大老董沉不住气了,柳西周还没提,他就主动问,听说村里准备要整修茶棚街上的这条路,有没有这回事?有啥事你就直说,用不着跟我兜圈子。

柳西周故作浑然不知地说，村里没开这样的会呀，我真不知道呀，这要是修路了还得你多帮忙，村里肯定有人通知你，没有你的允许，这街上的路能修得成吗？

大老董让柳西周这话堵了嘴，无话可说了。

十一

  这天,村里一位村民向柳西周打听买电视的事,让柳西周给他参谋一下购买啥牌子的好。

  柳西周马上想到了大老董。他就告诉这位村民说,你买飞跃牌的吧,这个牌子的电视机质量过硬。说过,他接着向这位村民建议道,你就去咱街上的大老董家电专卖店买吧。

  这个村民便有些犹豫地说,大老董跟咱姓柳的有多年的仇怨,向来对咱姓柳的没好感,我要是买了他店里的货,万一我不满意,他再硬不给我退换,还不得吵起来,弄得彼此不愉快?

  这个村民的老婆也帮腔说,有钱又不是买不着电视机,我两口子还是明天一道到代桥镇或泉阳镇看看吧!

  柳西周却坚持自己的想法,他说,大老董店里的货齐全,我这两天都在他那里待着,有好多品牌的产品,质量都很过硬。他跟咱姓柳的有过节,也是针对街南的柳家兄弟。再说,他现在两个儿子都大了,那都是很多年前的事啦。你是姓柳,可他跟你家毫无冤仇,你去买他的电视机,就是他的顾客,大老董再怎么说也是本乡本土的,咱知根知底。要真是购买的产品不好,不用你出面,我替你出面去找他。

  柳西周第三趟前去大老董家电专卖店时,就不是他一个人了。柳西周带人来买他家的电视机,给他带来了个顾客。

  大老董感受到了柳西周对他的真心实意,心里很感动。他诚心挽留柳西周吃午饭。你看,天当晌了,我大老董想请你喝一杯,跟你聊聊天。

  柳西周也痛快,他说,那就恭敬不如从命,喝一杯就喝一杯!

那天，大老董让老婆炒了几个菜，又特意买了只卤鸡！

席间，两人边吃边聊。柳西周喝过一口酒，又吃了一口菜，便说，这段时间，我在你店里转悠，发现一个不足之处，在这里我也实言相告。你不应该把家电都摆在柜台里边，这无形之中就和顾客拉开了距离。还有，你的货都在里边堆成山，堂前却空出一大块，你这设计得也不合理。顾客要一台你搬一台，不仅给自己多添麻烦，也给顾客带来很多不便。你要更新观念，向城里的那些超市一样，开放购物，让顾客近距离地看见商品。

大老董觉得柳西周的见解果然很独到，他说，村人都讲你这个村干部跟别的村干部不一样，光听你说话就能感觉出来。你这么好的头脑，干吗不做生意，偏去当那个不挣钱的破干部？

柳西周立刻辩解说，大雁南飞还有个头雁，蜜蜂那么小，还有个蜂王。咱茶棚街上，你还是个头人呢！我们下边有那么多村民，怎么能没村干部？还破干部，我只听说过干部有老有新，还从没听说过破干部！你这话明显是轻视我们这些乡下干部，我听着不入耳。要知道，村干部也属于村级组织，虽然不起眼，但干实事。我们为村民服务，可不能这样随便贬低！

大老董没想到平常随和的柳西周，说到这事时竟是这样义正词严。他让柳西周说得满脸通红，便自己找台阶下，说，是我话说得不对，我该罚！

接下来，两人又吃起了卤鸡。柳西周只吃了一口，就说，你这卤鸡味道不够地道，口味不纯正，也不够鲜美。

大老董这回真不高兴了，问道，你是不是酒量不行？怎么才开始喝，就听你说醉话？实话告诉你，我这买的可是茶棚街上做得最好的卤鸡，我咋没听到你的一句夸奖，一张口都是不满哩？

柳西周据理力争道，我这全是实话实说，这味道一般般！

大老董一下站起来了，说，你到底吃没吃过卤鸡？我也直来直去地告诉你，我这个人山珍海味也不稀罕，最爱吃的就是这卤鸡！不是我吹牛，卤鸡你肯定没我吃得多！你要真有本事，弄只比这还好吃的、让我品尝之后能赞不绝口！你要真能做到，我便对你另眼相看！

柳西周也挺身站起，说，你也不要打门缝里看人。见过不如吃过，下趟来,我用祖传的秘方亲手给你做只卤鸡品尝一下,包管让你吃了还想吃,让你啥话都说不出!

柳西周第四趟赶到大老董这儿,他的手里真就提了一只亲自制作的卤鸡。这次他是专门给大老董送卤鸡来了!

这让大老董万万没想到。柳西周看着压根就不像讲究吃的人,可偏偏给他拎来了一只自己亲手做的卤鸡。上次大老董只当他是酒桌上随便说说,只是吹牛的大话,全然不信他能做什么卤鸡。没想到,他竟然深藏不露。

柳西周为了证明自己做卤鸡不是外行,坐下之后就向大老董说起了他的配料,什么胡椒、花椒、桂皮、八角、丁香、干草、陈皮、草果……他一口气竟说了二十多样,连每样多少克都说得一清二楚。

大老董听得直瞪眼,他平时经常吃卤鸡,尽管不会做,但他也有所耳闻,柳西周刚才说的那些材料,的确都是用来制作卤鸡的配料。这次,他不但信了,还听得入了神。他试探着问,你那秘方,能不能给我一份,让我也试试?

柳西周摇摇头说,随便给就不叫祖传了;谁都能做,也就不叫秘方了。

大老董这下让他吊足了胃口,急不可待地说,赶快把你的卤鸡拿过来,我先尝尝,闻着太香哩。

柳西周先递了个鸡大腿,说,给,先让你解解馋!

大老董伸手把鸡大腿接过来吃一口,跟着便喊了起来,好吃,真好吃!

柳西周目不转睛地看着他吃,跟着问道,那是怎样一个好吃法?

大老董口里有滋有味地嚼着,抬头想了下说,你这卤鸡的味道跟卤菜摊上卤的可不一样,香得可口,又鲜美,吃过这口,别的都不想了。

等大老董吃得正高兴,柳西周像拉家常般说,老哥,你是咱街上的头面人物,你自己说,咱这街上的路破烂成这个样,连人都不能走,是不是应该大修一下了?

大老董只顾吃,便顺口说,修!

柳西周跟着说,那你来带这个头。

大老董口里夸赞道,连鸡骨嚼着都有滋有味。他抬下眼皮,又说道,那还用说?

柳西周追着不放,说,你不能空口说白话,要动真格才行。

大老董到这时才惊醒过来,他放下鸡骨头反问道,什么修路?那不行,街上的路不能修!

柳西周坚持道,你说话要算数,可不能随便改口。

大老董被逼得没有退路,只好道出真情。他说,我把街上的路给整修了,不就给柳家兄弟行了方便吗?路我也不是没整修过,可我一整修,他们就打街南边垫土,让水都存到街北来。是他们硬要跟我过不去,不给我路走。我们两家现在是势不两立。

柳西周便展开了劝说,大哥,你这是杀敌一千,自损八百啊!要知道,你自己也在街面上做生意呀!活人没有不做错事的,你不要抓住过往不放。本来街南街北都是邻居,大家抬头不见低头见,这样下去何时休?山不转水转,得饶人处且饶人,给别人方便,也是给自己方便啊!你当自己只是跟街南柳家四兄弟过不去吗?要知道,咱整个茶棚村有多少姓柳的人!光我们柳大营就两千多人呢!前天,我给你带来买电视机的柳姓村民,在买你家电视机这件事上,他就有顾虑,不肯到你店里来,还是我做的思想工作。大哥啊,世上最宽广的是大海,可人的心那是比大海还要宽广的啊!你尽快跟柳家和解,什么新仇旧恨都让大风刮去吧!只要你今后能跟柳家和睦相处,放过他们,不知道你的客人又要增加多少,电视机又要多卖多少呢!

大老董这个天不怕地不怕的茶棚街霸,竟良久无语。

柳西周又把话接回来,就说咱茶棚街,如今损毁成这个样子,久拖不修,对整个茶棚做生意的不利,对我们茶棚的发展也造成了很大的影响。我就不相信,作为茶棚街上的人,这事儿能不对你的声誉还有生意造成影响?

大老董猛地挺身而起,目光炯炯,对着自己的脑门拍了一掌,痛下决心般地喊道,茶棚街上这条路,我支持你修!

十二

柳西红刚进入乡农技站的时候,下乡推广他的良种遇到的阻力可不小呢!由于那个年代文化水平普遍偏低,农户对良种没有形成正确的认识。而且农业生产刚刚恢复生机,资金上相对紧张,农户仍然用自家留的种种地,不舍得花钱买新种子。柳西红找各村的干部帮他到村民中间去动员、宣传,可是村干部在这方面同样是认识不足,态度很冷淡,不情愿出面。他们认为新种子有风险,要是试种好了,皆大欢喜;要是试种出现意外,他们就会受到村民的抱怨和指责。因此,他们都不愿过问这件事,不想去给自己找麻烦。谁又想自讨苦吃呢,不如落个清闲好。

柳西红身为乡农技站的站长,推广农业科技是他本职上的工作,他要把优良品种落实到耕地上。但他实在没有好办法,动员不了大家,他只能把自家的六七亩承包地全部种上新品种。

到了麦子成熟要收割的时候,柳西红最发愁。因为他老婆去世早,孩子还小,家里缺乏收割的劳动力。每次收割,只有柳西红一人手拿镰刀,独自在大片的麦田里劳动。家家户户都在忙麦收,柳西红就是想找人收割,也找不到能支援他的人。只有靠他自己,白天割了夜里割,紧咬着牙支撑着。

如果麦收季节天气晴好,柳西红心中还不用那般着急,但要是遇到天转阴了,柳西红心中就急坏了。他只有弯着腰身,挥舞着镰刀,快收快割,恨不能一镰刀把地里所有的麦子都收割完。

这当口,柳西周也在自家的麦地里,跟他媳妇刘凤英一起收割着麦子。

他发现天上的云层增厚了,便说了一句,糟了!他立刻想到了柳西红麦地里的麦子。他便扭脸对刘凤英说,柳西红家地里种的麦子那可都是试验种！咱家地里的麦子不过是一般的麦子，远没有柳西红家地里的麦子重要。这么说着，根本没待刘凤英开口，他直起身来说了一句，我得赶去帮着西红哥抢收去了。然后他人就迅速走出了麦地，径直朝柳西红家的麦田赶去。

好在天虽然阴着，但并没有下雨。到了下午，割了没多久，铜钱大的雨点便落了下来。他低头看柳西红家的麦子还有很多没有收割，此刻，不只柳西红心里慌了，就连柳西周心里也着急得不行。他想起了自己的媳妇刘凤英，丢下镰刀，飞奔着就朝他家麦地里跑去。

他跑到刘凤英面前，着急地对刘凤英说，咱家的麦子先不割了，你赶快跟我去柳西红家的麦地收麦子吧！

刘凤英抬头寒脸看着他问，那咱家这麦子咋办？

柳西周断然说，管不了那么多了，咱的先不收啦！

刘凤英不情愿地问，难道你就不吃不喝，日子不过了？

柳西周见天越发阴得重，便急得直跺脚说，你就别磨蹭了，快走吧，孰轻孰重我心里有数。

柳西周拉起刘凤英就走，边走边说，我们家的麦子不过是一般的麦子，丢了不心疼！柳西红家地里的麦子那可都是种子，粒粒都是金贵的！刘凤英只好跟着他一道去给柳西红收麦子了。

柳西周对柳西红培育良种这事儿一直很有信心。尤其是他亲自试种柳西红的示范种子，的确提高了产量，增加了收入。他觉得身为农村干部，工作的主要任务，也可以说是使命，就是让当地的农业生产获得更大的发展，让粮食的产量越来越高，增加农民的收入。柳西红搞良种推广，方向跟他们是一致的，他理所应当支持他。

柳西周主动找到柳西红跟他说，我们整个乡要是没有村愿意给你提供良种示范基地，推广落实种植面积，我愿意配合你，我去动员我们村前那些拥有四四方方最好的四十亩可耕地的农户，他们的思想工作包在我身上。咱都是柳家本乡本土人，人家不支持你，我来支持你！

柳西周的出面，成了柳西红良种示范基地的坚强后盾，柳西红也因此把种子试点田长期放在了茶棚村。并且由最初的几十亩，逐渐发展到了几百亩。播种和管理由柳西红负责,等到成熟时,就完全交给了柳西周。

刚开始几年,村里还是人工收割,柳西周把柳西红的试验田放在重中之重,每次都是由他组织村里的人去收割。后来,由于村里的青壮年都外出打工,劳动力大量减少,大联合收割机便在农村推广开来。但麦收时间过度集中,"僧多粥少"的问题一下变得突出。村庄间因相互争抢大联合收割机,打伤人的事可没少发生。柳西周从山东调来的收割机遭到了村民的哄抢。这家要先去他家割,那家要先去他家割,机主便左右为难,一时不知道该怎么办才好,便求助于柳西周。

柳西周按惯例,雷打不动地要机主先赶去柳西红的试验田。他告诉村民说,越赶在这个节骨眼上越不要着急,谁争抢也不顶用。他迅速扫视了一下周围的村民,接着说,我们种的麦子远没有柳西红的重要,他那可是金麦粒,一亩顶我们十亩的好种子啊!我们要先把柳西红种子麦田的麦子收掉。

话音刚落,大家就自动让开了一条路,目送收割机轰鸣着一直向柳西红的种子麦田开去。

柳西周把柳西红的试验田落实到茶棚村,等到麦子收获后,柳西红为感谢众人对他的大力支持,每年都要留下表现突出的麦种给茶棚的村民种植。早先由柳西红推广的半冬性小麦"百农3217"和春性小麦"豫麦18"这两个品种,在种植中表现优异,已经在全镇全面铺开,深受当地村民欢迎。

这也是柳西周全力支持柳西红在当地种植优种的一个目的。村民获得了柳西红的好品种,给他们带来了实实在在的好处。尝到甜头的村民,反过来又增加了科学种田的热情。柳西周用实干且强有力的工作作风改变着大家的生活。

十三

  如果不是柳西周亲身经历，亲眼所见，他是无论如何也不会相信，老几辈都饿肚皮，甚至连榆树皮都能剥了吃，而现今由于亩产的大幅度提高，小麦亩产千斤已是普遍现象。夏收之后，农户家中的粮食便堆成了山，随之而来出现了卖粮的问题！农民用架车装满粮食，从粮站大门口顺着公路边一字长蛇阵般，一辆接一辆，摆几公里那么长，足有几百辆粮车，可粮站一天只能收几十车粮。

  镇粮站的所有粮仓都收满了，往外又调不出去，腾不出空粮仓，粮食就没处收啦。

  也有人说，空粮仓还有，粮站没了收粮的资金，没钱就没法收购了！

  农户们半夜就拉着满架车的粮食上路，等到天快黑时，满满一架车粮食还原封不动，就硬着头皮在粮站门口坚守着。一车筛干净的粮食，有时候要等上三天才能卖掉，并且是压价卖出的。

  柳西周眼看着辛辛苦苦种出来的粮食卖不出去，他感到心疼，不是滋味呀。他跑到田间地头，两眼盯着田里的庄稼，走来走去。他在思考着为什么会出现卖粮难这样的新问题。渐渐地，他理清了思路，发现了问题根本在于村民把大量土地都集中种粮，粮食高产了，但无形之中就造成了粮食生产过剩。而从存储到收购都存在很多不足，这就使各地出现了不同程度的卖粮难。顺着思路，进一步想，他认为村民的种植方式太过单一，这样种植下去，粮食只会越来越难卖。农民现在手中紧缺的是钱，要想破解这道难题，种植结构应该多样化，尤其要向经济作物转移，增加效益，只有这样才有好的发展前景。

这一年冬天,柳西周进城里办事,看到郊区的人们采用地膜覆盖规模种植马铃薯。这让他灵机一动,心想,人家能种,我们村也该能种吧。

有了这样的想法,柳西周来到一户人家地里,与种植户进行了交谈,进行实地调查和了解。他得到的答案是,马铃薯适应能力很强。种植户说,我们这都是打黑龙江那边引过来的优良品种,距离好几千公里呢!从我们这儿到你们那儿不过才几十里,你们那里怎么不能引种呢?马铃薯产量高,行情也好,只要你敢去种,就肯定比只种小麦强。

柳西周的心让这些话说动了,他顿时产生了一种强烈的想法,引种马铃薯。

柳西周决定要引种马铃薯了,可今年冬天不行,一是没了种源,二是家里没有留出空白的春地。无奈,他只能暂时放弃了。不过,柳西周把种马铃薯这样的打算放在了心上。

转眼又是一年,柳西周抢早下手,动员几十户村民种植马铃薯。村民提前把土地面积留出来做好准备,并按照他统计的地亩数订购了马铃薯种。

当地村民从来没种植过马铃薯,也从来没见过地膜覆盖这种种植方式,所以大家都觉得很新鲜。

柳西周办事细心,为了指导村民栽种,特意从郊区请来一个专业种植户,每天吃住都在他家,柳西周好酒好菜地款待着。针对马铃薯的行距、株距、深度,以及复合肥与马铃薯的间距,地膜如何覆盖才恰到好处等等一系列问题,专家都到现场一一进行了示范和传授,把栽种方法全都教给了村民。

年前冬天将马铃薯栽进地,到了第二年春天,马铃薯芽苗出土了。秧苗长起来时,要适时破膜;膜内长了青皋,要及时拔除;马铃薯生长中期,遇到旱天要顺趟进行浇水;马铃薯转入生长期,要朝叶面喷施磷酸二氢钾。柳西周对马铃薯进行精细管理,让第一年引种过来的马铃薯能有个好收成,他来来回回地没少奔波。

地膜覆盖栽种的马铃薯,生长时间为半年。在麦收之前,柳西周第一年引种的马铃薯亩产达到四千斤。正因为抢先种便能抢早上市,价格可观,每市斤能卖到四角,这样每亩的收入就达到了一千六百元。刨去成本,净收入也有近千元,相当于两亩麦子的收入。再加上收获时间比小麦早,就算接着种玉米,也能比小麦地里的玉米产量高,收入高。

柳西周第一年发动村民种植马铃薯时,村民还有一些顾虑,那些观念旧、胆子小的村民拒绝种植。到了第二年,看到实惠的村民用不着柳西周号召,就纷纷抢着种植。村民栽培马铃薯的积极性空前高涨,栽培面积一下扩大了几倍,他们茶棚村,几乎要变成了栽培马铃薯的专业村。

茶棚村在柳西周的带领下,连续三年栽培马铃薯都获得了丰产丰收,让农民都挣到了钱。

20世纪90年代初期,乡村信息传递还是相对落后,但村民想要致富的心情都很迫切,大家都在寻找好的种植项目。人们见茶棚村栽种马铃薯卖出好价钱,纷纷仿效。这样,种植面积扩大了数倍,扎堆种植。到了收获时,马铃薯市场上的价格,降至每市斤两角,不少农户很难出手,干脆把马铃薯当成饲料喂猪了。

农村种植方面,想找个能变现的作物越来越难。不管是种生姜,栽甘蔗,能想到的大家都抢着去种。不管种植哪种经济作物,好景都持续不久,这下人们都不知道路究竟在何方了。

茶棚村有个叫柳玉强的青年,他向来敢想敢干,有不服输的劲头。别人从种植上找门路,他一直搞养殖。他采取了一种科学育肥的方法,使用混合饲料,把猪养得面色红润,长得也特别快,他养的育肥猪,六七个月就可出栏了。

柳玉强不但会饲养猪,还能给猪诊病。猪生病时,他可以通过观察,对症下药。

这样一个养猪能人,开始散养猪,后来有了养猪经验,便进行规模饲养,从三五头发展到四五十头。一个乡下青年,能饲养几十头猪,那可不得了!他是茶棚村排在第一名的养猪专业户。

可是猪肉市场不是一直稳定,有几年柳玉强遇到猪肉价格猛跌的情况。他辛辛苦苦养的猪,不但没赚到钱,反而还赔了几千元,连养猪的成本都亏了进去。

父母劝他不要再养猪了,邻居也劝他放弃,改行干别的,可他听不进去,坚持自己的想法。没钱,他就跑去借了一千元。父母不同意,柳玉强硬撅撅地说,赔也挡不住我养猪。

市场行情风云变幻,柳玉强借回钱继续养猪,他买来的四头母猪,两头还在怀孕中,两头刚生下小猪仔,生猪价格就在这时猛涨。可他只能眼睁睁地看着,心里干着急,也没有任何办法。

柳玉强连着好几年养猪都没赚到钱,但他还一直想改善饲养条件,把猪圈重新设计,把小养猪场变成一个大养猪场,打外边拉一圈围墙,搞封闭饲养。可苦于经济薄弱,他的愿望也只能是愿望,一年又一年,他始终没办法将愿望变成现实。

村里有个叫狗子的懒人,常年收病死猪。他把买回来的死猪在自家锅里烀熟了,再到街上去卖。他家离柳玉强家没多远,手中收不到病死猪时,会跑到柳玉强家的猪圈去查看。柳玉强一看见他,就拿个竹竿把他往外赶。狗子吓得用手捂头,拔腿跑出去好远,可是他总不长记性。那天,趁柳玉强不在家,狗子探头探脑地又出现在了柳玉强家的猪圈门前。就在狗子走后没多久,头天还好好的猪,第二天早晨却连死了好几头,柳玉强进行紧急抢救时又病死了好几头。总共加在一起病死了十几头猪。恰巧这一年市场行情还不错,这让柳玉强遭受了严重损失。

狗子见柳玉强家有病死猪,可高兴坏了,大着胆子向柳玉强买死猪。柳玉强扭头看见狗子,心里顿时生起怒火,再次拿起竹竿要劈打狗子。狗子吓得用手护着头,一边缩头一边向外退着说,不卖没关系,咋看见我就打?没听人家说过,生意不成人情在吗?好赖我跟你也是一个村的人啊!

柳玉强知道生病的猪死了是绝不可乱卖的,他把十几头死猪拉到北地的一片空地上烧了。

狗子买不到病死猪也不死心。当柳玉强把病死猪往北地拉时,他尾随而去,见柳玉强把病死猪放火烧掉了,觉得很可惜,就硬着头皮往前凑,又不敢贴太近,只好走走退退。他看着熊熊燃起的大火,忍不住地说,天底下就没见过这样的傻瓜！病死了也是自家饲料喂养的，卖给我多少还能换俩钱，烧了有啥用，只落一堆灰！

在柳玉强养猪期间，村里已经开始有年轻人外出闯荡打工了。他们只凭两只手，任何成本都不要，在外打工一年，到春节返家腰包就鼓了，在村里走动时，人也神气了。

柳玉强他娘见他在家一年一年养猪，人没少操心，也没少受累，却没挣到啥钱，外边还欠亲戚家好多账，就劝他不要养猪了，跟村里其他年轻人一起走出家门打工，先挣钱把欠亲戚家的账还了。

柳玉强没好气地说，你这是见识短，我打什么工？我偏不打工，我就在家养猪。我偏不信，我这个有养猪本领的人，靠养猪就致不了富。

柳玉强整整养了十年，整体来说还是亏本，外边依旧还欠着账。后来他甚至连日常开支的钱也拿不出来了，只好硬着头皮去找他娘。他娘对这个倔强不听话的儿子一直很不满，瞪他一眼说，叫你打工你偏不去，养猪把自己养到今天这步田地。你年轻力壮的，跟我一个老婆子讨钱，你丢人不丢人？

柳玉强把母亲给的钱贴在胸口，他心里感到既悲凉，又难过。他憋了一肚子话，又不知该跟谁诉说。

夜里，他躺在床上，久久不能入睡。他想，自己养了十年猪，花了那么大气力，一心想把猪养好，怎么会落得这么凄惨的下场？看来，这条路已走进死胡同了。痛定思痛，既然是走不通的路，他只能放弃养猪，外出打工。临走之前，他来到柳西周家。柳西周是一直支持他养猪的，也没少到他的养猪场来。他遇到困难时，柳西周也给了他很多帮助，还有从柳西周那里借的钱眼下只能欠着，等以后有钱了再还他。他想问问柳西周对于继续养猪还是打工有什么看法。

柳玉强整个养猪过程，柳西周都了解，他不认为柳玉强养猪有什么过错，应该说这内里的原因是很复杂的。就像农民卖粮难，增产不增收，这道理都是一样的，责任并不在哪一方面。

柳玉强来到柳西周家，柳西周赶忙走出来，热情地把柳玉强迎进了屋。

当柳西周听说柳玉强的来意后,柳西周便想到了大禹治水这个典故。有些事情,不能只依主观愿望,必须按照客观实际,遵循客观规律,应该疏通的地方,就不能采取截堵的办法。

柳西周说,三十六计,走为上。你在农村苦心经营了十年的养猪事业,结果养成了亏损,陷在了这里。这种境况下,我支持你向外走,走出去换个天地,对你本人来说,这也是一种经历。

柳玉强没有想到对于他要外出打工,柳西周不是极力挽留,而是十分理解他的难处。这让他觉得难能可贵,也很让他感动,因为对于处在两难境地的他来说,柳西周的支持至关重要。

柳西周接着又说,你还年轻,走出去闯一闯是对的。这条路不通,咱换一条嘛!人们都说你运气不好,这话不对。你在乡下养猪,虽然能把猪养得好,可你看不清市场啊,本来就信息不灵通,机制也不健全,几方面都制约着你。你出去了,靠你这种实干养猪的劲头,到了外边也没有干不好的事情。有了机会,你一定要抓住,大展宏图,我对你抱有期待。

第二天,柳玉强身上背着沉重的行李,打家里走了出来,柳西周特意推着自行车给他送行。路上,柳西周对他提出了一个特别的要求,他说,今天我支持你走出去,将来你在外边闯好了,挣到钱了,我希望你还能回来,回到家乡创业,因为家乡的发展,太需要像你这样的年轻人了。

那天,凛冽的北风呼呼地刮着,柳玉强跟柳西周走在一起,感觉自己的心里热热的。柳西周一直把柳玉强送到客车上,目送他远去。客车已经消失得无影无踪了,可柳西周还久久地站在那里。

柳玉强坐在车上,也一直无法平静,耳畔还回响着柳西周最后对他说的那句话。他暗下决心说,西周哥你放心吧,我会的,我会回来的。

十四

柳西周何尝不想让农民摆脱贫困，走上康庄大道，但那需要一大批有所作为的青年才俊一起奋斗。如果他们不加入农村的建设大军中来，要想彻底改变农村的贫穷面貌，那是极其困难的。

可在乡下，青壮男人们只埋头耕种田地，或是搞养殖，收入都是微薄的。留在乡村看不到前途、找不到出路，他们被迫无奈，只有去打工。一时之间，打工浪潮兴起，并很快形成席卷之势，无人能留住青壮男人匆匆往外走的脚步。

柳西周看着一个又一个男人身背行李打他身边经过，他很想把他们挽留下来，跟他并肩奋战，共同建设家乡。可大势所趋，想走的还是要走，他留也留不住。

柳西锦是街上老铁匠柳怀福的儿子，他身体强壮，跟他爹在茶棚街上开了个铁匠铺子，从早到晚砰砰啪啪地忙个不停。村民来打镰刀、做锄头、打钉耙、买铁锨，客户往来不断，生意很红火。年轻力壮的柳西锦有的是劲头，他跟着父亲一块打铁，便一直留在家中，没动过外出打工的念头。靠打铁，柳西锦的家里建起了三间气派的房子，还娶了个漂亮的媳妇，他家的日子，也像打铁的生意一样，红红火火，热气腾腾。

可随着发展，农村的生产条件也在不断地提高，随着农用机械的大批使用和推广，打制农用家具的越来越少了，柳西锦和他爹的铁匠铺生意便日渐冷清了下来。柳西锦产生了把生意关门，也外出打工的念头。

这天柳西周赶来柳西锦家劝他，要他留在家里，他说，集上有门面你就占着优势，凡事贵在坚持啊，这行不干了，你还可以做别的生意。

柳西锦觉得这话说得在理,可他不知道除了打铁,自己还能干什么?他面有难色地说,那我干啥生意好呢?

柳西周就宽慰他说,你看这街上五行八作,干啥的没有?不用急,你好好想想,除了打铁,你还有别的啥爱好没?

他的媳妇在旁边插言说,咋个没有?得了空闲,他就鼓捣着炒菜,我还想着,他炒菜这么好吃,干脆明儿个开饭店吧!

柳西锦也跟着说,这还真不是吹,炒几个菜难不住我。

柳西周乘机提议说,那今儿晚上我留在你家,你下手炒几个菜让我享享口福。柳西锦知道,柳西周今天主动留在自己家,还要吃自己炒的菜,这是非常难得的,于是,他高挽起袖子,果真动手做起饭来。

由于柳西锦常年打铁,体力消耗大。所以每天收了工,他就感到特别饿,就想吃点东西,再喝上几口酒解乏。喝酒少不了吃菜,柳西锦平日里又是个爱琢磨的人,他把心思花在炒菜上,味道还真不错。

柳西周把他炒的四个家常菜一一细品。不管是炒茄子、炒洋葱、鸡蛋炒青椒,还是豆角炒肉丝,都挺像那么回事。每道菜都有独到的风味。

两人边吃着菜、喝着酒,边说着话。柳西周说,我看你没必要外出打工,给人家打工,少不了看人脸色。你孩子还小,要是你独自外出,难免要夫妻两处分离。你在外边能不想媳妇和孩子?你要留在家里,有自己的生意做,比在外打工自在。再说,一家人待在一起,日子也能过得热气腾腾的。

柳西锦把柳西周的话用心记着,他的两眼时不时看一下旁边正在给孩子喂饭的妻子,越想越觉得这话切合实际,他便打消了外出的念头。他跟妻子感情很深厚,孩子也这般可爱,一天不见就想得难受,要是长时间处在异地,他哪能受得了?他不由得皱起了眉头,开口问柳西周,我也知道留在家里好,可是在家总得找个生意做。你看我要改行的话,在街上能干哪样呢?又有个啥买卖适合我做呢?

柳西周把手中的筷子放到桌子上说,你不是喜欢炒菜吗?我建议你就在咱茶棚街上改行开饭店呀!

柳西锦立刻眼前一亮,说道,改行开饭店我觉得能行!他转念一想接着说,可我从来没开过饭店,不知道在咱这乡旮旯里开饭店行不行!

柳西周语气坚定地说,随着大家生活水平的提高,今后上街吃饭、办事的人会越来越多。你看整个茶棚街上,一家饭店也没有,你抢早下手,正是个大好的机会。

柳西锦增强了信心,说道,有你给我拿主见,这个饭店我开!说着,他忽然想到了什么,忙又摇着头跟柳西周说,不行,不行,你看我家集上就这一间铁匠铺子,也摆不了几张桌子,这饭店,想开也开不了呀。

柳西周喝过一口酒,轻声告诉柳西锦说,你先不要发愁,我听说集上的柳成有事,急等着用钱,他街上有两间门面要卖。我回头帮你问问,等事情落实了,你赶紧把门面盘下来!

柳西锦便答应了一声,好!

事不宜迟,柳西周打这里离开后就直接去打听门面的事了。没承想,柳成卖门面的想法已经是前两天的事。现在他孩子舅觉得门面不能卖,还出面帮柳成把他急用钱这事给解决掉了!

柳西周离开柳成家,并没有立即给柳西锦回话。他意识到,如果现在去把这事照实一说,柳西锦说不定就会泄了气。既然他让柳西锦留在家乡创业,那么,不管柳西锦在开饭店这件事上遇到多大困难,他都要挺在前面,帮人帮到底。他在自家门口踱来踱去,琢磨着能想个啥办法出来,如何解决柳西锦门面狭窄这道难题。忽然,他想出了一个切实可行的办法。

第二天,他便急匆匆地赶去柳西锦家。他先不说柳成的门面不卖一事,而是对柳西锦说,依我说,你没必要去购买柳成的门面。你家门面的宽度不够,可够长。你把这旧门面拆了,然后重新再建,向里延展一下,还可以再盖两间。如果你觉得还不够,干脆建成两层楼房,这不啥难题也没有啦?

柳西锦觉得柳西周这个建议切实可行,但是,他又想到如果改建了楼房,再去开饭店,资金肯定不足。他说,好是好,可是我没这么多钱啊!

柳西周看着他问,大概有多大缺口?

柳西锦说,至少五万。

柳西周便痛快地说,做事就要大胆!五万元我给你想办法,包在我身上!

柳西锦立刻信心十足,就说,既然有你在我后面撑着,这座楼房我建!

柳西周当着柳西锦的面,大包大揽,他不想让柳西锦犯难,可自己却犯了难。不要说五万元,就是五千元他也拿不出来。可他答应了人家,就要给人家筹借。五万元毕竟不是一个小数目,他打电话联系了很多人,但大家都拿不出这么多的现钱。

柳西周依然不气馁,他心里忽然又想到了一位跟他交情深厚的人,那就是苏屯乡李关庙村的刘义。而刘义接到他的电话后,很慷慨地说,五万元我有,我这就去镇上银行给你取,你来拿吧!

柳西周放下电话,心里一下轻松了。他忙去找柳西锦,两人人立即赶到了刘义家。刘义一见面,就把五万元交到柳西周手里,他说,我知道你轻易不跟我张口,肯定是遇到了过不去的坎,我不能不给你面子。这些钱够不?不够,我再去给你取。

柳西周接过钱,握住刘义的手说,足够啦!谢谢你,我给你打张借条。

刘义沉了脸,说,见外了不是?欠条不必了。要说谢,只有我谢谢你。我常年下乡收杨树,还是你帮我在你们茶棚村设下了一个收购点,给我提供了那么大的场地,不知道给我帮了多大的忙。

柳西周执意说,亲兄弟钱财也要分清,借钱就要有凭有据,不打欠条是不行的。

正是因为背后有柳西周的鼎力相助,柳西锦的楼房才顺利建了起来,他的饭店才得以顺利开张。

现在,柳西锦开的饭店已经挂上了"西锦酒楼"的醒目牌子。他有四道家乡特色菜,让食客吃得津津有味,赞不绝口,那就是茶棚粉鸡,九龙鲜虾,清蒸泉河鱼,颖水蒜香泥鳅!

柳西周有时也到柳西锦酒楼吃饭,不过,他什么菜都不要,他最爱吃的是柳西锦的手擀面。他不多会儿就吃完了,然后起身付过钱就走,等柳西锦跑出来送时,他这个大忙人早已走得不见踪影。

十五

  柳西周心里装着他的村民,脑子里想着他的村民,他不分昼夜、马不停蹄地奔波着,就像个高速运转的陀螺,一刻不停。柳西周根本就顾不上自己的家,他有时连回家吃饭都顾不上,常常是家里要掀锅了,他还没回来。刘凤英只得先去喂猪饮牛,弯腰抓把青草给长毛兔添进去,把这一切活都干完,她掸下身上的灰尘,又打屋里走到外面,抬头向远处张望,仍然不见丈夫柳西周的身影。

  日上三竿,刘凤英再等下去就要到半晌午了,没办法,她只好掀开锅先吃了,然后把剩下的饭再热一下,焖在锅里等丈夫回来吃。

  柳西周匆匆忙忙打外边赶回家,为了节省时间,饥肠辘辘的他,也不管三七二十一,站在锅台边,拿起一个馍就狼吞虎咽,三口五口吃完了,再端起一碗稀饭,呼呼噜噜两下子就喝见了底。擦下嘴,如狂风扫落叶般解决了一顿饭,也不过七八分钟时间。柳西周干工作就爱拿出拼命三郎的劲头,连吃饭也是这个模样。接着,他便急急火火往外走去,很快又消失在了村路上。

  可以说,柳西周把整个心思都放了村里的工作上,根本没时间顾家,家里的轻重活,包括他的两个孩子全都交给妻子刘凤英去照管。

  刘凤英身体强壮,能操劳。麦子熟了,无边无际的滚滚麦浪之中,她手拿一把闪闪发光的镰刀,先弯着腰身割,跟着蹲下割,后来跪着割。麦地当中只有她一个女人,为了咬牙坚持,她不停地更换着各种割麦的姿势。她手中的镰刀欢快有力地上下挥舞着,犹如一股强劲的旋风,一会儿倒下一片麦子,一会儿又倒下一片麦子。眨眼之间,就割下了一大片麦子了!

  刘凤英割完一块地的麦子后,放下镰刀,把架子车拉进麦地朝车上装,她打小就开始干各种农活,有着丰富的经验。她把麦子往高处装,整整齐齐地向上堆着,把麦车装得满满的,不朝任何一边偏。接着,她拿起两条绳子,绳子在空中抛出一道优美的弧线,准确地落到麦车上。她从车后边走到前边,站在两个车把之间,转过身,双脚踩地,腰向下一沉,肩膀扛着车把,攒足了劲,伸出两手紧抓绳头把绳子向下狠拉。她连拉了两次,确定把麦车勒紧,方才把绳头牢牢地系在了车把上。然后,她转身扶压着车把,扑下身子把沉重的麦车缓缓地拉出麦地。她在地头停歇片刻,擦了一下脸上的汗水,接着又拉着麦车向前走去,上了土路之后的麦车相对变轻了,她的速度也加快了,一鼓作气拉到自家场里。

　　割过麦子,下一步就是碾打。刘凤英手拿钉耙,把麦垛上的麦子一下一下朝场里摊拉。沿着场边往前摊,把一垛麦子扒完,正好摊满了一场。

　　接着,她扔下钉耙换上铁叉,把场里的麦堆挨着挑开、摊匀。干这活人要立端正,两腿挺直,用肩膀带动全身才能使上力,因为摊麦依靠的是上身的力气。抖麦子时,动作幅度要大,手中的铁叉、胳膊和身子还要协调一致,人和铁叉同时抖动,才能把麦子挑得开,不窝堆。尘土飞扬必不可少,脸要朝一边侧,嘴要抿着,眼睛要眯着,免得尘屑和脏物溅到眼里,迸进嘴里。这活她每年都干,各种细节、要点,该注意的地方,她早已掌握,且眼快,手快,动作快,得心应手。她打吃过早饭到天半晌午,摊场的活就全部干好了。

　　到了下午,麦了要先由石磙碾出来,刘凤英肩扛扬场锨走进了场里。别看她是个女人,扬场却干得得心应手。第一遍主要扬大糠,不必用大劲抛糠麦,而是用扬场锨向前轻轻推送,这样就没有多累,轻轻松松让麦粒落一边,糠落另一边了。第二遍折扬,折扬主要是扬麦子中间的瘪麦粒,包括泥巴、砖头、瓦片等杂质。这时的麦堆,已由圆形调成了长条形。麦子扬出去,也同样在空中拉出一条弧形线,麦子前追后撵着朝前飞。折扬还要左右开弓,从两边扬才行。右边扬过扬左边,要想左右扬场都驾轻就熟,需要扬场的本领过硬,还要反复练习,凡会左右开弓的扬场人,应属什么样的农活都难不住的人。刘凤英原先只会一边扬,嫁给柳西周之后,轻重活都是她一人,逼得她两边都会扬。当然,扬场还要换扫帚扫脏物。她就在场里一直忙活个

063

不停,脸上的汗水,也顾不上擦。直到一堆金灿灿的麦子出现在眼前的场地上,她才长舒了一口气,用手擦了一把脸上的汗水,散了架般瘫坐在地上。

当她歇过乏,又打地下爬起身,重新走到了麦堆跟前,把麦子朝蛇皮袋里装。一堆麦子能装十几个蛇皮袋子。装完之后就要把麦子搬到架车上,一袋子小麦,差不多有百十来斤。只见她把腰身弯下去,双臂抱紧麦袋子,用力一提气,顺顺当当就把一满袋麦子抱了起来。这样一袋子接一袋子地往上搬,装了高高的一车,足有上千斤,把车胎都压得瘪肚了。刘凤英拉着麦子回家,因为是负重前行,脚步就显得很吃力,速度也很慢,但她还是如愿把一车麦子拉回到了自己家里。

淮河平原,一年两忙。到了秋季,地里玉米成熟的时候,刘凤英走进了她家玉米地,一棒子,又一棒子,两手麻利地去掰玉米,然后把掰下的玉米先扔在地上。由于天热,人又待在密不透风的玉米地里,玉米粉少不了会落在脖子里,身上一出汗,就感到浑身刺痒。可她只顾着抓紧干活,咬牙默默忍受着。

一块地的玉米掰完,她又赶紧拿袋子来装,她就这样一袋子、一袋子地扛到玉米地外边,再装到架车上。刘凤英拉着满满当当一车的玉米,身子耸动着朝家里走去。回家路上的她,怀着丰收的喜悦,在这金色的田野上亮开了嗓子,大姑娘美,小媳妇俏,俺把玉米抱一抱!抱一抱啊,抱一抱,抱着玉米上花轿。

拉麦子与拉玉米棒是有区别的。虽说都是用蛇皮袋子装,可麦子装满放在架车上,只要用绳子把车子勒紧,一般就不会滑动。而玉米不管把袋子装得如何满,里边必有空隙。虽然已经用绳子把车子勒紧了,可走在不平坦的土路上,车子发生颠簸时,袋子里边的玉米棒跟着滚动起来,车上的袋子相应地就会出现滑动,绳子自然也跟着变松。刘凤英拉着架车,正走在一段一边高一边低的路上。由于绳子失去了阻拦作用,只听哗啦一阵乱响,车上的蛇皮袋子散落了一地!

已是傍晚时分,夕阳西下,彩霞照亮了半边天空。眼前景色虽好,可刘凤英的心情却很不好。她气恼之下索性把车子猛地一丢,将它扔下不管了。

她向旁边退了几步,一屁股坐到了地上,把头埋在两腿间,无声的泪水顺着她的面颊流下!她想,人家嫁男人,我也嫁男人,我嫁的男人又在哪里?家里轻重活都是我一个女人舍命干,这嫁与不嫁没啥两样……

她心里越这般想,越感到委屈和难过,更加悲从中来,眼泪愈加汹涌地滚落。

她的女儿柳惠媛、儿子柳兆文,兄妹俩放学归来,没有看见妈妈,放下书包便飞快地向地里奔去,他们知道妈妈肯定在自家地里干活呢!

刘凤英抬头看见儿女开心地向自己奔来,她慌忙用手臂擦去眼泪,站起了身。

这时,村里收工返回的村民陆陆续续打这里路过,见滑落一地的玉米,都主动上前七手八脚地帮她重新装了起来。跟着又帮她把绳子拉紧,前边有人拉,中间有人扶,后边有人推,满满一车子玉米,竟有七八个人来帮忙!

暮色降临,天上的月亮渐渐把银色的月光洒向大地。晚风轻轻地吹着,渐渐赶走了白天的热气,夜晚变得凉爽了起来。

刘凤英拉着玉米车回到家,赶忙到水井边用半盆清水洗了脸,带着身上的热气走到院门口来。凉风习习,秋风打她面颊轻轻拂过,让她的心情又重新变好了。

065

十六

　　柳惠媛每天放了学,看见妈妈都在忙活,便很心疼妈妈,主动上前帮着妈妈干活。
　　刘凤英却不让,而要她去做作业。刘凤英说,你爸说你的学习成绩不是很好,他检查你的作业,见你做错不少题。他去问你的老师,老师也跟他说你的成绩在班里只排在中间,所以你爸对你的成绩很不满意。你现在小学基础就这么差,升到中学该怎么办?
　　柳惠媛不以为然,绷着脸,噘着嘴,十分不高兴地对她妈说,我也没想过考学,我将来就留在你身边种田。
　　刘凤英感到很吃惊,不悦地说,你怎么能这样不求上进呢?你爸要知道你是这想法,心里该气成啥样?
　　柳惠媛气恼地说,你不要提我爸,我才不管他咋想!我又不是没长眼睛,他也是个男人,却从来不帮你干活。我就不去学习,我要帮你干活!刘凤英走过去阻拦女儿,推着让她去做作业。她说,妈浑身有使不完的劲,妈很能干,也不怕累,不稀罕你帮忙!
　　柳惠媛偏跟她妈犯倔,将身子转了过来,她带着哭腔说,我说过不考学就不去考!你看看你干活都累成啥样儿啦,我要是考上学走了,家里更没人帮你,那不就把你累死啦?!
　　刘凤英知道女儿懂事,平日很心疼她,不管是放学回家,还是星期天,她都不声不响地帮她烧火、刷锅、割青草、喂羊、喂长毛兔,但凡能干的她都会去干。将来干活肯定像自己一样,准是个好手。可身为她的母亲,刘凤英不愿让她干活,而是想让她好好上学,将来能考出去,离开村庄,改变自己的命运。她开导女儿说,你光喜欢干活不热爱学习可不行。如今文化越来越重要了,就是当农民种地,也要打药、施肥。没有文化,就算种地也种不好。

可她的劝说柳惠媛就是听不进去,放学回来,她的心里边从来不是想着学习,而是抢着帮她妈干活,女儿不想学,刘凤英也无计可施。

柳惠媛念完小学升入初中,柳西周对她的学习更加重视了,对她的管教也更严了。有几次因为作业没有很好地完成,柳西周严厉地批评了她。读到初中,班级的学习氛围也跟小学截然不同,初中的学生要比小学生用功多了。柳惠媛也逐渐认识到了学习的重要性,她本来成绩就不算好,只能奋起直追,更刻苦地学习。

上了初中的柳惠媛已经有了大姑娘的性子了。这一天早上,她打学校回来看见她妈还在忙着烧火,因为妈妈下地干活耽误了做饭。这要放在过去,她肯定不声不响替妈妈去烧火了。可现在,她站在灶屋门口,板着脸,显得很不高兴。刘凤英问了两句话,她也装听不见,不搭理,没过一会儿,她便一跺脚,就那么饿着肚子转身走了!

刘凤英心疼孩子没吃饭,心里不是滋味,她气得坐在炉灶前哭,边抹眼泪边无奈地说,我又顾庄稼又顾孩子,一个人总不能劈成两半吧,多等会儿都不行,难道我只顾你上学,庄稼就不要了吗?

柳西周知道了这事后,他对妻子说,孩子都是打小就要严格要求,她每次做得不对,我要管教她时,你就上前护着。现在长大了,毛病就多了。当初要不是你总偏袒她,现在也不会这样!

刘凤英却不接受丈夫的这个说法。她辩白道,谁说我的孩子不好?她打小就懂事,心眼好,知道疼人!她不吃饭,饿着肚子走,还不是嫌我做饭不应时,耽误了她上课?她这还不是为了上学?往后,我母女之间的事不用你插言。

柳惠媛还有一个变化。在她还是小姑娘时,她爸把自己的工资都拿去资助那些急需帮助的贫困村民了,家里只靠妈妈耕种土地才有些收入。她和弟弟都要上学,也花了不少钱,再加上各方面的开支,她家一直不富裕。她很少买新衣,穿着上非常俭朴。

升入初中后,她长成个大姑娘了。爱美是姑娘的天性,她看见班里的女同学个个都比她穿着入时、好看。有一天,她一个要好的同学就跟她说,你长得标致,咋整天穿得这般破旧?我没看见你有一件像样的、颜色鲜亮的衣裳,你穿得这么土气,简直就像个丑小鸭!

柳惠媛顿时感到自惭形秽,觉得自己的衣服太土气,穿在身上简直让她走不出去。

柳惠媛放学回到家,鼓足勇气向她妈提出,想置换一身新衣。

刘凤英晚上找柳西周商量。刘凤英自然替女儿说话,孩子大了,想穿着好一点,也是正当要求。再说,你的孩子老穿得那么寒碜,显得你没脸面不是?

柳西周把柳惠媛叫到面前,对她说道,你上了初中,你看看你心都往哪儿想去了?谁让你去跟同学比吃比穿的?你的学习怎么样?一直处在中游偏上,你应该把心思用在学习上,争取全班第一,做到品学兼优,这才叫真正地为我争脸争气。如今,你的心思只朝穿着上想,如果学习不好,就算把自己打扮成一朵花也不顶用,也没出息!

柳惠媛心心念念的新衣不仅没有穿上,还让她爸给教训一顿,她顿时觉得委屈,一头扎进屋里,哭去了。

说来也巧,这事刚过去两天,柳惠媛就在放学的路上意外地捡到了一个钱包,她打开一看,里边整整有六百元钱。她站在原地等失主,等了约有半个钟头,还是没有等来失主。她就把钱包装到身上带回了家。

柳惠媛进门看见母亲,便告诉她说,我今天在放学的路上捡到了六百元钱。

刘凤英还没反应过来,在她家串门的两个邻居就说,你今天财运好!我们天天从那条路上经过,怎么就捡不着钱包呢?这钱你就留着用多好,这叫不得外财不富啊!

柳惠媛听了还真有些心动了。正好路上捡到了钱,就用这钱买一身新衣,也不会给家里添加负担,父亲应该也没啥好说的。

刘凤英不敢做主让女儿占为己有,她就告诉女儿说,你先保管好,等你爸回来看他咋说吧!

这时柳西周从外边匆匆地回来,进门就说天热,把外衣朝下脱。刘凤英听见他说话,打屋里走出来,告诉他说,惠媛今天在放学回来的路上捡了一个钱包,里边有六百元钱。

柳西周便把女儿叫过来,告诉她说,下午上学时把钱包交到学校,给校长,或者给你班主任也行。

柳惠媛心里不情愿也舍不得,她想起上午那两个邻居说的话。在路上捡到钱不是容易的事,好多人经过都没遇上,偏让她遇上了,这表明她运气好。既然失主又没回头认领,她捡到的那就是她的,为什么要交给学校?这钱又不是老师丢的。想到这里,她就对她爸说,这是我白捡的,就应该属于我,我谁也不给!

柳西周怎么也想不到女儿会是这个回答,一下动了怒。他吼道,你太爷经常跟我说给牛戴上笼嘴,就是不让它贪吃别人家用血汗种出来的庄稼!你可是他的后代,怎么会这样想,私心咋这么重呢?你捡的也不是你的,那是属于别人的,我从小是怎么教育你的?不要说六百元,就是捡到一分钱也要交公。

柳惠媛受到六百元钱的诱惑,父亲这话她是一句也听不下去,犟着说,这钱我就不上交!

柳西周越发生气,手拍桌子威严地说,你要知道你爸是党员,也是干部,我的女儿只能拾金不昧,决不允许把别人的钱占为己有。

柳惠媛声泪俱下地说,你是党员咋啦?你当村干部又咋啦?要不是你当村干部,我妈也不用这么受累!要不是你当村干部,咱家也不至于这么穷。你只对人家好,就不对自家好!我和弟弟都是你的孩子,你看人家孩子穿得啥样,我的衣服破旧成啥样了,我想让你给我买身新衣裳你都不舍得给我买。

柳西周又问女儿,告诉我,这钱你到底上交不上交?

柳惠媛泪流满面地看着父亲,低头想了好久,抬头说,这钱我一分不花,我要用它给我妈买一身新衣!我妈为这个家整日操劳,平日里还要省吃俭

069

用,不舍得朝自己身上花一分钱,我妈应该换一身新衣裳了。

柳西周气得脸色煞白,身子也直摇晃,不停地吼叫道,惠媛,你是长大了,我管不了你啦!你真想气死我呀!

刘凤英说,惠媛,你平日里不是个挺懂事的丫头吗?今天怎么这么犯犟,捡的钱不是靠自己力气换来的,不是咱的咱不要。听话,还是去学校交给老师吧。

柳惠媛转过身就向学校跑去了。后来通过学校找到了失主。为了向拾金不昧的学生表达谢意,失主拿出了五十元钱,还买了一些饮料,送到柳西周家去。

柳西周把钱和饮料都坚决拒绝了。

失主只好改变了主意说,东西不要就算了,五十元钱你一定收下!我听说你女儿需要钱买身衣裳,你不舍得。这钱,你就拿着给她买身衣裳吧!

柳西周说,不该收的钱,分文也不能收。孩子捡钱,物归原主,这是她应该做的。

十七

　　柳西周现在是茶棚村的党总支委员,分管扶贫、武装、建设"美丽乡村"和环境治理的工作。这些工作也是村里最为繁重的工作,而他,就是那头最能操劳的领墒牛。他的肩上挑着沉甸甸的担子,负重前行。在农村工作中,哪个村干部跟村民亲近,乐意给他们办事,大家就认可他。茶棚村的柳西周,为人厚道,性格随和,他跟村民之间没有距离,把村民的事都当成自己的事去办。他负责一百三十五位村民的脱贫攻坚任务,直接包保三十二家贫困户,村里找他办事的村民最多,他在村里的工作量也大,在村民们的心中他就是最贴心的人。

　　柳西周是出名的敢于担当,不怕吃亏,他还有个能干的妻子。刘凤英把家里的轻重活儿都承揽了,家里的事从来不用他过问,他也就没有了后顾之忧。这样,他便一心扑在了工作上,几十年如一日,一直坚守在第一线,给村民做了数不胜数的实事。他刚开始参加工作时工资很微薄,因村里没钱,甚至有时候都不能按时发工资。直到2003年之后,他每月才有了固定的四百元工资,后来又增加到了七百元、一千二百元。但不管工资多少,柳西周时刻严格要求自己,一直都尽职尽责,任劳任怨。用他自己的话说,我是党员,为党工作,为村民排忧解难,为村里的发展做贡献,这都是一个党员应该干的,我为此感到光荣。身为一名干部,没有乐于奉献的精神,没有为民情怀,那就不是一个好干部!

　　刘凤英在自家地里拔着草,同时也在为庄稼间着苗。跟她一样来到田间干活的还有一位邻居,两人手中边忙活着,口里边闲聊天。邻居问,你家西周每月发了工资都交给你保管吗?

刘凤英说，实不相瞒，打我嫁进他柳家门，他的工资我从来没见过。

邻居对刘凤英这话感到万分惊讶，不敢相信，也有些迷惑不解。她说，这就奇怪了，发了工资不一五一十地交给你，还能交给谁？

刘凤英用手捋了一下额前的头发，说，我嫁到柳大营也不是一年两年了，你见过我说瞎话吗？真的，我说的都是实话，他从来没把工资给过我。

邻居抬头看了刘凤英片刻，跟着问道，那他工资不上交都去哪里啦？要说花掉了，可他生活又那般俭省。

刘凤英告诉邻居说，他把自己的工资都弄哪儿去了我心里很清楚。他是一分也没给自己花用，他身后不是跟着一溜儿村民吗？好多不都是村里遇到困难的人吗？他的那点儿工资这施舍、那接济，都用到了这些人的身上。我这样说，也不知道你能不能相信。

邻居甩下手上的泥土，口气坚定地说，你家西周就是一个能掏出真心待别人的村干部，他对村民是无比尽心地好。不说别人，我家遇到难处时，每回找西周他都热心帮助。你这样说，我信。片刻，又说道，那你这样不得钱，你家日子咋过呀？

刘凤英打地里向外拔草却拔断了根，她费了半天劲才把下半截断根挖出来。她抬头看了邻居一眼，活动了一下酸疼的脖子，不由得感慨地说，是啊，留在乡下守家的女人，哪个不是靠男人出门打工挣钱的？我们家西周待在村里当干部，不出去打工，他的工资又不给我，只有靠我种地的一点收入。你也知道的，刨去种地成本，只靠卖粮食能赚啥钱？我一年喂养两头猪，三只羊，那些钱哪够花呀？我家上有一位老人，下有两个孩子上学，一年的开支巨大，一年辛辛苦苦忙到头，只落得两手空。

邻居听刘凤英这样说，只好跟着说，也就是你能这样忍受着，不拖他的后腿，换了其他女人，是无论如何也忍受不了的，两口子就算不打架，也得天天吵架，让日子肯定没法过。

刘凤英站起来，活动了一下腰身，又重新蹲了下去。她接着说，他为村民办事，忙村里的工作，家里就需要一个像我这样的女人替他支撑。说句内心话，我一个人操累，受不了时我也有情绪，也想跟他吵一场。可我家西周肚里最能装事，他从来都不跟我争吵，总是跟我讲道理，说好话解劝我。他总是说，咱夫妻二人，这叫一唱一和。虽然我是村干部为村里工作，但要没有你把家里的担子给挑了，帮我解除了后顾之忧，我这村干部也当不好啊！我的工作也有你的贡献、你的辛劳啊。就像十五的月亮，有我的一半，也有你的一半。要是你还想跟他吵，他接着就更加难为情地赔不是，说，有啥好办法呢？村干部要掂量哪头轻，哪头重。村民把我当贴心的人，我只能一心一意顾村民，你嫁给我只能吃苦受累，跟着我过苦日子。你这都是为了我，我心里很愧疚，总觉得对不住你啊！

邻居便朝刘凤英点头称是，赞扬说，你家西周这村干部当得让村民离不开他，他真是一个把村民放在心头的人。你能给这样的人当老婆，心里也欣慰，脸上也有荣耀呀！过日子也不是过得富有才算好日子。只要他心里有你，能理解你，你就是幸福的人。

刘凤英脸上露出了喜色，说，你这话说得在理，我爱听！

十八

可面对生活的艰辛，面对严酷的现实，要说夫妻之间时时处处都能做到互相理解、忍让，那也是不可能的。

正因为柳西周家里都是刘凤英独自一人挑重担，这对他家女儿柳惠媛上学造成了很大的影响。实事求是地说，柳惠媛也是一个聪颖的女孩，如果她能集中精力，专心致志地学习，考上大学应该没问题。可这个心地善良的姑娘，经常看刘凤英风里雨里辛辛苦苦地劳作，她还是心疼妈妈。母亲常年都是消瘦的，本来一个皮肤白皙的女人，每天都在毒日下暴晒，脸面也变成黑红黑红的。她看着妈妈如此操劳，很不忍心，特别是看见教室外边忽然变得乌云密布，跟着狂风大作，暴雨倾盆时，她很快就想到了还在地里劳作的妈妈。她想，她妈肯定会被雨淋个透湿的，她的眼前浮现的都是妈妈淋湿全身向下滴水的模样。这样想着，人就走了神，老师在讲台上讲的什么，她一句也听不到。

柳惠媛为帮着干活，替她妈减轻许多负担，就渐渐做不到全力以赴去学习了。她打小成绩就没有多好，到了初中，尽管她想要努力，可基础差，她想要把成绩提高上去，是十分困难的。她打初一上到初三都是中等偏上的成绩，这个成绩离考上高中也还有相当大的距离。上到初三时，她几乎失去了对学习的兴趣，成绩不但没有上升，反而退步了很多。所以她后来没有考上高中也是意料中的事情了。

没有考上高中，柳惠媛也想尽快离开学校，回到家里守在母亲身边。家里有了她这个劳动力，她妈才不会那般劳累。

想不到刘凤英却不领这个情，不让她留在身边。刘凤英眼含泪水，说，妈心里想的不是让你当农民,而是让你将来考上大学走出去,再不像妈妈这样整天累死累活种地。刘凤英说着说着忍不住掉下了眼泪,接着说道,谁稀罕你干活?我啥样活干不动?多个你在旁边还添乱,反而累赘。你不要留在家里,考不上就接着考,你不要违背妈妈的心愿,听你爸的,还是重新回到学校上学去吧。

柳惠媛被刘凤英的话伤透了心,嘭的一声关上了门,一头扑到床上。

直到晚上柳西周从外边回来走到床边开导她,她还是一句也不听,双手捂耳连连跺脚,柳惠媛心中只坚定了一个想法,爸妈让她再去上学,她宁死也要在家中当农民。要是爸妈不答应,她就干脆不吃饭,绝食躺在床上。

牛要是不肯喝水,强摁头也不顶用。女儿打内心里不愿意上学了,就是硬逼她,再浪费一年时间她也未必能考上高中,父母只能作出了让步。

柳西周长叹了一口气说,都怪我把她给毁了!

女儿柳惠媛不上学了,父母只好把精力都放在儿子身上。父母想法相同,无论如何一定要让儿子考上大学,能有出息。

好在柳兆文非常热爱学习,把精力全部放在了学习上。他本就是聪明的孩子,再加上用功苦读,他的成绩在班里一直排在前几名。志向远大的他,希望将来能考上大学。

柳西周想让儿子上大学,自然就应该在经济上成为儿子的坚强后盾,就算家中没有钱,也要想尽一切办法筹措钱款支持儿子读书。

在儿子正式去参加高考前,柳西周就已经筹措好了一万元,提前做了准备。没想到在这当口,村里直接包保的三十二户贫困户中,有一家的房子垮塌,不能住人了,必须抓紧时间重建新房。柳西周当机立断,拿出给儿子柳兆文准备的上大学的一万元学费给那家贫困户建了新房。

当大学录取通知书送到柳兆文手上时,他喜出望外——他被宁夏理工学院正式录取了。

对于一个农村家庭来说,孩子能考上大学是极不容易的,刘凤英高兴得又蹦又跳,喜悦的泪水淌了满脸。

就连姐姐柳惠媛也为弟弟能够考上大学而感到高兴。

只有柳西周表现得有些异常,他把儿子的录取通知书接到手中看着,口中只说,好,好。可他脸上的表情却显得僵硬,不自然。他低垂着头,一副心事重重的样子。

刘凤英和柳兆文如坠入云雾之中,柳西周连着几天沉闷不语,儿子上学的日期逼近,他觉得自己不能再隐瞒了。毕竟纸里包不住火,这天,柳西周跟刘凤英刚躺下,他就把实情告诉了刘凤英。刘凤英立刻翻身从床上坐了起来,用手使劲在柳西周身上捶打着,说,世上难找你这样的人,能做出这样没头脑的傻事,你怎么能把给儿子上学的急用钱借给人家建房子呢?啥事也没有咱家儿子的前途重要啊!

柳西周据理力争,说,兆文上大学这事是重要,可房子已经垮塌成危房了,身为一名党的干部,这两件事要放在心里掂量,我儿子的前途就要给村民的生命财产安全让步。我总不能只为儿子上学,让危房砸死人的事情发生吧!

刘凤英在气头上,也不管那么多,仍然不依不饶地对柳西周说,你这个人,啥事总是你有道理。我现在告诉你,过去你所做的其他事情我都可以不管,我也都忍了。可咱儿子上大学这件事情,我不管你想什么办法也要把他的学费凑齐了,不然我可饶不过你!

第二天,柳惠媛也知道了她爸把弟弟学费转借给村民建房这件事情,也气坏了。

柳兆文知道后,心里很难过,他苦着脸去问他爸,马上就要开学了,我的学费可咋办呢?

柳西周忙把牙刷从口中拔出来说,儿子你放心,我有办法。

接下来的几天,柳西周走进走出只忙活他村里的事情,儿子的事他口里答应得好听,却不见他有任何动静。

刘凤英还是沉不住气了,这天早上吃饭时她便问丈夫说,儿子的学费有眉目了?

柳西周口里吃着馍,用筷子夹了几根腌咸菜,又喝了一口稀饭说,我这几天忙,还没抽出时间。

柳兆文见他爸这样说,他更加着急了,便对他爸说,银行不是能给贫困学生办理助学贷款吗?

柳西周立刻提高了声音说,儿子,你放心,我有对策。

两天之后,柳西周忽然跟妻子刘凤英说,凤英,我跟你说一下兆文的事情。

刘凤英见丈夫今天主动提到儿子,她以为丈夫是给儿子把上学的费用凑齐了。她有些高兴地说,你说吧,我听着。

柳西周清了下嗓子,便开了口,你知道的,我分管武装工作已多年了。

刘凤英本想听丈夫说儿子学费的事,没承想丈夫竟提什么参军的事,她立刻扫兴地说,那都是你工作上的事,这话题我不想听。你别说了,该睡觉就睡觉吧!

柳西周不让妻子睡,他说,我今天特意跟你说这事,就说明是重要的事,你不但要听,还要用心听。

刘凤英只好说,你说有用就接着说吧。

柳西周便又开了口,我们国家能这么安宁,我们的日子能过得太平,不都是我们千千万万的解放军全力保卫的结果吗?这就充分说明没有一支强大的人民军队,便没有人民的一切。过去咱农村孩子不都把参军入伍当成最优先的选择吗?每年到了征兵的时候,好多青年都争着去当兵。一人当兵,全家光荣。

刘凤英忽然听出了弦外之音,她侧过身子问,你是不是想把咱家儿子也送去参军?

柳西周先不正面回答,只管接着说他的,这几年发生了很大变化,年轻人都把打工当成了首选。现在外出打工,就业岗位多,又能挣到钱,愿意入伍的人减少了很多,我的征兵工作难度也越来越大。

刘凤英见柳西周一直抓住这个话题不停地跟她说,她越发确定丈夫有让儿子去参军的打算。她干脆坐起身问,你别绕那么大的圈子啦,我听明白了,你是想让兆文去当兵!

柳西周提高了语调说,怎么,人家儿子可以去当兵,难道我这个民兵营长的儿子就不可以去参军入伍吗?

这下刘凤英不只是恼,简直快气疯了。她身子微微发抖地说,你村干部当了几十年,这就是你的本事?孩子明明考上了大学,你却拿不出钱来给他交学费。现在你不是想尽一切办法去给孩子筹学费,竟然挖空心思想让他去当兵。你这都想得是啥事,说出去你丢不丢人?

柳西周却坚定自己的想法,丝毫不动摇。他说,真正认识不正确的是你,通往北京的道路有很多,你不能只认考学那一条!身为党员干部,首先要为人民着想,身为孩子的父亲,我这也是为孩子的前途着想。能考上大学的儿子,我送他去参军,那就是给国家输送合格人才。他去参军,先到革命军队的大熔炉里去锻炼,革命、思想和纪律都会获得提高,这对他将来的成长和发展都大有益处。再者说,只要他有志考学,在部队也能考大学,他可以在部队再向上考学。

不管柳西周怎么讲他的道理,刘凤英就是听不进去,更难想得通。儿子明明考上了大学,他却不筹钱送儿子去,而是让他参军入伍。在她想来,柳西周这个父亲当得不称职,也不尽责,他竟然要亲手毁了孩子的大好前程。

母子三人都不同意柳西周的决定。柳西周气恼地说,我作为民兵营长,他是我的儿子,就应该支持我的征兵工作。站得高才能看得远,兆文参军的事情就这样定了。柳兆文,你已经成年了,也应该有自己的主见。

十九

儿子柳兆文原本考取了宁夏理工学院，柳西周却因为拿不出学费供儿子上大学，就让儿子去参军入伍。这件事让刘凤英对他产生了怨气，她认定，他全身心扑在他的事业上，不挣钱，总是两手空空，才给家庭造成这么大的困难，直接影响了孩子的发展前程。

柳西周拿他的工资帮助村里的困难户，这还不算，当柳西周手里没了钱，就把她卖猪的钱、卖羊的钱统统都拿去，给那些遇到困难的村民急用。她也没说啥，为了支持丈夫的工作，为了乡里乡亲，她也心甘情愿。她对丈夫的所作所为，不管想没想通，她都妥协了。

只这一回，让儿子去当兵这个做法，让她无论如何都不能接受，但这并不能改变柳西周的想法。

自从儿子柳兆文当兵走了之后，刘凤英跟柳西周的关系更为恶劣。她甚至连着几天不做饭，也不给柳西周好脸色，还逼着丈夫答应她把这个村干部辞了，出门打工挣钱去。她说，你两只胳膊两只手，脑子也不比谁笨，还当过村干部，人家打工能挣到钱，你也能。

可柳西周不答应，像往常一样到村里去上班，刘凤英便发疯般地冲出来，拦在他前边，告诫他说，你要敢硬去上这个班，我就直接去村里跟你闹！

柳西周和刘凤英争吵的消息很快传到了村里，老支书张兴成急急忙忙赶来，他觉得刘凤英向来是个明白人，但让他没有想到的是，刘凤英这回完全不一样。她见张兴成前来，索性把柳西周锁在了屋里，连人也不让他见，一点情面也不给老支书留。她面色如霜地对张兴成说，谁来也不行！这一回，他一定要走出去打工，再也不当这个村干部了。

为了逼迫柳西周,刘凤英寸步不让地跟他吵闹。

柳西周见这样僵持也不是办法,他下定了决心,做出了退让。他抬起头来看着刘凤英,说,你说咋样就咋样吧,我身强力壮的,打工也难不住我!就算去打工,我也照样干得好。

刘凤英总算得到了自己想要的结果,这才放过了他。

村里人也迅速得到了消息——柳西周不当村干部了,要出门打工去啦。

村民纷纷拥上了柳西周的家,很快挤满了一屋人,屋里挤不下,院子里站的也都是人。就连那些七八十岁的老人也拄着拐棍磕磕绊绊地上门来,用一双颤巍巍的手拉着刘凤英,老泪纵横地说,你家西周当这个村干部,你是没少吃苦受累,这大家谁都知道,今后你家再有活,我们帮你干好不好?你咋也不能让柳西周往外走啊!他要是走了,你让我们这些老年人还活不活?我们都需要他的照顾啊!

刘凤英把头低着,一句话也不说。刘老汉也知道了自家女儿逼女婿去打工这件事,他气咻咻地赶来,刚进门就说,你要柳西周去打工干啥?你瞧瞧有多少村民挽留他,你不能这般铁石心肠,听我说,柳西周哪儿也不能去,就留在家里给村民当他们的干部!

刘凤英的亲生父亲都护着柳西周,还责怪她,这让她愈加伤心。她声泪俱下地说,当初你看重他这个当村干部的,硬给我当家做主,让我嫁给他,我才现如今走到这一步!我跟他过不下去了,也没日子过了。他不打这个工,我就跟他离婚。她脸色惨白,泣不成声,慢慢跌坐在地上。

事情到了这境地,村民再不舍得让柳西周走,再想让柳西周留下,也没法多说一句话了。刘凤英毕竟跟柳西周是两口子,柳西周打不打工那是人家的私事,局外人管不着,插言多了也是不行的。亲生父亲她都不留情面,就不用说其他人了,村民只好慢慢散了。

刘凤英的父亲也窝了一肚子火,也不好再说什么,只好悻悻地离开了柳西周家。

现在,柳西周家只剩下自家三口人了。柳惠媛自然是站在刘凤英这边的。如此一来,柳西周在家里孤立无援。没办法,他只好开始收拾自己的衣物和洗漱用具,装在一个大手提包里,做好出远门的准备。此时此刻,家里所有人都是沉默的,空气好像也不流动了,柳西周的心情很沉重。他把该装的东西都装好了,可又好像还有什么东西落下了,想了半天也想不起来。他在屋里磨蹭了一会,最后还是一屁股坐在了床边。

　　刘凤英把这一切都看在了眼里,可她并没有再站起来把他往外推。她知道柳西周是被她逼的,但柳西周下不了这个决心离开。要是这时候硬把他往外赶,就显得有些绝情了,那她跟他就真没有夫妻的情分了。她想让他走出去,但要他自己拧过这个弯儿来,自愿去打工,没有任何不情愿地离开他的茶棚村,这中间须有一个开导他的人,刘凤英心想。她忽然想起一个人,他就是村里的柳怀冰,也许他是打开丈夫心锁的那把钥匙。

二十

从辈分上说，柳怀冰是柳西周的长辈，年龄比柳西周大十几岁。

柳怀冰起初在村里小学当教师，他刚走上工作岗位时的报酬是生产队里给记的工分。直到后来才由记工分转为发工资，每月四十二元钱是由夏、秋两季，乡统筹、村提留之后结算发放。到了1995年，经济大权下放到镇里，但镇里的管理开始有些混乱，致使拖欠老师工资的情况越来越严重，有时大半年工资都发不下来。别说养家糊口了，就连生活上的基本保障都没有。柳怀冰家有四个孩子，还有两位老人，他是家里的支柱，可他的工资迟迟发不下来，迫于生计才产生了不做老师外出闯荡另寻一条新出路的想法。

因为他多年来一直当老师，固定在一个地方，几乎哪儿也没去过。出门在外能不能找到工作，他心里一点底也没有。他不想单枪匹马往外闯，想找个人陪伴一块出去，如果遇到困难，还可以互相商量着办。

他想起了柳西周。以往，他家里遇到解决不了的事，或者他有想不通的时候，他经常去找柳西周。别看柳西周年龄不大，可他积累的工作经验多，不管是办事，还是劝解人，都很有窍门。而且柳西周性格随和，待人也很热情。两人对事物有自己独特的见解，经常来往感情也愈加深厚，渐渐就成了无话不谈的好朋友。

柳怀冰把柳西周视为合得来、信得过的好朋友，柳西周对他也非常尊重，就连刘凤英看见柳怀冰上门也都是柳老师、柳老师不离口地叫。不管她手中正干着啥活也连忙停下，把他朝屋里迎，倒碗热水双手端到他面前。等到柳西周回来陪着他坐下，两人开始说上了话，她便打声招呼后出去，又忙着干她的活了。

柳怀冰这次来到柳西周家,他喝着刘凤英给他倒好的热水,把自己的打算和想法,和盘托出。

柳西周知道他是被迫无奈才辞了教师一职。要不是生活困难,他是不会下这么大决心的。对于一个老师来说,学生就是他的孩子,哪个老师不疼爱自己的孩子?不到万不得已,老师怎舍得抛弃他的学生?柳怀冰有些气愤,他说,教师也是人,教师也有家,教师也有妻儿老小。教书一年都不给教师发工资,我总不能扎上脖子,把我们全家人的嘴都缝上啊,这让我实在是教不下去啊。

柳西周对柳怀冰面临的困境感同身受。面对柳老师的困难,面对柳老师辞职的无奈,他也无能为力,只是对他说,你想出去闯闯,就去试试吧。

至于柳怀冰建议柳西周跟他一块去闯荡这件事被他婉言回绝了。妻子刘凤英很能干,虽然他的工资发不上,可他家里还有收入,也有刘凤英在他身后支撑着。

柳怀冰见柳西周不愿辞职跟他一块外出闯荡,心里不禁有些失落。找不到同伴,他只好一人去闯荡。

柳怀冰为了找工作来到离家近百里的阜阳城,在城里东奔西走了好几天。因为辞去了工作,只能向前走,没有回头路。多亏了他带的干粮多,才让他在阜阳城里多支撑了几天。恰巧碰到阜阳华威集团在招聘,他报了名,初试顺利入了围。等到正式面试时,他讲述了自己十几年在乡村当老师的经历,成功地被选上。正式入职后,柳怀冰被公司任命为宣传干事,他在工作岗位上干了一年,由于工作敬业、思维敏捷、业务能力强,公司破格提拔他为销售科科长。他获得了公司信任,工作热情和干劲被充分激发了出来,销售业绩也直线上升。公司在激烈的市场竞争中站稳了脚跟,并扩大了规模。于是他把妻子和四个孩子都陆续带进了城,一一安排了满意的工作。过了几年,他也有了一些积蓄,建了一座令人羡慕的小别墅。他靠打工打出了自己的一片天地。

当初柳怀冰走后,家里重担自然就落到妻子一个人的身上。她要耕种六亩多地,还要照顾年迈的父母,四个孩子也全都依靠她,生活十分不容易。

自从柳怀冰离开家后,柳西周便经常到他家去。看到有他妻子干不动的重活,柳西周就上前帮着干。有几回柳怀冰家老人生病,他妻子半夜打电话来求柳西周请医生,柳西周就赶去请;要是老人病情重,柳西周就用架车拉着朝医院送。头两年,柳怀冰由于刚进城,经济上并不富裕,生活上仍旧有些困难,柳西周便想尽一切办法帮他解决家里的问题,不让他妻子发愁,不让柳怀冰有后顾之忧。每次柳怀冰打阜阳回来时,都会对人说,我能在城里打开局面,站稳脚跟,多亏了柳西周啊!要是后边没有他,我是根本不可能有今天的。

正是柳西周的支撑,他在阜阳才有了后来的好日子。

也正因为他对柳西周心怀感激,当他稳住脚跟后,专程打城里跑回来,到了柳西周家,现身说法地对柳西周说,我要不是横下心去闯荡,只靠在家里当老师,每月几千元的工资只能是做梦。他说,西周啊,你不能光这样埋头拉车,也得抬头看下路啊!现在谁不讲眼前,不讲实际?你当村干部挣得的那点钱还不够人家富有老板打个牙祭的,你要是能跟我去华威集团,凭你的才干,凭你的能力,一年至少三五万元。

柳西周坐在他对面,默默地听着,微微地笑着,却对柳怀冰的这些话不为所动。甚至说,他压根就没朝心里去。他也亮出了自己的观点,每个人的活法都不一样,追求也不相同。你看我们的家乡仍然落后,还有不少人至今都没有摆脱贫困。我是他们的村干部,我身上有责任,我只能为他们活。他们需要我,家乡也离不开我。这些年来,我一直留在乡村,我热爱乡村。我是水中的鱼,已经习惯了这样的生活。我愿意跟家乡的村民同甘共苦,我愿意为建设家乡献出我的一份力。家乡有我生命的根,村民们需要我啊!你不用劝了,我的心你是劝不动的!

柳怀冰只能无奈地苦笑,摇摇头,叹了一口气,然后起身离开了。

柳怀冰在柳大营属于单门独户,从家族上来说,村里没有跟他血缘上相近的人。他在阜阳城里打拼期间,母亲生病去世了,家里只剩下一个年迈的老父亲。他在阜阳混出了模样,完全有条件把父亲接进城里安度晚年。他也不是没把父亲接去过,可父亲进了城,却过不惯城里的生活。在父亲的要求下,他只好又把老父亲送回乡下来。

因为父亲生活在乡下,柳怀冰心里是很牵挂,每年都要往返好多趟赶回来看望父亲。每回父亲都向他提起柳西周,让他看柳西周给他买的枕头、拐棍、布鞋、护腰的腰带。还告诉他说,柳西周是一位真正的好干部,就跟亲儿子一样替你照顾我,柳西周上咱家来得最勤。父亲不止一次地跟柳怀冰说,你就是走出去了,也不要忘了你是柳大营的人。将来我要是下世了,咱家那六亩田地你也不要丢掉,你看到地里的庄稼和父母的坟,就会想起你跟柳大营血脉相连,土地就是你在老家留下的根啊!

父亲特别嘱咐他,千万不要忘了柳西周。只要你回来,都要上柳西周家去看看。虽然从血缘上来说,柳西周跟我们并不亲近,可柳西周却把我当成自家老人一样,关心我,对我好。你可要把柳西周当成我们家的亲人对待,跟柳西周来往一辈子。

柳怀冰知道,柳西周是一个真正的好干部,好多事也只有他能做到。柳西周是村民的贴心人,所以柳怀冰平日就跟柳西周的关系比较好。柳西周说话有水平,有自己独到的见解,他也乐意听柳西周说话,他觉得这对自己各个方面都有启发。

尽管柳怀冰回家很勤,可毕竟距离那么远,来回并不是那么方便。特别是他父亲,一年一年地上了岁数,腿脚不灵便是一方面,饭量也越来越不行了,身体也越来越虚弱。

一直把柳怀冰老父亲放在心上的柳西周,经常上他家探望,发现老人生病之后,很快就请来了村医生,直到他父亲的病转好,能吃饭了,柳西周才把一颗心放下来。

当然,柳西周也有顾不过来的时候。每当这时,他就叫刘凤英替他前去帮着老人晒被子,洗衣裳。

有一回,老人得了重病,上吐下泻,病情很危急。柳西周就借来了一辆三轮车,让他妻子坐到三轮车上守着,他骑着赶往代桥镇医院,去给柳怀冰老父亲看病。老人住院期间,他们夫妻二人寸步不离地守着,忙上忙下,同病房的病人们都把他俩当成了老人的家人。

柳怀冰这天刚一走进办公室就接到刘凤英给他打来的电话。她告诉他说,这几天她跟柳西周置气,主要是她不想让柳西周继续当这个村干部了。她为了让柳西周出门打工,都气得好几天没吃饭了。

　　他听到了电话那头刘凤英的哭声,她说,连俺家儿子兆文考上大学他都交不起学费,这个村干部还当啥当?她紧跟着便求助他道,你跟西周关系好,你不是劝过让他外出打工吗?这回你就回来再好好劝劝他吧,让他跟你一块进城呀!

　　柳怀冰接到电话别提有多高兴了。他劝柳西周和他一起进城也已经劝了两三次了,每一次都受挫,遭到柳西周的拒绝,以失败告终了。

　　柳怀冰也知道,内因就是柳西周有个能干能扛又任劳任怨的好妻子。正是得到了刘凤英的支持,柳西周的想法才那么坚定,不改初衷。如今他身后没了妻子的有力支撑,他从前的立场就会发生动摇。男人想干什么事,没有女人给他的支持是不行的。过去刘凤英是让他留下的力量,如今这力量转变为反对他留下的力量了。这可是劝柳西周改弦易辙的一个大好机会呀,再说,一直以来柳西周不管是待他父母,还是待他本人,都十分好。他把柳西周劝说过来,再帮他安排个好工作,也算是对他的回报了。

　　柳怀冰这般想着,迈向家里的脚步不知不觉间加快了,恨不能一步就走到柳西周的跟前!

二十一

　　柳怀冰刚出发上路时还信心满满,他向上司请假时还特意表示这次回去就是去接柳西周的。在此之前,柳怀冰不止一次地跟自己的上司说过柳西周的能力非常强,柳西周当村干部,特别能挑重担,能独当一面,工作起来,就像那上套的老黄牛。还有更重要的一点,柳西周的独立思考能力很强,富有开拓精神,要是能让这样的人进来,肯定会为公司带来新变化。

　　柳怀冰在公司三番五次地夸赞柳西周,他的话早已把上司的心撩动了。公司都渴望拥有这样有能力、又大胆、肯实干的人。上司多次要柳怀冰给他物色这样得力的人,柳怀冰受命一次次地赶回去,劝柳西周到一个更广阔的天地施展他的才干,可每一次都遭到了柳西周的拒绝。柳怀冰满怀热望而来,每次都失望而归。最后,他竟成了在上司跟前说空话的人,没法交差了。

　　这一回,柳怀冰再次提到了柳西周。他特别对上司说,这回是柳西周老婆找的我,说是不让柳西周当这个村干部啦,是她让我把柳西周带出去打工的。柳怀冰兴致勃勃地对上司说,这一回,把柳西周挖过来的希望最大。如果机会运用得当,我很有把握能马到成功。

　　上司连连点头,并直接对柳怀冰承诺说,这个我从未谋面的柳西周,光听你说他的名字就很熟悉了。我不知道这个人咋对当村干部如此情有独钟,他在我心中已经留下了很深的印象,只要你有办法把他给我请过来,我有重要的工作岗位留给他。

　　柳怀冰信心十足,跟着表示说,我这回一定能把柳西周给你请过来。话也跟立军令状差不多。他刚出城时人还挺乐观,认为只要柳西周老婆反对柳西周,让柳西周产生向外走的念头就好办。即使柳西周还在犹豫,立场不那么坚定,影响也不大。等他赶回去,两人见了面,他用心做做柳西周的思想工作,柳西周是个头脑灵活的人,肯定很快就能转变过来。

可当柳怀冰开车走到城外时,凉风一吹,他冷静下来一想,觉得事情并没有自己想象得那么简单。柳西周这个人他太了解了,认死理那是非同一般。他劝柳西周跟自己一起进城也不是一次两次了,每次柳西周的立场都是那么坚定,把他给拒绝了。柳西周要是真打算出来,早就出来了,还会等到今天?退一步说,要是柳西周拿定主意想出来的话,还用柳西周妻子打电话吗?柳西周自己还不得急不可待地打电话跟他说吗?柳西周妻子在电话中也明确表示,是她不想让柳西周当这个村干部,而不是柳西周自己不愿意当,这内里情形就明显不一样了。柳西周是妻子不让他当村干部他就不当的人?她求助柳怀冰赶回去解劝柳西周,这就充分说明柳西周并没有辞职出门的打算。对于一个当了多年村干部的人来说,柳西周的意志已相当坚定,让他赶回去劝说,可不是那样好劝的,难度依然是相当大,很有可能劝解半天也没有任何效果,白费口舌。柳怀冰觉得自己根本没这个本事把柳西周劝出来。

这样想着,柳怀冰的心不由咯噔往下一沉。他有一种预感,这一回他满怀热情地去接柳西周也会像过去一样,注定要落空的。

难道不是这样吗?先把他与柳西周放到一起对比,他过去只不过是一个小学老师,充其量也就是几十个学生的"孩子王"。柳西周是村干部,而且他们茶棚是个大村,有五千多口人。村民又都是成年人,要想把整村的人都管好,让他们都能够服从村干部的领导,特别是还能让全村人都拥护,建立相当高的威信和好口碑,那就不只是要有两把刷子,至少要有数把刷子的本事和能耐。

柳西周虽然比他年轻,可柳西周长期坚守在农村摸爬滚打,村干部也当了快三十年了。而且时至今日,柳西周仍然还在村里工作着。柳西周积累的工作经验相当丰富,哪方面不比他懂得多?他哪里能做得了柳西周的思想解劝工作呢?

最为重要的是,柳西周是从十八岁就入党的老共产党员了,这种人是不同一般的,都是经过多少风风雨雨才磨炼出来的。他们的理想、信念和信仰都是相当坚定的,他们都是有钢铁意志的人,都是有向往、有目标的人。

这种人,他怎么能劝得了?

柳怀冰越这般想,越变得信心不足,他泄了气,不由得联想到了自己开的这辆私家车。估计柳西周越是看到这个,越是对他疏远吧!私家车在别人眼里豪气,会产生一种向往和诱惑,可在柳西周眼里,只把自己当成小庙的和尚,享受不起大香火。柳西周坐进这车里立刻就会感到别扭,浑身不自在。柳西周是常年吃惯了面条和馍的人,你把山珍海味摆在他面前,他根本就不会买你的账,更不要说品尝了。柳怀冰特意开着私家车来接柳西周,可柳西周肯定不会坐他的车。柳西周要是那么洋派,懂享受,那就不是柳西周啦!看来,柳怀冰开车只能是个障碍,反而会弄巧成拙了。

柳怀冰经过考虑、掂量,又把开到半路的车开回去了。

柳怀冰不想就此放弃,他想要进行尝试,只要有百分之一的希望,就要做百分之百的努力。也的确如此,好多人也就是在这样的坚持中走向成功的。

既然刘凤英主动求助他,他一个人不行,加上刘凤英就是两个人的力量,抓住这个机会尝试一下,况且他已经向上司表态了,自己一个人回去也不好交差啊。做人要言而有信,他要鼓足勇气,越是艰难越向前。

二十二

　　柳怀冰改乘阜阳通往泉阳的乡村公交班车。身上的衣服也换成了普通的灰色拉链装,穿着尽量朴实。他还从超市买了几样成品菜和两瓶酒,打算回去先跟柳西周喝杯小酒,把话匣子打开,一起叙叙家常,在不经意间引入正题。

　　柳怀冰心里原本是这般想的,可真当他到了柳西周家,两人面对面坐在一起时,又不知该如何开口了。柳西周喝了两口酒,夹了几颗花生米,心情很快就激动了起来。柳西周提高了嗓门,有些无奈地对柳怀冰诉苦说,谁不是五尺高的汉子,让你侄媳妇这样打门缝里看人?这几天她总跟我生气,闹死闹活的。这个村干部,她就是不愿让我当了,逼着让我出门打工。

　　柳怀冰目不转睛地看着柳西周说,大侄呀,那你心里又是怎么想的呢?

　　柳西周拍拍胸脯说,《好汉歌》怎么唱的?说走咱就走,风风火火闯九州。她跟我一直吵闹不休,她亲爹来了都劝不好她。这样下去,我的日子没办法过呀!我连着想了好几个晚上,村干部不当就不当呗,没啥大不了的,她让我打工我就打工。鸡带俩爪能找食,我长两只手我怕啥?我不信离开柳大营就不活人了,就真得饿死了?我这回就出去给她看看!

　　柳怀冰准备好的一大堆话看来一句也用不上了。他怎么也没想到,柳西周已经拧过这个弯儿来了。他要是再上去劝,哪句话让柳西周听不入耳又改辙了,那不就成事不足败事有余了。此刻完全不用多说什么,还是不说为妙。想到这里,他边点头称是,边趁热打铁地问,既然你已经拿定主意,你决定啥时候走?事不宜迟,就与我一块走。

　　柳西周爽快地说,我办事从来不喜欢拖拖拉拉,那就快刀斩乱麻。今天我就把辞职报告递上去,明天一大早,我就跟你走。

柳怀冰猛地站起身说,那君子一言,驷马难追。明天我俩一块上路。说过,他把手中的酒杯向上一举,说道,那咱俩再碰一杯。

柳西周果然豪爽地跟柳怀冰又喝了一杯。

柳怀冰心情正好,趁着酒劲,兴致也起来了。他便扭脸对坐在一边的刘凤英说,你看,你家西周已经当着我的面满口答应下来了。明天我俩就要去阜阳城了,难道你心里还不高兴吗?他向刘凤英招下手说,你还不快点过来凑个场,也给我俩助助兴。我们三人同喝一杯,共同祝贺。

刘凤英也对柳西周的陡然转变有些意外,内心很是惊喜,她觉得这主要还是她的功劳。要不是她豁出去,寸步不让地把他往外逼,给他施加了强大的压力,他怎么会让步,怎么舍得走出去?看来,女人不能总是心肠软,该硬起心肠的时候,必须要不顾一切。想到这里她也觉得自己应该喝一杯,于是三个人各占一方,同时举杯,一起喝了一杯。只是刘凤英极少喝酒,白酒又辣又呛嗓子,她喝得直咳嗽。不过,此刻她感觉心里还是挺畅快的。

人喝了酒就爱犯困,三个人酒后便各自上床躺倒睡了。

第二天天一亮,柳怀冰精神抖擞地走在前面,柳西周迈步紧随其后,两人向门外走去。刘凤英在后边给两个男人送行,送到门口就停下了脚步。

柳怀冰向前走出有十几丈远,又转过身来向着刘凤英扬了下手,算是跟她告别。

柳西周也停下了脚步,只是他没有回头。

柳怀冰转过身领着柳西周快速地向前走。眼看就要到村口了,柳怀冰忽然发现情况有些不对,怎么村口一下站了那么多人,黑压压的一大片,这里边竟然还有村支书张兴成。他的心顿时咯噔下,这时才如梦方醒他掉进柳西周跟张兴成二人共同设下的陷阱里了。

难道不是这样吗?柳怀冰本来就是茶棚村的人,难道他对茶棚村的情况还不了解吗?张兴成和柳西周都是茶棚村的干部,柳西周是张兴成培养的,已经是多少年的老搭档了,他俩才是同一个战壕里的战友。在茶棚村一起共事多年,张兴成离不开柳西周,柳西周也离不开张兴成,张兴成哪里会让柳西周走？反过来说，柳西周也一定不会走。

两人共同演了一出好戏，张兴成是导演，柳西周是出色的演员。昨天柳西周给张兴成去送辞职书，尽管柳怀冰不是党员，但他也知道，村党总支都有严格的组织纪律，辞职书递上去后，要通过组织的研究批准。只有经组织同意，正式批准下来的辞职书，才是有效的辞职书。辞职书的批准需要时间，需要过程，至少也要两三天。柳西周昨天晚上才递上去的辞职书，今天一早就跟他往外走，这是不可能的。柳西周身为党员，身为村干部，必须严格遵守组织纪律。在柳西周的辞职书没正式批准下来之前，柳西周仍然是茶棚村的在职干部，怎么能擅自离去？柳西周要是这样随便，这干部也干不了这么多年。要是连起码的思想觉悟和组织观念都没有，不用说不想当干部，就是想当，也早就给撤职啦！如果说柳西周真下定决心跟他走，至少也要等到辞职书正式批准下来之后，两个人才可以一路同行。

柳怀冰一想，仔细一分析，越来越感觉这事不对劲。柳西周不用谁劝就自己想通了，不当村干部，跟他一起出去，这完全不可信。就凭他对柳西周多年的了解，柳西周也绝不是这样的人。看来，柳西周交辞职书就是个幌子，找张兴成想办法、商量对策才是真的。柳西周跟他一块往外走，明显是做个样子给刘凤英看罢了。从昨天他走进柳西周的家门，柳西周所做的一切就都是表演。柳怀冰一直被蒙在鼓里，直到现在，他才突然醒悟过来。

记得刘凤英跟柳怀冰说过，他是柳西周关系最亲近的人，他自己也一直这么认为。可现在，他不得不从另一个角度去想了，他到底又了解柳西周多少呢？如果两人真是真心朋友，他多次请柳西周出山就不会请不动了。通过今天这件事更充分证明，他和柳西周的人生追求和价值观完全不同，也绝不是同一种人，走的也不是一条路，他们最多也不过是生活中的朋友罢了。只有老支书张兴成跟柳西周才是真正有共同志向的人。跟柳西周相比，他充其量不过是一块铜，而柳西周却是一块闪闪发光的金子。柳西周经受住了革命的洗礼，经受住了艰苦的考验，一直不为名、不图利，辛勤地为村民工作着、付出着，从来不讲任何条件。仅从这一点上看，柳西周就是十分可贵的。

正当柳怀冰这般回想时,只见村口的村民越聚越多,他们阻断了柳西周前进的脚步。他们一个个面向柳西周,大声喊着,西周,不能走,我们需要你啊!

柳西周被迫停下了脚步。

正是柳西周要出门打工,这才惊动了茶棚村众多的村民。只见村路上,人们从四面八方源源不断地向这里围拢过来,越聚越多。整个路上都是前来挽留柳西周的村民。一张张亲切、朴实的面孔,那样真诚、恳切地看着柳西周。

这时,从人群中走出来一位满脸皱纹的老人柳洪俊,他拄着拐杖,一步一步挪到柳西周的面前说,西周,你不能走!那年我家失火,不是你冲进大火把我从火堆里背出来的吗?你可不能扔下我不管!还有村里的其他老人都需要你照顾啊!

紧接着,又一位白发苍苍的老人陶秀颖,颤颤巍巍地走到柳西周面前,一把抓住柳西周的手,双腿跟着就朝下跌跪。

柳西周眼疾手快,赶忙把老人扶住,硬拉了起来。

陶秀颖撑着瘦小的身子站在冷风里,头上的白发被吹乱了。她老泪纵横地说,西周啊,我一个老婆子,下雪你给我扫雪;没吃的你给我送面;生病了你给我倒屎尿盆。你哪儿也不能去。我手头没钱花,还要你去邮局给我取钱呢,你要是走了,让我这个老人还活不活?

柳西周只好连声告诉老人说,我知道我知道,我心里没想着走。

正在这时,一个严厉的声音响起来,柳西周,你怎么没想着走?你走啊,你不是要走出去打工挣钱吗?你怎么不想走,你走啊!老支书张兴成满面怒容地从人群中走出来。接着说,我们茶棚村党总支应该是一个先进的党总支,一个坚强的战斗堡垒。柳西周,你正当壮年,是其中重要的一员,我们都需要带好头,起到模范作用,谁都不能退步。不管困难多大,都要咬牙挺住,不能产生私心杂念。脱贫攻坚任务是场硬仗,一定要打好,乡村振兴工作正在展开,任务同样艰巨而繁重。在我们党正需要我们挺身而出、大显身手的关键节点上,我们每一位组织成员都要坚守自己的工作岗位,冲锋在前,义无反顾。谁也不能给我当逃兵,必须要经受住这场考验!西周啊,你要记住,我们是土生土长的茶棚人,我们每做一件事都要对得住茶棚村信得过我们、把我们当贴心人的广大村民啊!西周啊,你是党总支骨干,茶棚的建设和发展正需要你。你要记住,你不是为刘凤英一个人活,你是为着我们茶棚村全体村民而活,你要敢于献出自己的一切。

此时此刻,柳西周用心听着老支书张兴成这番情真意切的讲话,两眼饱含深情地看着村民。他的心情很激动,泪水早已模糊了他的眼睛。

老支书讲话结束,众多村民便向柳西周发出了连声呼喊,柳西周,你不能走!柳西周,我们茶棚村需要你!

在众人的呼喊声中,柳怀冰悄悄地消失了!

正在这当口,只见刘凤英涨红着脸,打她家门口飞奔着向柳西周跑来。她猛地冲进人群,不由分说地夺下丈夫手中的行李,领着柳西周,在一双双目光的注视下脚步匆匆地向着他们家径直走去。

二十三

　　一群大雁是往南飞飞还是往北飞,能飞多高,能飞多远,能不能飞得优美,要看至关重要的领头雁。

　　柳西周作为茶棚村的领头雁,方向非常明确,责任感也非常强。当上级要求他们村党总支的六个党小组在下边各建一个党员活动之家时,柳西周第一个站出来,表示赞成。他认为这个要求非常重要,非常及时,也非常有必要。

　　为什么柳西周有这么高的觉悟呢?

　　那就是他始终对自己严格要求,始终保持自己的本色。他的道德品质好,思想觉悟高,对工作中存在的问题发现及时,认识到位,见解深刻。

　　他对基层党员目前的真实现状和怎样加强党的建设,都进行了深入的走访调查。在他们村的党员之中存在几方面的突出问题:首先有不少党员党性不强,不加强自身的学习,对自己要求不严格,思想涣散,不能起到先锋模范作用。其次有不少党员在信仰和信念上已经出现了危机,生活当中不用唯物主义观点看问题,不用科学武装头脑,变得因循守旧,迷信思想严重。还有的党员,人虽在党组织,心却游离于党组织之外。人去庙里求神拜佛,买成捆的香在家里焚烧,去基督教堂求助耶稣,俨然已经把自己变成了一个宗教徒。甚至还有不少党员,自私自利思想严重,总想着不劳而获,已经变质、堕落。另外,村里的这些党员总体上老龄化非常严重,年轻党员的发展远远落后于时代的要求。新鲜血液不足,这种现状也亟待改变。

　　柳西周作为茶棚村党总支的一名委员以及第三党小组的组长,他站出来,带头向党总支说,我们组的党员活动之家就建在我家吧。

柳西周在会上进行个人发言时,是这样说的:记得过去我拿扬场锨跟爷爷学扬场时,爷爷就告诉我说,两腿叉开,两脚扎稳,两手将锨把握牢、托平。扬场不是只用两只手拿着锨使劲扬,只用两只手,把人累死也扬不完场。只有用两只手带动胳膊,用胳膊带动身子,用自己身上的力量去扬场,才有用不完的劲。我们的工作也是这样,如果我们无论干什么总是依靠村里这几个村两委成员,就是把人全累死,村里的工作也干不好。那么要带领村民发家致富,过上更美好的生活,就是一句空话。只有把我们村全体党员都发动起来,让他们起到先锋模范作用,跟我们党总支凝聚起来形成合力,并肩战斗,然后带领广大群众一起去奋斗,我们的力量才能变得强大。我们所有人都扑下身子,扎扎实实地干,才有可能改变我们贫穷落后的面貌,才能使我们整个茶棚村发生更大的变化,使我们的村民过上更好的日子!

柳西周把第三党小组活动之家放在了自己的家里,墙上悬挂起三块闪闪发光的新牌子——党小组之家,入党誓词,代桥镇党小组学习制度。屋里添了凳子、椅子、水盆、毛巾,桌上摆起了笔和纸,还有茶碗和开水瓶。

柳西周把他的第三党小组活动之家正式建好之后,就把他管辖范围之内的所有党员召集到家里,举办第一次学习活动会。说起来这是件平常事,可这个党员活动会却有好多个年头没开过了。不要说村民,就连党员自己都有一种新鲜感,觉得很新潮、很开眼。

村里从前几乎没有开过什么党员会。农村的普通党员,本身就来自群众,常年不召集他们开会,他们也就把自己混同于一般群众了。有的党员甚至都快忘了自己还是个党员了。

柳西周召集大家来开这个党员之家的学习活动会,党员们互相见了面,彼此都很惊讶,他(她)竟然也是党员?

是呀,某某是党员,可常看见他去代桥的基督教堂去做礼拜。某某是党员,她孙子上树摔了跤,怎么还手拿桃枝,端碗鸡血,念念有词地给她孙子叫魂呢?某某是党员,他过年怎么买了那么一大捆香来烧?某某是党员,有一年外地来了大联合收割麦机不小心轧了他家地里的几棵红芋苗,他就加倍跟人家要钱。某某是党员,他牵着头羊去放,专去吃人家地里的玉米叶……

柳西周第一次在他的第三小组党员学习活动会上发表讲话,是这样说的:一把镰刀,要是长期不使用,放在那里就会慢慢生锈,变得不锋利了。一台机器,只有让它长期运转,才能发挥它的用途,要是常年闲置在那里,就会锈成一堆废铁。凡是流动的水,看着都是清亮的,捧一口喝,也是甘甜的;一潭死水,就是污浊的,甚至还会生出小虫子。不要说喝,就是站在岸上,也能闻到一股腐臭味。他一口气讲到这里,端起桌上的茶碗喝了一口,又接着讲下去,人的思想也是这样,如果不经常参加学习,不经常接受教育,也会生锈,甚至会生出有害肌体的虫子。建党员学习活动之家,就是基于这个考虑。我们建党员学习活动之家的目的,就是加强党的革命传统教育,加强思想学习,净化自我,使我们党员的思想不落后,使我们的党员不掉队,长期保持朝气、活力。这样才能增强我们党的向心力、凝聚力和战斗力,才能提高我们的理论水平,让党员通过参加学习和活动,能够紧跟时代步伐,能够走在村民前头,发挥一名党员的先锋模范作用,为我们茶棚村今后的发展和建设做出应有的贡献。

二十四

　　党员从群众中来,党员活动之家也建在群众之中。农忙就到田间干活,不影响群众劳动、生产,党会可以放在白天开,也可以放在晚间开,也可以选择阴雨天开。总之,要经常进行思想政治学习,不仅要灵活多样,也要有严格的学习制度。有事要向党组织请假,没有特殊情况,任何人都不得随便缺席。

　　在第一天的学习中,由柳西周抛砖引玉。他说,我们今天学什么呢?我看,在大家今天的发言当中,更多提到的还是封建迷信的问题。封建迷信已经在我们生活中存在了几千年,可以说,在我们的生活中随处可见。门上有门神,灶上有灶神,梁上有青龙、白虎,不管是庙上、桥下,甚至是一口井里、一棵百年老树上,都能找到神的存在。所以我认为,我们村民受到的最严重的危害就是封建迷信。在他们心里,不是相信这个神,就是相信那个神。好像他们生活中的一切都是神带来的。最好的、最有威力的破除封建迷信的办法,就是拿起我们党的先进思想这个武器,还有科学这把利剑,去进行有力的驳斥和反击。如果没有党的英明领导,没有党给我们制定的好政策,我们就没有今天的好生活。比如说我们种地,没有好种子,不用好化肥,不喷洒农药,不进行田间技术管理,只去求神拜佛,粮食产量怎么实现亩产千斤的高产?

　　第一天的学习,党员们就围绕着怎样破除封建迷信这个问题而展开。大家踊跃发言,热烈讨论,最后把重点放在坚决赶走自己的迷信思想,用党的先进、科学的思想去充实头脑,武装自己。这也让第一次召开的党员学习活动会议发挥出了应有的作用,达到了预期的目的。

这次召开的党员学习活动会议,现场很活跃、很热烈,展现出了新气象,也开了个好头。

柳西周知道,党小组活动之家是跟村里党员建立紧密联系的桥梁和纽带。他认为,要想让党员之家对党员产生吸引力,让党员愿意参加,切不可表面化、走过场、搞形式,必须实实在在、丰富多彩才行。他作为党员第三小组活动之家的家长,必须很用心、花气力,把自己完全投入进去,实实在在去做才能取得应有的成效。他每次把党员们召集来开教育课时,都会提前几天去想,先做大量笔记。只有自己先把功课做足,他的思路才能清晰,认识才能明确。因此,他在会上说的每句话针对性都很强,讲得又深入浅出,像拉家常一样。他的话语亲切、朴实,既有引申性,又有启发性,不仅让党员听得懂,而且还都很爱听,发人深思。

柳西周也知道,党员活动之家就体现在一个"活"字上。既然是党员参与,就应该让党员发言,让大家有存在感;既然是家,就应该让党员感觉到自己就是主人。他引导每位党员结合自己的实际生活积极发言,提出生活中存在的难点,然后把这些问题放到桌面上让大家进行讨论。只有共同探讨,集思广益,一起想办法,最终才能解决问题。他让每位党员剖析自己,自找不足,揭自己的短。刚开始,有些党员有顾虑,放不开,不能勇敢大胆地站出来。柳西周就带了这个头,直接向自己亮剑。党员们也就逐渐放开来,你讲过他讲,场面生动有趣。大家都觉得这样的活动对自己的帮助大,机会宝贵,今后应该多参加。

这样的活动,村里的党员参加得多了,就找到了自己的感觉,逐渐如鱼得水了。大家活动的热情越来越高,经常参加学习,既加强了自己的党性教育,使自己有了新的认识,也让自己的思想水平有了不小的提升。于是,大家也就越来越把参加党员活动看得重要了。要是哪天谁因家里有啥紧要事没能来,心里就好像缺了啥似的。

刘凤英作为干部家属,对建在她家的党员活动之家不但思想上想得通,而且还表示热烈欢迎,她也感到荣耀。

每次党员进行活动之前,她先拿扫帚把院里院外打扫一遍,桌椅板凳都摆放好,自家东西归置到原有的位置,让每位党员走进她家都有一种整洁感。

然后,她就走进灶屋,烧几瓶开水提到桌子上。

由于参加活动的人数多,她担心开水不够喝,又特意上街买了两个开水瓶。乡下人喝开水喜欢用大碗,她又特意买回几个大碗。

每次党员们赶来她家,她都满面春风地迎接,不停地倒茶水,端给他们喝。

正因为刘凤英的热情周到,才让每位到来的党员有了一种家的亲切感。他们更乐意来参加这里的集体活动,每个人都感到不虚此行,心中暖融融的。

柳西周觉得,他们党员之家的活动应该有新的提高,形式还应该有更多变化。柳西周就找到了镇党委委员、村包点干部王晓军,让他给自己的党员活动之家出谋划策。

王晓军向镇党委请示,镇里就派党建、宣传、农技几方面的人员组成了一支知识水平更高的小分队,赶来柳西周这个党员活动之家,给村里的党员专门授课,让党员更深入、更系统地学习,同时也能掌握更多实用的农技知识,让上下连接得更紧密。

自从柳西周建起了党员活动之家,村里的党员经常到他家参加集体活动之后,他们的党性和思想认识水平都有了较大的提高,党员为村民办事的热情和意愿变强了。柳西周为了发挥每位党员的作用,开始朝他们身上加担子,让每个党员包保几户村民。为了给党小组增加新鲜血液,更充满朝气和活力,他让村里的党员从村民当中发展新党员。

自从茶棚村的党员活动之家切实、生动地开展起来后,党员的先进性在村里起到了引领作用。他们跟茶棚村团结成了一个整体,在村民之间开展工作,使茶棚村的社会风气变得更好。党员们用先进的科学思想占领阵地,使整个茶棚村出现了新气象,获得了巨大的改变。

柳西周为了让党员活动之家办得更好,不管工作多忙,人有多么劳累,每天晚上都坚持在灯下看书学习,不是用笔在书上勾画重点,就是用笔在笔记本上摘抄。直到夜很深了,妻子刘凤英都睡醒一觉了,他还在孜孜不倦地学习。刘凤英便心疼地催促他说,天不早了,你快睡吧。

柳西周总是嘴里答应着,却不肯熄灯。

他犯困了,就用凉水洗脸,提起精神在灯下继续看书。

刘凤英再次醒来,见他还没有睡,就强行熄灭了他的灯。

柳西周这才被迫躺下。不能看书了,他就用脑子思考,在心里想着明天要做的事,仍然在为他的村民着想着。

二十五

　　柳西周一直为茶棚村党员的老龄化问题忧虑着。他不但要求村里的党员们发展新党员,自己也在积极、主动地开展这项工作。他跟街上西锦酒楼的柳西锦关系很好。他知道柳西锦为人厚道,不论是在本街,还是在周围村庄,人们对他的评价都不错。他认为柳西锦个人条件达到党员要求,可以发展入党。他就直接赶来找柳西锦,做柳西锦的入党动员工作。柳西周说,入党与不入党,你的思想境界和精神面貌是不一样的。

　　柳西锦在水龙头前正忙活着洗他泡发的木耳,把脏水倒去,又换清水淘。柳西锦说,我心里只想着我的生意,别的方面没心思。我又不想当村干部,我入党有个啥用？

　　柳西周一边动手帮他干着杂活,一边说,话不是你那样说的,入党并不等于说是为了当村干部。

　　柳西锦洗过木耳,又洗黄花菜,接着说,那入党为了啥？

　　柳西周帮他倒出木耳盆里的水,跟他讲解说,入党是靠近党组织,是个人的追求。入党能让你更懂得一个人活着的意义,能让你明白更多道理,能使你的思想境界获得升华。

　　柳西锦有些听不懂,他眨眨眼问,咋说还不是一天吃三顿？

　　柳西周便换了一种直白的说法,入党能改变你,让你活得跟过去不一样。

　　柳西锦把黄花菜洗好,停下手,又说道,啥话让你一说就神奇了,能有个咋的不一样？你给详细讲讲。

　　柳西周直直腰,便进一步地说,你不入党,脑子里整天盘算的是为自己忙活；你入了党，把自己的活干好之后，还会想着为别人去做事。去为别人做事，别人知道你为他好，心里自然对你心怀感激，这就会使你感到快乐、自豪。一个为别人而活着的人，他的精神面貌就会大不一样。

柳西锦还真对柳西周这话感兴趣了，他说，嘿，你还真别说，平时还真听不到你这样的话，说得新鲜，你朝下还跟俺再细讲讲。

柳西周便对他进行开导，启发他说，因为你去为别人着想了，你的心胸自然就会开阔，你的眼光也会长远。如果你往后帮助的人多了，是不是凡你帮过的人都更看重你？你的人脉自然更广，来你饭店吃饭的人自然会更多，你的生意会不会更好？这也叫德和财的辩证统一。这也是人们常说的，一人富不叫富，大家富才叫富。你为别人谋利益，反过来你也获得了意想不到的回报，你的人生是不是变得更有意义了？

柳西锦觉得柳西周这话说得有道理。就拿自己与柳西周的交往来说，当初不就是柳西周赶来挽留他，给他出点子、想办法，又帮他去借钱，才在家里把饭店开了起来吗？这也让他打心眼里感觉到柳西周待他的真心实意。在他心里柳西周的位置很重要，看见柳西周就觉得跟自己很亲近。柳西锦的心给柳西周说动了，心灯也给拨得透亮了。柳西锦说，那这个党我入，然后问，可我不知道这个党该咋入呀？

柳西周亲热地告诉他说，你要有强烈想入党的意向，你就去写入党申请书，我做你的入党介绍人。

柳西锦越发心热了，接着说，那我入了党，就是跨过门槛跟你成为一家人啦？

柳西周用劲点了点头说，那可不，我们同为党员，奋斗目标一致，当然就是一家人啦。

两人正这般热烈地说着，忽然柳西周的手机响了。他拿出一看，是老支书张兴成给他打过来的。老支书电话中说有急事找他，要他尽快返回村里。柳西周只好跟柳西锦告辞，匆匆忙忙向村里走去。

柳西周回到村里，张兴成正在村办公室等着他。柳西周快步走到张兴成面前，问，又是啥急事？

张兴成让他在对面坐下,然后才开口说,我刚刚从镇里开完会回来,当前扶贫工作已全面铺开,镇里要我们每个村各增加一名负责扶贫工作的专职干部,要找一位年龄在二十五岁左右的青年,不仅要素质好,而且工作能力也要强。你看咱村谁符合这个条件?你给我物色一个,要尽快上岗。

柳西周低头想了一会儿,然后抬头对村支书说,孙敏啊,她今年也不过二十三四岁,人不仅聪颖,品行也好。她现在是一家幼儿园的老师,文化水平和工作能力都有。我和她爸很熟,去过她家不少次,对她的情况有所了解,我觉得她能行。

张兴成便微笑着说,既然你说孙敏行,那你就赶快上门去找她说这个事,让她把幼儿园的工作辞了,到村里来上班。

柳西周没有打包票,他对老支书解释道,怕事情不那么好办。一个是人家幼儿园园长放不放人,再者是她爸爸答应不答应,尤其是她本人怎么想。如今人都讲现实,我们村干部工资偏低,她能不能同意还不知道呢!

张兴成肃然说,正因为难度大,我才叫你去,你就是我手下的精兵强将。你不用多说,要自己想办法克服。关键时刻,你要把自己能啃硬骨头的劲头拿出来,把这个艰巨的任务尽快完成。你也不是那种畏首畏尾的人,我相信你能把人给我要过来。

柳西周挺身站起,坚定有力地答应了一声,好!

二十六

　　柳西周这人最大的长处,就是对工作的热情高,拼劲足,有耐心。只要他答应下的事情,不达目的决不罢休。
　　柳西周觉得他跟孙敏爸爸关系熟,这是他的有利条件,也是办好这事的一个突破口。他直接前往孙敏家,去找她爸爸。
　　孙敏爸爸看见柳西周上门,便热情地朝屋里迎接,给柳西周倒茶水,跟着问,你不是个大忙人吗,咋有空闲上我家来了?
　　柳西周也不绕弯子,开门见山地说,我是无事不登三宝殿。村里近日要招一名扶贫专干,我觉得你女儿符合条件要求,我打算让她去村里上班。我来找你,就是跟你说你女儿这件事的,你让不让她去?
　　孙敏爸爸脸上的笑容顿时没有了,他不大高兴地说,村干部工资低,村里事情又多,压力也大,还要跑来跑去的。吃苦受累不说,还少不了得罪人,我可不让我女儿干这个。我不让她去,你还是另找别人吧。
　　柳西周见孙敏爸爸一上来就拒绝了,他并没起身离开,仍然坐在那里,硬着头皮解劝说,你刚才说的这些也是实情,可村干部总得有人当啊!我们茶棚村这么大,总不能不要村干部吧?
　　孙敏爸爸没这个心情,他听不下去了。他开口对柳西周说,我家里还有其他事情要办,没时间陪你了,等回头有空闲了,你再过来说这个事吧。
　　柳西周见对方这态度跟下逐客令差不多,他也没办法了,只好起身跟孙敏爸爸告辞,离开了。
　　柳西周第一次来,事情没有任何眉目。到了第二天,他又奔到孙敏家来了。孙敏爸爸第二次见他,已经明显没了第一次他上门时的热情,只是面子

105

上打了个招呼,连让上屋里坐也不让了。柳西周并不介意,他见孙敏爸爸干活,便主动上前帮着干。跟着,三句话不离本意地开口说,我们村里也并不像你所说的那样一无是处,比如说,村干部能直接接触村民,村干部能给村民解决实际困难,村民能知道你的好,也领你的情,还有……

孙敏爸爸立刻打断了柳西周的话,皱着眉说,什么好,什么情?你说那些虚的有啥用?当村干部少不了直接跟村民打交道,要是哪件事办得让村民不满意,啥难听话不说,连谩骂的都有。再说,当村干部的吃力不讨好,有个啥当头。你就是说破天,我也不会让我女儿当这个村干部的。

柳西周只好接话说,孙大哥,话也不能那般说,村干部……

孙敏爸爸再次打断了柳西周,不耐烦地说,你不用这样没完没了的,你今天上午要不走的话,我管你饭吃!但是村干部这个事你不要再提了,我也不想再听了。

柳西周见孙敏爸爸真的开始气恼,话也不好硬说下去,他只好又干了一会儿活,无可奈何地站起身从孙敏家离开了。

柳西周连去两次都没说通,还弄得孙敏爸爸很不高兴,可他仍然不灰心,接着第三次上门来。这趟他改变了前两趟的方式,不再提孙敏的事了。他跟孙敏爸爸谈起了农村现在存在的问题,谈起了农村该如何发展的问题,接着又谈扶贫攻坚任务,谈从上到下各级领导对扶贫工作的重视,谈扶贫的重大意义和效果……

孙敏爸爸只丢个耳朵听,一句也不接。

柳西周第四次再来孙敏家,孙敏爸爸见到他,有些被他这一趟不行再来一趟的精神劲头给打动了。他再看见柳西周,脸上的表情也和缓多了。没用柳西周开口,他就主动说,你跟我说的那些话我已经跟我女儿说了,你要她去村里上班,这毕竟是她的事,不是我的事,你要找她本人说才行。她要是不同意,我也没办法;她要是能同意,我这里也明确告诉你,我没意见。

柳西周见孙敏爸爸这样说明显是种推托,可毕竟没有拒绝,总算做了退让,这表明自己连着几天没白跑,还是有进展的。想到这里,他长舒了一口气,对孙敏爸爸说,那行,谢谢你。

柳西周离开孙敏家,直奔孙敏工作的幼儿园。他一边走,一边在路上想,孙敏爸爸肯定把他这些天去她家的目的和用意都如实告诉了她,孙敏见了他,心理上肯定有准备。他要是见面就直奔主题,无疑效果不好,欲速则不达。他这回要改变策略,先对孙敏试探,观察观察她的反应,自己做好充分的应对准备。

柳西周赶到幼儿园,跟孙敏一见面就说,孙敏,你在这里工作还好吧?我打这儿路过,顺便看看你。

孙敏看见柳西周前来她工作的幼儿园,立刻明白他是为了什么。她见柳西周没有直接说,就开门见山地跟他说,西周大哥,我知道你工作忙,没有那个闲时间来看我。那我就跟你打开窗户说亮话吧,你想让我到咱村里当扶贫专干,你是为这事赶来的吧?

柳西周见孙敏直奔主题,他担心这话在幼儿园直接谈,要是园内其他老师走过来进行阻拦,那他的阻力就会增大。想到这里,他仍坚持说,我真是赶来看你的,没别的事,你上课去吧,我走啦。

孙敏没想到他会坚持这么说,而且还真就走了。她看着他离去的背影,感觉有些迷惑。

柳西周第二趟赶来幼儿园找她,就选择了在幼儿园放学之后。他没有直接进园去找,而是在园外的路口等着。

柳西周见孙敏出来了,把她领到公路下边一条没人的小路上。

孙敏和柳西周面对面,仍然是她先开口,单刀直入地说道,西周大哥,你三番五次地到我家去找我爸,想让我去咱村里工作,这事儿我思考过好几遍了。我现在就告诉你,我在这家幼儿园已经工作好几个年头了,园长对我的工作挺满意的。我在这里每个月都有两千多块钱的工资,又有几天的休息时间。我也热爱这份工作,干得轻松愉快。但我们茶棚村的扶贫专干,你告诉我爸说每月工资只有一千三百元,而且农村工作天天忙,星期天照样有村民上门找,工作担子又那样沉重,忙到黑天半夜才回家也是常有的事。我是农村人,苦累也没啥,主要是一千多与两千多之间的工资差别太大了,让我不能接受。谁又不是傻子,不管你怎么说,我也不会到村里去当这个扶贫专干的。

柳西周听过，连忙接话说，孙敏妹妹，你知道的……

不承想，孙敏说过就走，根本不给柳西周说话的机会。他刚开口说了半句，孙敏就已经走出去多远了。柳西周望着孙敏离去的背影，不觉皱起了眉头。

柳西周第三趟赶来找孙敏，不承想，孙敏干脆直接躲起来了。

柳西周第四趟来找孙敏，他改变了办法。他没有像前几次那样直接去学校，而是守在孙敏放学经过的路上。他躲在一座大桥的下边，看见孙敏走过来，猛然之间从桥下冲上来，堵住了孙敏的去路。孙敏没办法，只好拉下脸，说了声，你……

柳西周苦笑着，无奈地向孙敏解释说，我这也是没有办法的办法。话说回来，村里的工作，你要真不去的话，我也不可能强拉你去，我只是想跟你聊聊。

孙敏找不到退路，只好勉强同意了。她问，你说上哪儿谈吧？

柳西周便微笑着说，顺着这座桥向南不是条河堤坝吗？你知道的，那里平时少有人来，环境也静，两边都是绿色的庄稼地，景色也美。我领你上那儿去走走吧，你说好不好？

孙敏只能答应一声，那好吧。

柳西周领着孙敏一块走上了通往泉河的河汊堤坝。柳西周看着两岸波浪起伏的绿色麦田，激动地说，让我跟你先说下当前的扶贫吧，这几年农村的扶贫力度相当大，应该说是前所未有的。远的不说，就拿茶棚村我直接包保的三十二户贫困户来说，需要进行危房改造的有二十四户，每家补助两万，一共四十八万元。加上生活各个方面的扶贫款，你想一下，国家这一年要拿出多少钱来？放大到全村、全镇、全市，乃至于我们整个安徽省，国家要向下边扶助多少钱？所以我要告诉你，国家对我们贫困地区的扶贫有多么重视！村里现在需要一名扶贫专干，也是对这项工作重视程度的具体体现。

孙敏跟柳西周并行走着，用心听着，她没有插言，不打断他，想听他继续说。

柳西周接下来才把话转入正题。孙敏妹妹，你前两天说嫌扶贫专干工资太低，这属实情，我也承认。可我总感觉作为一个年轻人，你的眼光太浅、太偏，也看得太近。做事情，想问题，不能只看钱，让钱遮了眼。活人要跳出来，还要向前看。想得深，理得清，看得透，这才叫有胸怀，有眼光。的确，我们村干部的工资不高，工作量也大，底层工作既苦又累，可我们不是为了钱活着。过去那些资本家家庭的大小姐，家庭条件该多富有，可她们却向往成为解放区的延安，宁愿舍弃荣华富贵，也要投奔延安，这又是为什么？我是一名村干部，同时也是一名共产党员，我们是有理想、有信念、有追求的人。我们是为茶棚村走出贫困而活着，是为茶棚村的向前发展而活着，是为茶棚村的五千多村民能走向幸福、过得美好而活着！这也就是我们人生的价值和全部意义！

孙敏妹妹，当你真的走进我们茶棚村，成为我们村里的一名村干部，成为我们这个队伍中的一员时，我相信，你的人生观念和你的精神面貌都会发生一个大的转变。当一个人不是只为着自己活着，而是为着大家活的时候，你会感到很自豪、很欣慰，也会很快乐。

当你为村民办事，为村民好的时候，他们会喜爱你，给你亲切的微笑，会让你倍感温暖。哪怕他们给你一个鼓励的眼神，都会让你增添无穷的动力。你生活在他们中间，会感觉像生活在亲人中间一样。即便你再苦再累，心里也会温馨、舒畅。

孙敏妹妹，作为一个当代青年，就应该敢于到更艰苦的地方去，到更需要你的地方去。只有你当上村干部，你才能亲身体验到村民的疾苦，你才能甘愿为贫困村民去辛劳、去付出。当你下去进行走访调查，走近了他们，了解了他们，你才会意识到这份工作是多么重要，你才会热爱上这份工作。当你的心与他们的心连在一起的时候，你才会懂得一个人到底该怎么活着。当你成为一个品格高贵、情操高尚的人时，你的人生才会精彩，你的将来才会有更好的发展。

柳西周把他想跟孙敏说的话全都说完了，最后又特别告诉孙敏，我这是代表村里赶来正式聘请你，也是老支书张兴成认可你，这才派我前来请你的。我也实话告诉你，我们村差不多有二十年没有增加职工了。只有这一次，上级考虑到扶贫工作非常有战略意义，加上任务繁重，才特别破了例，给了村里这个名额。我只希望你明确一点，这是一个难得又幸运的宝贵机会，可要把握住，不能错过了。柳西周坦白地对孙敏说，还是那句话，选择权在你手里。我建议你先征求你父亲的意见，慎重考虑后再给我回话，我给你三天的考虑时间。

没有想到，正是柳西周这番发自内心的话感染了孙敏。尤其是这么多年以来，柳西周一直无怨无悔地坚守在这个底层工作的岗位上，对她起到了引领示范作用。榜样的力量是无穷的，老大哥这种身体力行的奉献精神也感化了她。孙敏当时就想通了，立刻对柳西周表态说，我自己的事情我做主，不用找我爸商量！我还有啥好说的，我愿意跟大哥一起干！我答应你去村里工作！

柳西周马上赞赏说，很好，欢迎你成为我们茶棚村村干部中新的成员！身为年轻人，就要到最艰苦的地方，来放飞你的青春梦想，展现你的时代风采吧！

就这样，孙敏成了茶棚村的一名扶贫专干，也是茶棚村有史以来最年轻的女干部。

二十七

农村工作千头万绪,要抓的东西有很多,每项工作又都很重要。比如计划生育、植树造林、殡葬火化这些都是手头的工作。好多村干部,习惯抓上边压下来的工作,把上边的工作当成重中之重,本村的工作往往束之高阁,推到一边不管了,直接放弃。这些村干部认为只要把上边的工作抓好就万事大吉,好像本村没有要抓的工作似的。自从土地分到各家各户之后,村干部也确实什么都不用管。村民个个都是种庄稼的行家,土地应该怎么耕种、怎么施肥、怎么打药、怎么间苗……各家照管得都挺好,哪还用村干部再管、再问?所以村干部一下闲在那里,无所适从,成了聋子的耳朵——摆设。就是他们背着手打村民跟前经过,村民都嫌碍手碍脚。

柳西周正因为他家上两代人都是村干部,他跟那些村干部当得不一样,观念不一样,做法当然也不一样。他认为,作为一名村干部,要弄清楚究竟啥叫村干部,到底自己干的哪项工作才是最为重要的。同时,也要明白只有干好这项工作才能跟"村干部"这个称呼画上等号。

柳西周刚当村干部的时候,他的爷爷跟他说过这样一句话:不会扬场,垛不好麦秸垛,就不是一个地道的好干部。当时,还年轻的他并不理解这句话的深刻含义。如今,他当过多年村干部之后,通过亲身体验,才悟到了爷爷这句话的含义。爷爷是想告诉他,要知道村民需要怎样的带头人,只有成为农活上的行家里手,才能更深地体会到村民的所思所想,才能知道农村工作中哪一项最为重要。村干部只有把工作想到村民前头,做到村民的心坎上,把工作抓出成效,让村民从中得到实实在在的收益,村民才能把心跟你连在一起,并认可你这个当家人,这样你才能完全胜任这个职位,才能让他们信赖。通过大家的共同努力，让生活一天一天发生着变化，村民生活过得心花怒放了，村干部也就能当得心花怒放了。

这项跟村民最息息相关的、跟村干部最紧密相连的工作就是种好庄稼。放到村干部的工作中，就是农业生产。农业生产是农业的命脉，农民的命脉，也是农村干部的命脉。对于一个农村干部来说，农业生产是件天大的事。只有把农业生产抓上去，长期抓住农业生产的牛鼻子，才是一个称职的村干部，一个名副其实的村干部。

柳西周认为，只抓上边布置的工作而不把村农业生产放到心上的村干部，就不是称职的村干部。那些把农业生产全推给农民，让自己成了摆设的村干部，简直就是没有一点责任心的村干部。他们的这种做法完全就是一种失职，这样的村干部要撤了他的职，让有能力的人干。

柳西周还认为，凡是那些觉得没事干的村干部，在认识上存在严重的错误。虽然生活水平提高了，农村发生了很大的变化，村干部并不是没事做了，而是要做的事情更多了。因为农民普遍文化偏低，知识跟不上，随着农业生产的向前发展，农民在种庄稼上出现了许多新问题。过去农民种地没用过化肥，现在使用化肥了，可是化肥的施用量、配比和施用方法大家还没有完全掌握，这就需要村干进行指导。现在的庄稼管理已经不是过去的人工操作而是使用化学药品和农用机械。农药分治虫和治病两大类，单治虫的就各不相同，种类也不少。还有治病的药物，也都是一把钥匙开一把锁，就像给人治病一样，都要对症下药才行。村干部给村民进行具体指导，不就有了用武之地吗？还有，农用机械也在大规模使用，不说别人，就是他柳西周也从来没开过手扶拖拉机。要让他由牛耕地换成机械耕地，那手扶拖拉机他也开不好啊，该怎么办呢？开不好就要学，打铁还须自身硬。用爷爷的话说，不会施用化肥，不会喷洒农药，不会开农用机械，就不是一个称职的村干部呀！

柳西周在抓农村工作时，抓住农业生产不放，不但主动抓，还时刻找问题、找不足、找差距，再想尽一切办法去解决。他把镇农技站站长柳西红当老师，向他求教，向他学习。地里庄稼生了虫、生了病，他就走到田间地头给村民诊断。有些症状他拿不准的，就直接把柳西红请过来查看。他一直想办法增加土地效益，进而增加村民的收入，让村民的日子向上走。只有把村民的生产抓出成效，才能跟他头上的那个"农"字合拍。

当下，他抓农业生产真是一个坎接着一个坎。过去农民种地，就像往河塘放水。刚开始朝里放水时水位迅猛上升，如今河塘水满了，再想朝上提升就缓慢了，也更加困难了，农民种地也是这个理。现在种地不比之前，粮食价格不见涨，反倒是连续多年增产不增收，乡亲们叫苦连天，他看着急啊！要想为乡亲们增收，首先要解决的就是种植作物单一的问题。怎样种以及种什么，都逼着他花大心思去想呀！他下决心一定要为村民在种植上寻找一条有发展前景的出路！

二十八

柳西不管走到哪儿,他心里都不忘自己是一个村干部。有一次,他上县城办事,在一家杂面馆吃饭,赶巧吃到了人家卖的用红芋面蒸的死面饼子。他记得小时候,他娘把面和好,就靠着锅贴一圈。炕熟之后,背面都带着黄焦,拿一个热面饼子在手里,掰一块蘸一些红辣椒酱,吃着又香又辣。他每次都大口大口地贪吃着,一顿能吃好几个。可以说,那是他小时候记忆最深刻的美味佳肴了。今天又一次品尝到,仍然像当年一样可口。只是这红芋面饼子,因为背面没焦,也没有辣椒酱来蘸,就吃不出那种辣口的酥香了,反倒还有些粘口,软软的,不够筋道。不过猛吃一口,还是有种红芋面甜香的味道,尽管他已没有过去那么能吃了,但还是连吃了两个。

他边吃边观察,发现好多食客都是冲着这家面馆的杂面而来的。食客不少,你进他出的,络绎不绝,生意还是挺好的。别看都是些不起眼的杂面吃食,一个不大的红芋面饼子要一元钱,价格也不便宜。柳西周就在脑子里琢磨,这样的红芋面饼子,一斤面至少可以蒸五个,也就是说,一斤红芋面经过简单加工就变成了五元钱,这可算是个赚钱的好买卖。

柳西周上县城办完事回去的路上,头脑中仍一直想着那红芋面饼子。他耳边便不由得响起过去乡下常唱的那首歌谣:红芋汤,红芋馍,离开红芋人难活!正因为红芋的适应能力强,不仅耐贫瘠,而且产量高,村民们在地里大量栽种红芋,红芋就慢慢成了主食。可以说一天三顿,锅里、碗里都是它。在饥饿的年代,农民靠红芋填饱肚子,保住了命。

不过,种红芋也有一点不好:必须一棵一棵地栽插,也必须一棵一棵地收获。虽然如今已在收获环节上有所改进,可以实现机械一次性出土,只是还需要人工捡拾的配合,但尽管如此,由于红芋的生长期远比大豆、玉米的长,再加上大量农民弃耕、进城务工,劳动力严重缺乏,红芋这种作物的种植面积便越来越小了。就算有些农民还在栽种,也是小面积的,大面积栽插红芋已不多见。

就拿他们茶棚村来说,能把红芋成亩栽插的也不超过三十家,其中还数柳大营赵秀美家栽插的面积最大,每年都要栽三到五亩地。

今天,柳西周在杂面馆吃过红芋面饼子之后,大有启发,几乎看到了栽插红芋的商机。正因为近些年来红芋这种作物的种植面积锐减,红芋在市场上的价格反而跟着又涨起来了。现在,动员村民大力种植红芋,正是大好时机。有了这个想法以后,他又开始在心里算起了栽插红芋的经济账。就按每亩产量三千斤计算,要是直接卖鲜红芋,每市斤七角,每亩可以收入两千元以上。如果就地加工成红芋片,再进一步加工成粉面、粉丝,每亩收入可以高达几千元!这跟种玉米和大豆相比,效益就好多了!

一路上,柳西周在心里越是这般盘算,心里就越热乎。这一趟进城真是大有收获,竟意外地找到了一条种植红芋的新出路!

不是说赵秀美家栽插的红芋面积最大吗?柳西周从县城返回来便马上去了赵秀美家,他想跟赵秀美好好探讨一下,扩大红芋种植面积这件事。

他风尘仆仆地前往赵秀美家,只见她家门上挂了把大铁锁。他向邻居一打听才知道赵秀美挎着背筐,手拿镰刀,去她家东南地里割红芋秧头啦!

柳西周便转过身,向着赵秀美家东南地走去了。他来到她家东南地这块红芋地头,果然看见了正在弯着腰身干活的赵秀美。

当他开口跟她提起要扩大红芋种植面积这事时,赵秀美兜头就泼了他冷水,你这主意是好,可行不通。你看看如今这红芋,秧藤长得多旺?都能长到膝盖这般深了,可只顾地上长秧头了,地下哪儿还长红芋啊?

柳西周听后,下到地里一番查看,发现赵秀美这话句句属实。他知道红芋不喜欢肥沃的土地,只有贫瘠的土地才适合它生长。如今村民大量使用化肥,土地化肥含量已经过剩了。到了下茬栽插红芋,便造成红芋秧藤的过度旺长。地上面积被严重遮阴,阳光穿透不下去,地里积累的养分便在地面上大量消耗掉了,形不成产量,自然也谈不上有收益了!

赵秀美用镰刀一下一下地割着红芋秧头,割了一大把扔在地上。跟着笑嘻嘻地说,我才不管它长不长红芋哩!我家栽红芋本来就不是为了长红芋。如今养羊已经找不到放羊的地方了,我便想到了在自家地里栽红芋,割秧头喂羊这个好办法。她这么说着,又弯腰割了一大把,忽然站起身,说,你说奇怪不奇怪,我栽插红芋本没有指望它长红芋的,可让我这么下手一割吧,下边反而长出红芋来了。虽说块头不算大,但一亩地也能收获一千多斤呢。我这也算是一举两得啊!

柳西周却不感到奇怪,他认为赵秀美这话合乎情理。正因为她采取了这种方法,抑制了秧头在地上的旺长,养分转过来向地下输送,红芋自然就增产了。他说,你割得恰到好处,这就叫你不割它不长。这么说着,他又问道,你这样的割法,一共要割几遍?

赵秀美放下镰刀,开始把割下的红芋秧头朝背筐里填。她告诉柳西周,我过去每块地都是割两遍的,自从我发现割过之后长红芋就不舍得那样狠心割了,改成只割一遍了。

柳西周也上手给赵秀美收红芋秧头,他顺便指导赵秀美说,你看你家地里的红芋秧头旺得像昂头马,我认为你割两遍也行。不过,我建议你改变一下做法。

赵秀美眨巴着眼,问道,那你说我应该咋样做?

柳西周抱着红芋秧头朝外走,他告诉赵秀美,你割过第一遍之后,遇到下雨天每亩施十斤尿素,撒上二十斤硫酸钾。等两遍割过之后,再及时浇一遍水,分别朝叶面喷施两遍高浓缩磷酸二氢钾,这样红芋自然就长大起来了。你记住,凡块根、块茎类作物都喜欢钾肥。

两人一块收完红芋秧头,柳西周临走的时候还不忘对赵秀美叮嘱一句,我刚才跟你说的你要记住,可一定要按我说的去做呀!

赵秀美说,你的话俺记下啦,既然能让俺增产增收,俺能不依从你的办法吗?

为了解决红芋秧头生长过旺的问题,柳西周专门去找柳西红探讨。柳西红告诉他说,村民上茬种小麦,氮肥施用量偏大,造成了营养过剩,致使下季红芋秧藤生长过旺。而且同一个红芋品种连续栽插多年,品质也严重退化了,只在地上长秧,地下却不好好结红芋,这也是一大原因。

柳西周认为柳西红的分析很到位,也说到了问题的实质,他下定决心要解决这两个突出问题。于是,他开始关注红芋良优新品种的信息。有一次他从《农村百事通》上看到河南省甘薯研究所成功培育出一个超短蔓红芋新品种。这个品种的特点就是上部秧藤短而瘦,用通俗的说法就是只长红芋,不长秧子。这一大特点正是柳西周所看重的。除此之外,这个品种还有结红芋集中,多块结红芋,不空棵,能密植等优点。资料介绍说每亩可栽植五六百株,以群体夺高产,而且还是白心的,出粉率高,味道甘面可口,食用无薯丝。这种红芋块的外观是紫红色的,外皮光滑又好看,味道鲜美。

柳西周对这个新品种产生了浓厚的兴趣,特别是它的几大优点让他十分心动。超短蔓,出粉率高,不空棵,食用无薯丝,这都是他特别需要的。

他看过之后便直接给这家研究所打电话,就这个超短蔓品种再次进行详尽的咨询和了解,还拿着笔做了详细记录。有了要引种这个品种的强烈愿望,他又亲自跑到了几百里外的河南郑州,并以每棵五元的超高价格购买了一百株种苗,准备先精心试培一段时间看效果。

果不其然,这个品种经过他的种植和考察,几大优点便突出地表现出来了。上部藤蔓细而短,最长的也不超过三尺;下部结红芋大把大把的,颜色紫红,外形光滑又美观。

得到这个优良品种,柳西周如获至宝,他收获之后,只煮了个小红芋品尝,剩下的全部窖藏了。到了第二年,他又把这些新品种移植到自家大田继续试种,一共栽了五亩。通过连续两年的试种,证明这个品种完全适合当地的土壤和气候。试种后的第三年,他正式在柳大营进行了推广。

柳东三队的柳新春常年留守在家,农忙时就耕种自家土地,农闲时就加入本地的一支建筑施工队,给附近村民建新房。柳西周知道,他家每年都会种植红芋,所以便选他家作为种植新优红芋品种的重点示范户。柳新春这人热心,也善于农耕,于是就把自家的六亩地全都引种上了。

到了秋季,这个超短蔓品种的产量达到了每亩三千八百斤,六亩地共收获两万两千多斤红芋。

在柳西周的建议下,柳新春建了个挺大的地窖,把两万两千多斤红芋全部贮藏了起来。到了第二年春天,又把它们全都育成了种苗,不用柳西周帮他宣传,种苗一出,周边村民便蜂拥而上,争相抢购这个短蔓新品种。一时之间,供不应求。柳新春一年光卖种苗就收入两万多元。

不说别人,单说柳新春,打那以后他栽种红芋的劲头就更足了,热情也更高了。柳西周又让他转租过来人家五十亩地,在当地搞起了大规模种植,如今他已成为当地有名的红芋种植大户。红芋收获后,再加工成粉丝,包装后向外销售,价格又翻了几番,这样一来,靠种红芋,柳新春实实在在走上了致富路。

柳西周心里也乐开了花。

二十九

　　淮北平原是最适宜种植小麦的地方,年产量很大,价格却始终上不去,农民收入也不见涨。都说无粮不稳,上边又要求当地必须保证粮食生产的基本面积,凡能种植小麦的地块,别的任何农作物都不得挤占。

　　身为村干部,柳西周不得不替村民着想。村里每年都要种小麦,却总卖不上一个满意的价格,柳西周看在眼里,急在心里。有一天,他去镇上的一家面粉厂,跟这家面粉厂的王厂长讨论了一番小麦价格的问题。他想从另外一个角度打开思路,看能不能破解这道压在自己心头多年的难题。

　　王厂长告诉他,像我们这样的小面粉厂加工出来的面粉,一般都是供日常食用,收购的都是中筋、低筋的普通小麦,没有什么特色。所以,价格也是一般价格。

　　柳西周继续问,你说实话,你有没有压价?这里边到底还有没有利润空间?

　　王厂长面有难色地说道,价格的确不能再高了,如果再提高收购价,别说赚了,我们怕是还得亏本呢!

　　柳西周把抓到手里的面粉丢回去说,你应该知道,小麦是村民粮食作物当中投入成本最大的一种作物了。虽说亩产能达千斤,可你的收购价格才七角五分,一千斤才卖七百五十块钱,刨去化肥、农药、种子、耕种、收割等费用,人工还不计算在内,林林总总的成本差不多也就六百元钱了。村民辛辛苦苦种了一季小麦,利润却只有一百多元。要是亩产达不到千斤,就不要说利润了,只能保本甚至是赔啦!这样算起来,再种下去只有死路一条啊!

　　王厂长说,我也知道粮贱伤农,可又不得不种,这样的确苦的是农民。

你不是村干部吗？你可以带领村民去种那种市场的价格比普通小麦偏贵，有市场潜力可挖的高筋小麦，然后再进行集中连片的统一种植和统一收购，搞农村专业合作社的种植模式啊！

柳西周立刻产生了很大的兴趣，忙问，你别说那么快，你刚说那个什么麦，强什么麦？

王厂长只好提高了声音，放慢了语速说，高筋小麦。他告诉柳西周，这种品种的麦属于优质小麦，它的面粉可以做面包。如果你能采取订单种植，它要比普通小麦高一角到两角钱，这样村民不但不会亏本，还能增加收入呢！

柳西周心里一动，连忙问，这样的高筋小麦我好像也听说过，就是没有在我们本地试种过，稳产吗？适合在我们这里种吗？

王厂长如实说，我也不是你们当地人，你这些问题我不好回答。不过，你要真有引种的想法，再多去打听打听吧。

柳西周立马想到了柳西红，转身急匆匆地去了镇农技站。他看见柳西红正低头看着面前的一瓶农药，就问，你看什么呢？这么专心，我人来了你都不抬一下头。

柳西红抬头见来人是柳西周，便笑着说，我当是谁哩，你个大忙人怎么有空上我这儿来了？说着，便把面前那瓶农药拿起，告诉他说，这是我才买过来的一种新型田间除草剂，我这是在看说明书呢！

柳西周并不搭这个话茬，只管开口道，我有一件事想向你专门讨教。

柳西红马上露出了那种惯常的微笑，然后说，啥讨教不讨教的，有话尽管说！

柳西周便说，我天天为村民种粮增产不增收这件事而着急。我刚才去了镇上的面粉厂，王厂长给我支招让我搞专业种植合作社，走订单种植。他说到一种高筋小麦，我想向你打听一下咱这里有谁试种过？

柳西红认真看了柳西周一眼说，我的老弟呀，我看你是分分秒秒都在为咱们茶棚村村民着想啊！有一种小麦叫西农979，就是最近两年在我们黄淮开始试验种植的高筋小麦品种。只是，我们镇目前还没有人引种过。

柳西周直接问，人家不都说抢占先机吗？既然你知道有这种麦子，你们农技站为啥不早点试种呢？

柳西红面有难色地说，农技站这不是缺少人手吗？你说这么大一个镇上，我要做的事该有多少？我就是长了三头六臂也忙不过来啊！西农979是一种优质麦，要是让农民随便种，只能变成一般小麦，根本卖不上什么高价。只能走专业合作社模式，千亩连成大片进行种植，实行订单收购，这样才能比普通小麦的价格高。

柳西周不满地对柳西红说，有好品种你不抢着推广，你这农技站站长咋当的？明显是怕麻烦，找借口。有困难咱就想方设法去克服，而不是像你现在这样往后缩，事情推到一边去，你这样做不对！再者说，你可以把你不方便做的事情让我去做啊，你又为什么不找我呢？

柳西红让柳西周指责得满脸通红，只好跟柳西周解释说，我承认你的工作能力比我强。可我知道，村民耕种自家土地已经形成习惯了，你突然让他去搞连片种植，他们一下子也适应不了，要想从一家一户，干到合作化、规模化生产，走订单种植，这中间的困难得多少啊！我看你本身工作就那么多、那么重，就不想再去给你找麻烦了，我这也是为你好不是。

柳西周变得不平静了，他在柳西红面前走动着，两手握成拳在空中舞动着，有些气恼。他瞪着眼，咬着牙，说道，你这不是为我好，你这明显是在害我！你又不是不清楚我是个啥样的人！不要说一斤小麦能多卖一角两角钱，哪怕是能为村民增加一分两分钱的事情我也乐意去干。咱当村干部的，不就是想着去增加村民的收益，给村民的生活带来改变吗？至于你说的村民想不通，这也很正常嘛。要是村民啥都想得通，还要我们村干部做什么？想不通，我可以上前劝说。一趟不行两趟，啥时候做通啥时候罢休，我是从来不畏难，不怕麻烦的。以我的眼光看，随着社会的向前发展，农村的耕种必将走向机械化，最后再走向现代化。靠这样一家一户零零碎碎种地是不行的，种出的粮食不仅卖不上好价钱，也限制了农业的快速发展。要想农村大变样，必须把土地从一家一户重新连成大片，五指握成拳头才有力量。把土地连成大片，走订单种植才能形成规模，才能形成优势，这种走向一定是对的。你看吧,终将有一天,土地还会连成一个大的整体,实行大型机械化耕种。只有这样,农村才会有出路!

柳西周这样一番话讲完,柳西红顿时感觉自己只是在农业技术方面比柳西周强些而已,除此之外,自己真跟柳西周有不小的差距呢!柳西周身上有不少可贵的东西值得他去好好学习呢!想到这里,他由衷地对柳西周说,刚才你这话讲得真有水平,很有远见,值得让人深思。从你的品格、责任心、敬业精神以及思想素质和为民情怀几方面来衡量,柳西周,你真不是一般人啊!要是你到那个农业大学再培训两年,当个县长都没问题。

柳西周一拍胸脯,挺有气魄地说,真要当个县长,我也能当好,可要是让一个县长来当我这个村干部,怕他没这个本事当得了。村干部虽然不起眼,但难在跟村民打交道,村民认死理,话说不到他心里去,他就不变通。柳西周说到这里,赶紧把话打住,接着说,咱这话扯远了,你别捧我了,谁又不是没有自知之明,我也不是当县长的料,还是当我的村干部自由。说罢又转入了正题,接着问,刚才你不是说的那个西农979好吗?你告诉我咱们县里面有哪个地方进行了试种?

柳西红见柳西周要引种这个优质麦种的愿望这么强烈,也被他这种实干精神感动了,只好告诉他说,我们界首沙河北有个镇在搞规模种植,你要真有引种的打算可以亲自赶去了解一下。

柳西周便追着问道,那你把那个点的电话号码,还有具体负责人的姓名都告诉我,我现在就赶过去。

柳西红苦笑一下说,说风就来雨,你提前也没跟我说过这事,那个点上的号码我没有,不过那个镇上的号码我倒是有,到了那个镇上,你再打听吧。

柳西周把号码存到了自己的手机后,便抬头对柳西红说,事不宜迟,我这就去啦!

柳西红顺便看了一眼墙上的钟,说道,你看你火急火燎的,这都晌午了,要去的话也要在我这里吃过饭再去呀。

柳西周板了脸说,为啥我们这里落后,发展这么缓慢,总是跟不上呢?主要就是没有时间观念,没有紧迫感。不是村民的思想跟不上,而是我们村干部的思想有问题。

柳西红知道他要想干啥事,立刻就会把拼命三郎的劲头都拿出来,柳西红已经习惯这样了,只能看着他,目送着他远去。

柳西周是天快晌午去的,差不多两小时后就返回来了。他见了柳西红便跟他要水喝,咕嘟咕嘟一口气喝了一瓶矿泉水,然后告诉他说,我还没顾上吃饭,只是口干舌燥,没觉着饿。他说着,顺手将空矿泉水瓶丢进门外的垃圾桶里,然后又走了回来,接着说,我先抓紧时间,跟你详细说说我赶去查看的情况吧。

柳西红便阻止他说,还是我先给你弄点饭吃吧,等肚子填饱了,你再跟我说。

柳西周不答应,执意说,我这个人啥性格你不是不知道,我想说的话你不让我说出来,就是山珍海味我也吃不下。

柳西红没办法,只好向他点点头,让他继续说。

柳西周跟着便开了口,这个西农979在沙河北的那个点,人家已经引种了两年,在当地不但稳产,而且产量超高。他这么说着,从衣袋里掏出一个包装整齐的牛皮纸包,打开,把一包小麦给柳西红看,接着说,你别说,这种长身子、颜色灰不溜秋的麦子我还真是头一次见。它就是西农979,你说的那个高筋小麦。

柳西红顺手捏起几粒,放在掌心查看一下,抬头对柳西周说,的确是它,我在市农委开会时已经见过了。那下一步,你怎么打算?

柳西周立刻果断表态,人家能种,我还怕啥?前边有车,后边有辙,一个字:种!

柳西红脸上又带着那种温和的笑意,说道,你真要种,我只有大力支持,咱俩还搭档。我这里再向你推荐一个有广阔市场前景的新型种植方法,叫有机种植,也叫绿色种植。你应该听说过,当今的绿色食品,越来越受人们的青睐了,通过有机种植的粮食,价格也会更高。

柳西周不由得瞪大了眼睛,惊讶地问,咋样种才叫有机种植?你跟我说道说道。

柳西红放慢语速说,有机种植,就是杜绝使用化肥和农药的一种种植方法。

柳西周又皱眉头又眨眼睛,疑惑地问道,你这说的还不是跟过去一样?不用化肥,产量上不去咋办?不用农药,庄稼不就生病、生虫啦?

柳西红仍满脸微笑着说,你这就是少见多怪了吧!不是不用化肥,而是采用生物有机化肥。像饲养场的鸡粪、猪粪,经过处理后,可以施用到田里,照样能高产。不用农药,而采用一种生物制剂,照样能杀死害虫。虽然方法不一样,但结果是相同的。

柳西周说,农业技术上,你是专业老师,这方面我听你的。他心潮澎湃,挺有气魄地说,我这一回去就着手操办专业种植合作社的事。咱抓住机会大干一场,一定要闹出个大动静来。要干就大动作,连成大片,一千亩吧!地点,就放在咱庄柳大营。

柳西红表示赞同,他只提醒柳西周说,你知道,订单种植每家每户都是要签订合同的。既然我们种的是统一收购的有机优质小麦,千亩连片的田地里边不允许有一家村民不入社,不允许种植其他品种的小麦。

柳西周信心十足地说,这一点没问题!既然我带这个头了,我就要把事情干净利索地办好,绝不拖泥带水。这个要求是最起码的,我一定不打任何折扣。多大的困难我都不怕,你放心吧,事情我一定顺利地给你办成。

柳西红点头称是,仍笑着说,你的话,我信。

柳西周头也不回地迈步往外走去。

柳西红赶忙追着问,你上哪儿去?

柳西周只好转过身说,我上街吃饭,咋,你还不让我去填饱肚子呀,真想把我给饿死吗?

柳西红这才停下了脚步,不由得笑了。

柳西周大步流星向着集东头走去。转眼之间,他的身影就在大街尽头消失了。

三十

　　柳西周走到镇街东头，在一家小面馆要了两碗稀稀拉拉的面条。他坐在小饭桌跟前，在等吃饭的空当，情不自禁地又打身上把那牛皮纸包掏出来，打开，满眼喜爱地看着他那十几粒麦子。他的嘴里跟着喃喃自语道，这可都是金贵的麦粒儿啊！

　　吃过饭，柳西周又着急忙慌地骑上自行车朝家返。

　　半路上，他看到路两边正在田野上收获秋季庄稼的人们。有的在大豆地里弯着腰身割大豆，有的站在玉米地里，正忙不停地掰着玉米。庄稼都成熟了，只有晚茬红芋还在地里生长着，因处在生长后期，叶片上的绿色变淡了，有的叶片边缘变成了黄绿色，有的呈现出暗红色，这里一片，那里一片，将田间点缀成一道道风景！

　　他飞快地踏着自行车，整个人仿佛逢了喜事般满面春风，抑制不住地兴奋。可以说自从20世纪80年代后期，他们这里就出现了卖粮难，这种情况一直持续到现在，如今已经过去二十多年了。尽管现在粮食的价格已经放开，市场也打开了，粮食也能卖得出去，可价格一直不见涨。村民主要是靠种粮食为生，粮食总卖不上好价格，农村的经济发展很成问题。仅仅依靠在土地上种粮食根本不能致富，也不是好的出路。这也导致越来越多的人被迫走上了进城务工的道路。

　　身为村干部的柳西周，天天吃不好，夜夜睡不安，挖空心思想去破解粮食卖不上好价这道难题，思考着能找个什么途径让村民的粮食价格有所提升。他曾经跑到粮站询问过粮站站长，从那里得到的信息是，白麦品质好，价格要比红麦每市斤高二三分钱。他盘算了一下，就是按亩产千斤来说，每亩增收也不过几十元而已，这显然不行。尽管这些年来，粮食价格就是这个样子，他也没啥好办法，可他一直把这件事放在心上，头脑中反复想着该怎样找到突破口，让粮食价格涨上去。

现在他总算找到了一个打破粮食增产不增收怪状的方法，那就是成立粮食种植专业合作社，种优质小麦，进行有机生产，走订单种植的道路。他从报纸及其他途径上获得的信息表明，今后搞有机种植、绿色种植，市场前景非常广阔，很有潜力。但愿这是个瓶颈式的大突破，要真是那样，村民种粮就真的有了转机！

柳西周回到村里，立马跟老支书汇报了成立粮食种植合作社的事情。

张兴成听了后心里非常高兴，也表示赞成和支持，但他还是郑重地对柳西周说，事情当然是好事情，但步子可要走稳了。你要摸清楚情况，我们这里还没有试种过那啥高筋小麦，能不能上得去还不清楚呢，不要冒着风险搞，该慎重还是要慎重，别到头来落个吃力不讨好。

柳西周理解老支书的担心和提醒，知道这都是为他好，他就跟老支书解释说，你见我办过那种冒冒失失的事吗？但是，我们要想走新路，不大胆、不冒风险是不行的！我直接到沙河北种这个高筋小麦的示范点进行了详细了解。人家已经连续种植两年了，都表现得高产、稳产。关于这个品种的资料我也详细看过，这个麦种完全可以在我们黄淮大面积推广种植。说完他便把带回来的那十几粒小麦拿给张兴成过目。

张兴成听柳西周这么说过，又仔细看了西农979的新麦种。他见籽粒饱满，光泽度也好，心里也就有了底数。他对柳西周说，你把这个品种的详细资料复印一份给我。千亩连片可不是闹着玩的，我还要给你把下关，掌好舵才行。他这么说过，便在柳西周肩膀上拍了两下，鼓励说，你千万别当我这样做是多此一举，做事必须胆大心细。你看准的、该放手的，只管甩开膀子去干。我们茶棚村需要你这种敢闯敢试的精神，该支持的，我一定支持！

柳西周见老支书这样表态，心里松了口气，他说，你是我们茶棚村的总当家人，也是我的坚强后盾。只要有你在我身后，我可以一往无前地冲啊！

张兴成既感慨又欣慰地说，西周啊，这些年来，你心里一直为粮食价格上不去这事焦虑,想着各种办法。像你这样能把村民放在心头的村干部真是难得呀,你可是我们的顶梁柱啊!再过两年我退下去,你一定要顶上来。茶棚村还要你来挑大梁,你才是我们茶棚村最为重要的村干部啊!

柳西周竟然顽皮地向老支书扮了个鬼脸说,我们可是多少年的老搭档,配合最默契的领导班子了。我们要共同为茶棚村村民发热发光,把茶棚村村民前行的路照亮,你动退的念头,休想!

老支书看柳西周脸上满是汗,就亲切地对他说,渴了吧,我给你接杯矿泉水解下渴。

柳西周把他那十几粒麦子包好装到身上后,他掏出纸巾擦了下脸,忙站起身说,因为急着赶回来,我只在代桥集上吃了两碗面条,肚子没吃饱,我去泡桶方便面吃,连渴带饿都解决啦!

张兴成只好转回身,一边帮柳西周撕料包,一边充满关怀地说,我看你这段时间人也消瘦了呢!不能只顾工作不注意身体,要牢记,身体是革命的本钱,千万不能因为工作弄垮了身体。

柳西周就嘿嘿笑着,然后说,你看我啥时候胖过?茶棚村几千口人哪能不操心。不过,我的身体可是很壮实的,没事,你不用担心。他这么说着,便端着方便面去接热水,放在桌子上浸泡了一会儿,然后就大口大口地吃了起来,边吃边说,只要我能把这个西农979在柳大营试种成功,下一步,我就敢把专业合作社在咱整个茶棚村全面铺开!

张兴成跟着说,到了后年,你就让你的专业合作社在我们代桥镇遍地开花,这叫向纵深发展。我知道,你是有雄心壮志的人。

柳西周嘴里嚼着方便面,继续说,当然是明知山有虎,偏向虎山行啊!想干成啥事,不敢打破传统,不敢迎难而上,那怎么能行?村干部要是不想着一心为民办事,为民谋利益,那这个村干部就不要当!

老支书便点头称赞道,西周,还是你话说得好,是这个道理!

三十一

　　柳西周在村办公室吃完方便面,紧接着便急匆匆地走出来,风风火火地向他居住的柳大营走去。路上,他又心潮澎湃地想,我种植这西农979,可比我引种那超短蔓优良红芋品种的事要大。红芋毕竟在地里生长时间长,少不掉人工栽插、收获,有好多人不愿种就算了,这种小麦应该向每家每户推广,大面积种植,让更多的村民增产增收。尤其搞优质小麦,再加上有机种植,将大有潜力可挖,市场需求很大,发展前景广阔,真难说能卖到多少钱一斤呢。我引领村民种植,给村民带了个好头,说不定就给粮食价格向上突破找到了一条新路子,这可意义重大哩!

　　柳西周回到家,就开始让村里的其他干部还有党员分头到每家每户下通知。当天晚上,他把柳大营的全体村民召集在一起开了一个会,话题就一个,动员村民参加由他成立的种植专业合作社,种优质小麦,搞订单农业。

　　不管柳西周在会上怎么去说,怎么全力以赴地去宣传、动员,他再怎么让村民信得过,号召力再怎么强,这从没见过的新的种植模式毕竟是新生事物,大多数人能想得通,表示支持,可还是有少数人想不通,还有极个别人,表示坚决反对。

　　柳西周就让想通的人散会了,把其中十几户想不通的村民留下,还有两三户反对的也留了下来。

　　人们通常爱把这些想不通并从中搅和的村民说成"顽固户",把那几个特别反对的叫成"钉子户""难缠户"。

　　柳西周看一上场就能把村民动员会开成这样,他已经相当满意了。他提出做一件让村民从来没做过的事,有人赞成,有人担忧,有人反对,这很正常。他当村干部这么多年,有的是办法。他打算依靠大家的力量去各个击破。他让那些赞成的村民去劝解不赞成的人,这个说那个劝的,通过一番思想劝解,反对者的顾虑也就打消了。毕竟是中间派,只是在某个环节上结了扣,把扣解开了,顾虑就烟消云散了。这十几户的思想工作很快做通了,但还有两户"顽固户",一户"钉子户"和一户"难缠户",他们的思想工作做起来比较棘手,很不容易!

柳西周就把这几户难啃的骨头包在了自己身上,亲自负责劝解。他在这方面本就是有耐心的人,办法又多。最后,通过他的反复劝解,那两户"顽固户"也就想通了。

最后只剩下一家"钉子户"和一家"难缠户"了。这家"钉子户"不是他本人存在问题,而是他嫁出门的女儿从中作梗。柳西周便亲自赶到他女儿家了解情况,他女儿其他担忧倒没有,就怕麦子收获后每市斤不多给两角钱。后来经柳西周上门这么一说,他女儿的担忧也就解除了,这家"钉子户"也自然不存在了。

这样,只剩下一家"难缠户"了。这家村民就是那种死硬户,不管柳西周怎么劝怎么说,"难缠户"就是听不进心里去,只认自己的理,就是不掉这个头。

剩下的这家"难缠户"户主叫柳西槐,他坚决反对柳西周把他家土地搞统一供种。他说,柳西周你是吃饱了撑的找事干。你虽然是村干部,可这也不是镇里要你搞的,你为啥偏要自己搞?拿柳大营开刀,让我也陪着受害。我的土地,我有自主经营权,我想种啥就种啥,我种好种孬,收成好坏,那都是我自己的事儿!我只图种个自在、舒坦。你偏要我种你的种子,采用你那一套种植方法。我就偏不种你的种子,不信你那一套!就算真的是增产增收我也不种,我看你本事有多大,敢不敢割我的头!

柳西周通过多方了解,后来才摸清他的底细。他这样从中故意搅和的真实原因是,他原本想在他家那两亩地上栽插夏季红芋。柳西周知道后,就打村里的预留地里给他调换了一块亩数相同的地。

"难缠户"柳西槐性格本来就有些孤僻,跟村民合不来,啥事都爱跟人对

129

着干，事事不论理，只按自己的想法来。你越劝，他越跟你反着来，让你落一肚子气，又拿他一点办法也没有。说白了，他这样的做法就是胡搅蛮缠。村里人都懒得搭理他，时间长了，他就成了村里出了名的"难缠户"！

柳西周提出的土地连大片的想法，他也不说是好是坏，只告诉柳西周，我家的地不连，我要自己耕种！

他坐在板凳上吃饭。柳西周站在他面前，对他耐着性子说话，他像没听见一样，柳西周说了半天都成了白说。

有时，听着听着，他会抬头向柳西周翻下眼皮，把脖子一拧，瓮声瓮气地说，你说个啥说，我还是那句老话，我的地我自己耕种！

不管咋说，柳西周也是茶棚村的干部，为了劝解柳西槐，他一趟一趟地上柳西槐家来，白跑不说，柳西槐还总让柳西周的热脸贴他的冷屁股。

这让邻居柳永彩实在看不下去了。有一天，他看柳西周再次无功而返，打他跟前经过时，他就打抱不平地说，那个人，真是给脸不要脸，他不愿种拉倒，往后你不用劝了，就别搭理他！

柳西槐那边听见了，软硬不吃，接过话说，劝不劝，都是我跟柳西周的事，又碍不着你柳永彩，你凭啥说怪话？

柳永彩本来就一脑门子气，柳西槐这样不冷不热地一接话，他顿时暴跳如雷，向柳西槐扑过去，吼道，柳西周给你面子，他有这样的耐心，我可不是他，没有这样的耐心！你让我看不顺眼，我就让你吃我的耳刮子。说完，他就冲到柳西槐跟前，要大打出手

柳西周看见了，忙奔赶过来，强行把两个男人从中分开，把柳永彩给拉了过来。

柳永彩气哼哼地对柳西周说，要是你不阻拦我，看我今天把他捶成啥样！这号人靠口说不解决问题，靠捶才管用！

柳西周对柳永彩说，遇事只靠性子咋能解决问题？人是说服的，不是压服的！好了，你先回家，我跟他的事你不要管了。你要真动了手，还不火上浇油，给我添乱呀？

柳永彩火气未消地说，他那个难缠样我看不惯，你这是做好事，我怎么

不能管？我一定管到底！

　　还真别说，有时采取点强硬的手段也真有效果。自打那天柳永彩扑上来要打柳西槐之后，柳西周再走上柳西槐的家门时，柳西槐的态度就变好些了。柳西周站在柳西槐对面，跟他反复解释说，我没有丝毫要强迫你的意思，只是我们搞统一供种合同上有这样的要求。要是我对你网开一面，这千亩连片就失去了意义。你要是真因为担心我们的麦种，或者其他方面的原因给你的两亩地带来经济损失，我甘愿个人包赔你一亩顶两亩地的收成好吧！

　　柳西槐坚决拒绝地说，我才不要你这样的包赔。我一亩地让你包赔二亩地，这要传出去，我落个啥名声？我啥也不要，还是那句原话，我那两亩地，我自己种。

　　柳永彩见柳西槐仍这般油盐不进，不配合柳西周工作，认为他这就是故意拆柳西周的台，跟村干部过不去。他实在是不能忍了，就再次朝他家走过来，从中插话说，你想得美！一亩包赔你两亩，这是不可能的！就是柳西周答应，我也不答应。柳西周为了让咱土地增加收入，这么多年为我们村民出了多大苦力？天天上跑下跑，就这几天往你家跑了多少趟？他掏心窝子地对我们村民好，自己又没谋任何私利，也没为自己得啥好处。他搞这连片种植，凭啥让他个人为你吃亏？要是柳大营千亩连片，自己不担一点风险，都让柳西周一个人担风险，都像你这样包赔，柳西周只有去卖房子了。不说柳西周，换了哪个村干部，谁还敢过问你发家致富的事儿？

　　柳永彩这样一挑头，好多村民纷纷走了过来，七嘴八舌地说柳西槐做事不近人情，说了他的种种不是，直说得柳西槐抬不起头来。

　　柳西周见状，便抓住这个机会，接着说道，一个人做啥事都要讲道理，光站在个人角度想事情是不行的。大家都一心往前走，你偏当这个绊脚石，真惹得众怒，你就不是跟我一个人过不去了，你这是跟大家过不去，你得罪的是全村的人。

　　柳西槐这时有了心理压力，他抬头求助柳西周，哭丧着脸说，这一亩包赔两亩是你说的，又不是我说的。这么多村民上来围着指责我，你说我心里

131

冤屈不冤屈?

柳西周便说,你这怨谁呢?我提出土地连成大片,人家都纷纷表示支持,你偏要这样不买账,拖大家后腿。你就算不是从中搅和,现在也成了从中搅和;你不想站到大家的反面,如今也站到大家的反面。现在弄得自己这么孤立,这又能怪谁?

柳西槐想了下,说道,都是那两亩地惹的祸,干脆那两亩地我不要了,由你怎么种吧!我情愿躲到一边落个清静。柳西周立刻严肃地说,正事还得正办。你的土地还是你的土地,连成大片还必须经你本人同意。成立专业合作社,你不仅要正式参加,上面还要有你的名,承包合同上还必须由你本人签字。这么说着,他又看了柳西槐一眼,说道,你这人有些怪脾气,跟人不合群,可你毕竟是个种地的庄稼人。我已经观察出来了,这件事上你并不是胡搅蛮缠,主要还是对我成立的专业种植合作社没有信心,尤其是对这从来没种过的新品种小麦担忧,怕种砸了。因此,你心里边才不想去参与,不想让自己遭受到损失!

柳西槐只好低下了头,他见柳西周像医生给病人看病般把话说得那样准。他只好如实承认,说道,确实说对了我心里的顾虑。

柳西周便继续开导他说,你这样的担心我也有,老支书也有,大家都有。可不能因为有担心,脚下的路就不向前走了吧?要是天上下石头,你躲藏起来,这是正确的选择;要是天上滴雨点子,砸你一下脑门子,你也躲藏起来不敢向前走,那怎么行呢?一个人做任何事,都不是上手就能成功的,都是要经历好多次失败,都是失败之后继续奋斗才最终取得成功的。前行的路有风险,大家冒着风险往前走,你也大胆跟着大家一块往前走。敢于向前,越过险滩,脚下的路才能越走越宽广。

柳西槐总算让柳西周给劝解开了扣,心里的担忧也消了。他看着柳西周说,你是咱村的领头人,我听你的。人家连我也连,我知道你这也是为大家做一件大好事,我要跟上来,不落人后,不拖你后腿啦!

柳西周在柳大营搞专业种植合作社的第一年,当地其他村的村民采取的还是以前的老办法。那年天气异常,前期气温偏低,光照不足,到中期又雨水偏多。播量过大，造成小麦分蘖过多，田间小麦密度过稠，茎秆变软。到了后期，小麦孕穗和灌浆之间，又连续遭受两次狂风暴雨，小麦发生大面积倒伏，同时还伴有严重的赤霉病。这两种灾害叠加起来，致使小麦减产严重，每亩产量只有三五百斤。小麦的干瘪率偏高，小籽粒偏多，价格也上不去。有个别农户的麦子甚至遭到了拒收，农户遭受了不小的损失。

而柳西周在柳大营成立的专业合作社的小麦，统一品种，统一播量，统一播种时间。由于采取的是有机种植，没有使用化肥，从下种到成熟，全部采用严格的精细化管理，让西农979这个优质小麦品种抵抗住了自然环境所带来的各种危害。小麦既没有发生大面积倒伏，后期也没有赤霉病的发生，生长完全正常，收获之后，籽粒饱满晶莹，光泽度好，产量和往年一样都是一千斤左右，全部按订单价收购了。

凡参与种植专业合作社的，这年的小麦每亩收益都在八百元以上。跟其他农户相比，一亩的收益正好相当于他们三亩的。

西农979这个刚刚来柳大营落户的新品优质小麦，在当地创造了奇迹。一种全新的有机种植的方法出现在人们眼前。柳大营专业种植合作社创造了奇迹！

凡连成片的那些村民，个个心里都是既高兴又满足。

柳西周与全体专业种植合作社的社员在小麦成熟的时候，特意合影留念。柳西周处在最中间的位置，他笑得是那么开心，社员们也很开心。

他们身后，便是那千亩连片的小麦，一片金黄。

三十二

那天，柳西周让妻子刘凤英逼得要外出打工却被众多村民拦截了，没有走成，或者说他心里根本没想走，只不过做个样子给刘凤英看。总之，他人是继续留在家里了，这使得刘凤英有了新的想法。一天晚上，她跟丈夫柳西周躺在床上，便说道，我连续想了好几天，咱们家你不打工，我也不打工，就指望家里那么几亩地，实在是不行。谁家没这开支那开支，不需要钱呢？我想好了，既然你不走，我就出去打工。

柳西周躺在床上，好半天没言语。刘凤英这话也属实情，自己家里着实太困难了。这样下去，的确没办法维持。他翻了一下身，通过一番考虑，尽管从内心里他不情愿妻子去打工，但他还是开了口，你要真想去打工那你就去吧，就去阜阳，不能走远。

就这样，刘凤英得到丈夫的应允后，去了离家百里的阜阳城。由柳怀冰帮她找了一份工作，给人家做家庭保姆，月工资两千元，和户主讲好赶农忙或家里有特殊情况可以随时请假回来。从此，刘凤英也和千千万万个村民一样，正式走上了打工路。

自从刘凤英走了之后，家里只剩下柳西周一人，他只好家里家外两头顾。有时，赶到村里太忙，或给村民办事，实在脱不开身做饭，他就干脆泡桶方便面吃。后来，为了节省时间，方便面就成了他的主食。

这一天上午，他打外边匆匆忙忙赶回家，饥肠辘辘的他刚把桶装方便面拆开，三小袋料包才撕好，还没顾上加热水就听见外面响起了急促的脚步声。柳西周心里一惊，凭他多年当村干部的敏感，慌忙放下手里的开水瓶就冲出家门查看究竟。他发现有不少人在朝西边跑，就断定是西边出了啥事，于是也忙跟着往西跑去。追上一位村民,一打听才知道村里的五保老人于秀真跌入水塘了!

于秀真也算是个苦命的女人!

小时候的于秀真长着一张圆脸蛋,两只眼像两颗黑豆,特精灵活泼,是一个招人喜爱的丫头。

八岁那年,有一天于秀真在门口玩,她娘让她去二姨家走亲戚,给她二姨送两把扫帚和一个秫秸秆做的锅拍。那年月,乡下种的都是大片的高粱,风一吹,高粱地便哗啦哗啦地响,而小路又在高粱地里。临上路时,她娘叮嘱她,你去时,穿过咱这边一块高粱地就是一座小桥,打小桥上走过去,再穿过桥那边的一块高粱地,走出来就是一个村庄,就到了你二姨家了。

于秀真记牢她娘的话,顺利走到了她二姨家。晌午吃过饭,要返回了。她打头一大块高粱地里走出来,跨过那座小桥时正巧看见一只红蜻蜓停在路边一根草茎上,她便蹑手蹑脚地贴过去捉逮。红蜻蜓受了惊吓飞走了。她有些不甘心,就在后边追,追了一段路,红蜻蜓纵身飞到沟对岸去了,她追不上了。再原路返回时,不知不觉间她迷失了方向,把路走岔了。

她从半下午一直走到天黑也没走到自己家,反而越走越远了,最后竟然走到了一处荒无人烟的乱坟岗。突然,她眼前出现了好多蓝莹莹的、忽高忽低跳动着的"鬼火"。她不止一次听大人讲过,鬼火都是野鬼的魂。眼前有这么多野鬼的魂围着她乱转,她不由得头毛乱奓,心里害怕,她拔腿就跑。夜黑看不清路,慌乱之中,脚下一滑就摔在了地上。她赶忙挣扎着爬起来,回头一看,背后还是"鬼火"乱蹦。她以为是鬼在追她,扭头又继续边哭边跑。因为她找不到回家的路心里发急,再加上惊吓过度,她便尿了裤子。

由于那晚惊吓过度,从她,她就落下了"小便失禁"这个毛病。她父亲背着她先后找过几个村医去看,虽有好转,却总不能除根。她长到十八岁,谁要是冷不防地喊她一声,她跟着就吓尿了一裤子!

正因为一个大姑娘有这尿裤子的毛病,后来她虽嫁了人,却一直怀不上孕。好在她嫁的这个男人是个憨厚实诚的人,只因家里太贫穷,他一个穷小子能娶个容貌姣好的姑娘,他也很知足了。她不能怀孕,他也不怪怨她啥,

135

仍然心疼她,放掌心里娇惯她。自己家里没有钱,他就去亲戚家借钱给她治病,几家亲戚借了一遍,钱也没少花,结果还是没有治好她这病,她仍然怀不上孕。他知道她这病治不了了,也就死心了。

这样,她虽然与人成了家,却一辈子没有生孩子,只有两个大人过日子。

她家男人姓王,叫王疙瘩。她身边没有自己孩子陪伴,日子过得难免枯燥,便寸步都离不开她男人,只要一会儿没看见,嘴上就"疙瘩""疙瘩"地叫。其实她也没啥事,主要就为了不让她男人离开身边。

正因为王疙瘩不打她也不骂她,还尽心尽力地待她好,才让她自己产生了心理负担。她总认为自己本是一个女人,却不能给他生育个孩子,感到心里对不起他,总巴盼着能给他生个孩子。她的病找村医看不见效,她就跑到这个庙上去烧香,跑到那座桥下去许愿,求神显灵让她能怀上身孕,给王家生个大胖小子,欢欢喜喜地过上好日子。

可她这些愿望后来全落了空。她打小就受惊吓过,再加上她不能怀孕,内心里就变得格外忧郁,精神也逐渐不正常了,有时清醒,有时迷乱。清醒时,就自己跌坐在地上呜呜地痛哭,一遍遍责怨是自己上辈子作了恶,到了这辈子遭惩罚,她的命好悲苦。迷乱时,她就说自己不是凡人,而是月亮上的玉兔精转世,她是老天爷派到凡间专抓小鬼小怪的。都是小鬼小怪在人间作恶太多才把她吓病了,让她不能怀孕。只有把世上的小鬼小怪全给抓走了,她才能给王疙瘩生个大胖小子。

特别是当她的迷乱劲儿上来时,必定会尿床。大人尿床可不得了,只要尿了,就会把被子弄得湿透半截,难洗不说,关键还不好晒。

王疙瘩采取的办法就是去掏灶上的柴灰来浸干。他把锅下的柴灰倒在被子尿湿的地方,摊开了厚厚一层,然后站在上边,用脚去踩,踩过来踩过去,然后收起,再把被子搭在院子里的绳子上去晒。

王疙瘩肩背荆条筐,为老婆到处去掏柴灰,有时甚至能掏遍整个村庄。赶上连续的阴雨天气用柴灰量大,他打个烂伞,都能掏到邻庄去。

时间长了,只要人们看见王疙瘩背筐,就知道准是他老婆又尿了床。

尽管她一辈子没给自家男人"下个蛋",可在王疙瘩心目中,她啥时候都是一朵鲜花,要一直捧在掌心里娇惯。别看王疙瘩是个细瘦个,可干活他一人包揽。天到当晌,日头变毒了,地上像下火一般,理当要收工回家了,可他活干不好就一直坚持着。本来他的脸面就瘦,让日头这样暴晒着,黑得就更像个木炭了。他累死累活地苦干,自己却舍不得吃,有啥好吃的都是给媳妇吃。他没钱割肉,就跑到野沟里摸鱼,逮回来没油煎炸,就放到灶上烤。等到把鱼烤得黄澄澄、香喷喷,他全送给媳妇吃。他待在旁边看着她吃,把禁不住涌上来的口水强咽着,心里却乐开了花!

人家说王疙瘩就是一头牛,于秀真就是在牛身上的那个大姑娘!

于秀真不大下地干活,但不知道打哪天开始,她竟装神弄鬼去给人家跳大神了。只要村里谁家孩子生了病,她就给人家跳神治病。她说,世上人本不害病,生病都是人掉了魂,被鬼魂附体了。她打小尿裤子,就是丢了魂,让鬼附体把她祸害的,一直把缠她的老婆子赶走,她才会停止尿裤子。可是,却耽误了她生孩子的时间。

不知道她打哪里弄来了一面铜锣拿在手里当当地敲着,围着人家生病的孩子转一圈又一圈。过两天要是人家孩子的病好了,她就说是神显灵了;要是人家孩子病没好,送医院了,她就说人家三心二意,对神不敬不诚,遭到了神的惩罚,医生也不一定能治好。

不过,于秀真在村里就怵两个人,一个是村支书张兴成,一个是民兵营长柳西周。因为这两个男人都是村干部,从来不信鬼神。只要碰见她搞封建迷信,就对她进行严厉批评,说服教育。特别是柳西周,看见她跳大神当场就把她的行为戳穿。他告诉村民,世上从来就没有神鬼,要相信科学,不要相信于秀真胡说八道。她要真有那个本事给人治病,怎么不把她自己的病治好? 一个大人尿被子,王疙瘩掏柴灰都掏了整个村庄,这谁不知道?

柳西周气恼地对她虎脸,把她跳大神的铜锣都给收走了。

她没有跳大神的工具也就没法跳了,村里人也越来越相信张兴成和柳西周说的话,再不肯相信她了。她跳不下去,只好熄了灯捻子,再也不跳。

三十三

　　当柳西周奔跑到于秀真家的后沟塘,只见于秀真在沟塘里站着。幸好塘水不深,只到她胸口下。她两手胡乱扒着水,口里胡乱呼喊。

　　柳西周见于秀真这是迷乱病又发作了,就一头扑下去,抓住她的两手就把她朝身上背。于秀真的大脑仍处在混乱之中,拒绝他背,也不愿意上岸,口中还连声喊着她丈夫王疙瘩的名字。

　　柳西周了解她的情况,自从她的丈夫王疙瘩生病去世后,她在精神上又遭受到更沉重的打击。因为无儿无女的她一直与丈夫王疙瘩相依为命,无论从身体上,还是感情上,都是越老越依赖他。失去丈夫,她无法接受,白天晚上都想着王疙瘩。因为对丈夫的强烈思念,她的精神便出现了更多的混乱。有时无端伤心地哭,有时就用手朝前边一处空旷的地方指着说,王疙瘩,我明明看见你了,你站在那里干啥?该回家你也不快点回家……

　　柳西周知道于秀真身体不好,心情也低落,精神上还有些失常,他只得忙里抽闲不断赶到于秀真家,帮她晒被子、洗衣裳。她心里孤单,他就坐在她对面,陪伴她说说话,等她心情转好时,他才起身离开。

　　柳西周把于秀真背送回家,顺便找了两个中年妇女帮着进屋给老人换衣裳。他怕老人发生其他啥意外,特意又安排了一个妇女看护了她两天。

　　到了第三天,柳西周上镇里去开会,特意打于秀真家门口经过,顺便去看下她。于秀真坐在自己家门口,对走到她跟前的柳西周说,都是你身上的血气太旺,死过的人都怕你。我家王疙瘩,刚才正在沟塘里跟我说着话,看见你来了,他掉头就跑得不见影子啦!

　　柳西周就劝解老人说,都是你胡说,死过的人,你哪里能见得着?这是你对他思念过度,脑子里出现的幻觉,你今后千万再不要朝塘里下了,那样会有生命危险的。你要想开一些,心里要快乐。你要有困难,就去我家找我,找人给我打电话也行,我都会赶过来帮你的。说过,他又特别问,你记下了没有?

于秀真依顺地回答道,好,记住了。

村里的五保户都是他重点帮助和照顾的对象,尤其是精神不大正常的于秀真,更是让他放心不下。

他每次赶来,都先要围着老人的房子看一遍。当他发现于秀真的老房子后墙出现裂缝时,他忙去跟老人说,你这房子快要不能住了,应该扒掉盖新的啦!

于秀真却执意不答应,她说,这房子是我家王疙瘩活着时建盖的,我和他住这房子习惯了,每当我想他了,他都跑回来看我。你要是给我扒掉建成新的,变了模样,我老伴的魂就认不清地方,再也回不来了。我死也要住这屋,我不翻建!

柳西周认识到,上岁数的人,思想都比较陈旧、落后。于秀真一个人本来就过得孤单,没事时脑子里就爱东想西想。照顾老人,物质方面的需求不可缺,可精神方面的需求也很重要。他每次赶来看望老人,就陪老人说话,谈一谈当下发生的生活变化。他跟她说,界首城里新建了一座沙河大桥;代桥镇上又多了两家超市;快递点也到了镇上;从茶棚村到代桥镇上的路,都修成了水泥路,路两边都安装了路灯;像我们五保户,不管是吃穿上,还是钱的花用上,镇政府都给我们承担了,你看现在的日子有多好!真是每天都在变着样,你就好好活吧,多看看今后的新景象。

他赶来跟老人讲讲生活中发生的这变化那变化,正能量的东西填满她的心头,她整个人就会获得鼓舞。她不但心里高兴,而且人还活得昂扬向上,能跟整个社会融为一体,存在感就会增强,人也就活得有劲,有意义。

当然,柳西周是物质、精神两方面都重视,都操心。晴天还好,每遇雨天,他看见她家房子后墙的中间有两处向屋里漏水,就在桌子上放个盆,或者拿碗去接水。

越是赶到阴雨连绵的天气,于秀真两眼看着天上不停下着的雨丝,心里就越是思念死去的丈夫。她的神志忽然又变得不清醒了,她不让柳西周在她家待了,逼着让他快走。她忍不住流着老泪说,我好多天没见我家王疙瘩啦,我心里想得不能活。我家王疙瘩都是赶在下雨天,腾云驾雾回家看我的。他就怕你,看见你在就不敢进门了,你快走吧,算我求你啦!

柳西周只好替于秀真着想,尊重老人的意愿,没有强拆老人的旧房子。但为了老人的人身安全,他还是请人给于秀真裂开的后墙进行了修补。

可有一年夏天,风刮得很猛烈,暴雨如注,正在村委会忙着整理资料的柳西周,心里立刻想到了于秀真。他赶忙停下手中的笔,披上雨衣,便一头扎到了雨里。

他赶到于秀真家门口,门前白茫茫的一片,雨水积了很深,那破旧的房屋正在风雨中飘摇。柳西周这一刻才意识到,老人的房屋再不能耽搁了,万一发生倒塌,自己这个村干部就犯下不可饶恕的过错啦!

柳西周打外边跑进门,老人却浑然不觉,也没意识到自己正处在危险之中。她只顾一声连一声地呼喊,我家的疙瘩啊,你怎么不快趁下雨赶回家啊,难道你就不想我吗?难道你不知道,我想你想得不能活吗?

于秀真听见门口响起了脚步声,还当是她的呼喊显灵了,当是她的丈夫回来了。她赶忙扔了手中的拐杖,不顾一切地向柳西周扑去。

柳西周连忙告诉老人说,大娘,你是不是迷病又上来了?我可不是王疙瘩,我是西周啊。

于秀真如当头打了个响雷一般,心里咯噔一声惊醒了过来。她跟着连声对柳西周求饶,我知道你是党员,还是民兵营长,是让神鬼都怕的人,可我又没有搞封建迷信,我心里只想让我家男人回来看我,你放过我吧。

柳西周给弄得有些哭笑不得,他只好跟老人解释说,风雨这么大,我是赶来接你上我家的。你对王大伯思念心切,你的心情我理解。这么说过,他便打老人床上找了一些厚点的衣裳给她穿上,又把自己身上的雨衣脱给她穿。然后,他便冒着风雨背上老人向自己家中走去了!

柳西周让于秀真老人在他家连住了三天,一直等天完全放晴了,他才亲自又把老人送回了家。

柳西周临走时,于秀真拉着他的手不舍得让他走,口里连声说,你真像俺的儿子,就是俺真有儿子,也不一定有你贴心!

也就是这年的秋天,柳西周为了于秀真的生命安全,把她家的危房拆掉,为她垫付资金重新建了两间新堂房,另外还建了一间厨房。还把院子里的土垫高了,又铺上了水泥地,把电话也给她安装好了,自来水也给她用上了。

于秀真喜迁新居,她住得宽敞了,明亮了,用得也方便了,衣食也无忧了,整个人的心情也转好了。

柳西周尽心照顾五保老人于秀真,他多次强调说,你看你的这一切都是党和政府给你带来的,你要跟我们一条心,多宣传党和政府的好政策,一定打心里把神鬼的东西抛掉。人也不要老那样悲伤,心情不好时,就到人多的地方去,不要再老念念不忘地想你去世的王疙瘩大伯了。人死了就没有了,再想也不可能回来了,该放下的就要放下。你看我们的生活洒满阳光,你的心里也要让阳光照亮啊。

于秀真还真听柳西周的话,她跟柳西周说,她年轻的时候会唱《歌唱祖国》,柳西周让她唱,她就张嘴唱了起来,只是有的歌词唱不上来了。柳西周就跟她一起唱,两人一遍一遍地唱"五星红旗迎风飘扬,胜利歌声多么嘹亮,歌唱我们伟大的祖国,从今走向繁荣富强……"。

每当于秀真情绪低落时,或者是她思念丈夫王疙瘩时,又或是她胡思乱想时,她自我调整的最好办法就是唱《歌唱祖国》。她尽情地张开口来,尽情亮开嗓门唱"五星红旗迎风飘扬",她唱着唱着,心情就变好了起来,整个人也阳光了起来。

三十四

　　柳西周干工作有个好习惯，那就是对党的各项农业农村政策都要学深、吃透，并且用活。单拿国家对贫困地区的扶持来说，某些村干部没有按照党的政策去正确地贯彻、实施，到了下边就走了样。某些村干部，利用手中权力顶风违纪，用国家的这些资助资金搞起了"人情网""关系网"。例如，有的村民已经富到轿车都购买了，因为跟某个村干部走得近、送礼多，村干部就去镇里把他申请为低保户。有位村民，他家中三个儿子都建起高高的楼房了，他们的父亲却能吃上政府的救济。

　　尽管这几年政府要求严格了，像这类搞不正之风的村干部也查处了不少，可仍有胆大妄为的村干部，头脑中仍是旧有的思维，工作不真抓实干，扶贫造假，好大喜功，用数字报政绩，搞形式、走过场，把党和国家的政策当儿戏，不在下边严格地落实。

　　如今，农村的扶贫力度越来越大，脱贫攻坚持续、有力地向纵深推进。各地政府严格要求村镇进行精准扶贫、精准脱贫，这一点，柳西周就理解得很深刻。上边所说的精准就是坚决杜绝过去那些错误做法，把工作不折不扣地落到实处，取得突破，取得实效，让那些仍处在贫困中的村民真真正正脱掉贫困的外衣。柳西周分管他们茶棚村的扶贫工作，他的做法就是把扶贫着重放在一个"扶"字上，把脱贫着重放在一个"脱"字上。

　　村里的贫困户千差万别，不同受贫的人有不同的情况，这就要去分别施策，区别对待。啥叫不同情况？柳西周的理解就是要有针对性，把好钢用在刀刃上，让扶贫真正发挥它应有的作用。

　　他们茶棚村的村民柳西安，是村里出了名的贫困户。柳西安本人身体不太好,妻子还有精神疾病,他的两个儿子也是先天性身体残疾。大儿子常年躺在东间屋的床上,二儿子常年在西间屋躺着,连说话都口齿不清。全家人的日常生活全靠父亲柳西安。像这样的家庭,多人丧失劳动能力,在村里也属于比较特殊的家庭。

不少村民怕沾上了他家的穷气,连走路都要躲开他家门口。

柳西周的可贵之处,就在于有一颗朴实的爱民之心。他不但从来不嫌弃柳西安一家,还把这样的特困家庭当成他重点帮扶的对象。柳西周经常赶去柳西安家查看,为他们排忧解难,对他们充满关心和爱护,把党和政府的温暖及时送到他们身边,送到他们心头。

柳西安家的大儿子,虽然下肢瘫痪,但身体还行,人也聪明。为了锻炼自己,也为了排除寂寞,他就用毛笔练习写字,专写楷书。等字写出一定功底后,他又无师自通地摸索着学会了一门刻章手艺。那时候,村民需要刻私章的不少,他家又离茶棚村集市很近,每逢集日,他就让父亲把他拉到集上。到了集上,他就坐在一张矮凳子上,面前放张四方桌子开始给人家刻私章。由于他先前练过毛笔字,所以刻章刻的是楷体。他喜欢刻章,每次刻起来,便全神贯注,全身心投入。他说,中国汉字讲究端端正正,一横是人的担当,一竖是人的脊梁,一撇一捺是人的两腿支撑。他力求刻出字的魂魄。他刻出的字,每个都圆润、美观,获得了大家的一致好评。就这样,他在集上刻章,渐渐就刻出了名。每当有村民需要刻章时,就来到他的摊位前,集上的不少闲人也喜欢上前围观,他的身边常常是围了一群人。

柳西安家唯一的经济来源也就是大儿子的刻章收入。像买油、盐、洗衣粉这些日常用品,都是用他挣来的钱购买的。

他喜欢收听节目,就用刻章攒下的钱买了一台收音机。他一边手里刻着章,一边耳里听着收音机,心情也变得愉快了。他越听越爱听,收音机就成为他生活中不可或缺的一个陪伴。

他听收音机,主要收听的是中央人民广播电台的新闻,还有本省人民广播电台的关于农村的广播。过去他没有收音机,常听的是村头的大喇叭,他这个爱听广播的喜好,就是打那个时候培养起来的。

他跟人说,我不能行走,在广播里听听新闻,就能知道全国各地发生的大事,了解全国的形势发展和变化,听得心里热腾腾的,无形之中就把自己跟国家融入了一起,人也受到了鼓舞,让我增强了活下去的信心,同时也有了排除困难、消除自卑心理、快乐地活下去的决心!

他用自己的辛勤劳动,通过刻章把钱挣到了手,自强自立的他,感觉到了人生的价值。特别是当看着村民打他手里接过他刻的章满意地离去时,他心里充满了满足感。

谁想到,他给人刻章正刻得乐陶陶的时候,随着生活的变化,好多村民都涌向了城市,乡下变得只剩下上年纪的老人啦!刻章这一行也一下变得冷清了。找他刻章的越来越少了,再后来,几乎就没有了。他无事可干,只能天天闲在家里。一个好不容易把自己派上用场的人,又一下变成了一个无用的人。他本来就身体残疾,现在又变得无事可干,他的心情便更加低落了,变得一蹶不振!

他不刻章了,家里的生活来源也就又断了。可他们家有这么多口人,还都是身体不好的人,每天的开支肯定不少。没有了挣钱的门路,他们家人的生活又陷入了极度的贫困之中。

村里有好心人见柳西安家的日子实在过不下去了,就给柳西安出主意说,与其让你两个儿子在家待着,倒不如想个办法,也给孩子找个活命的门路。人家进城,你就不能领着你两个儿子进城?

柳西安一下没把村人这话听懂,反问道,人家进城是打工挣钱,我弄两个残疾儿子进城又去干什么呢?

村人就说,如今大城市富起来的有钱人可多了,你领着你家两个儿子可以在街头跟路人要钱啊!走着总比站着强,这也是你没办法的办法呀。

柳西安觉得村人这话有道理,这也确实是被迫无奈。他的心动了,为了自己的两个残疾儿子,他也只有这样去做呀!

柳西周那天在镇里开会,散会一回来就听说柳西安要领着两个儿子进城乞讨这件事。他没敢停留,匆匆赶到了柳西安家。

柳西安见柳西周上门便热情迎接,搬凳子让他坐下来,他也坐在了柳西周的对面。他没有急于领着两个儿子进城,是因为心里还是有些犹豫不定。他看见赶来的柳西周,就想让柳西周帮自己参谋一下,给他拿个主见。他毫不隐瞒地对柳西周说,你看我家难成啥样了,有人建议我领着两个儿子上城里去跟人家要钱,我不知道这到底行不行。我想知道你是个啥想法。

柳西周马上表态说,你这样的想法我不赞成,你这想法不可行!他接着对柳西安劝解说,你的心情我理解,你的家庭确实面临不少克服不了的实际困难,这也属实。可我认为你还没有活到必须进城沿街向人乞讨那样的境地。我觉得这做法很不好,也很不应该,这让你和你的孩子在人前都失去了做人的骨气和应有的尊严。同时,你也给党和政府的脸上抹了黑。

柳西周话刚落音,他家大儿子就在屋里反对说,要去让他领着我弟弟去,我不去,我好赖也是个在街上给人刻过章的人。一横是人的担当,一竖是人的脊梁,两腿是人的支撑,我只是两腿不行了,可我还没断了人的脊梁!

柳西周便接着说,老柳,你这当爹的听听,尽管你大儿子身体这么不好,他也不主张你这般做。他不仅会刻章,思想觉悟也是蛮高的。

柳西安便低下头,搓着手,脸直红,话也说得支支吾吾,你看,我这——

柳西周接下来改用关切的语气说,像你这样的特困户,我们镇里、村里并没有坐视不管。你家的米面、粮油,这些应该给你的照顾,我不都给你送到家里来了吗?我在这里也告诉你,我们国家发展越来越好了,政府会出台好多帮扶政策。这些政策,凡是你家符合的,我都会尽力让你家享受到。不管生活有多大困难,我们都要去共同面对,共同克服和解决,而不是想着逃避。你也知道,村里的扶贫工作由我分管,我愿意尽心尽力帮你渡过难关,让你们在生活上没有后顾之忧,请你相信我。

一席真情话温暖老人心,也使老人重新拾回了对生活的热情和信心。他马上对柳西周表态说,有你这句话,我再也不想着往外去了,只要在家能过上安稳日子,谁不想着待在家里?

柳西周从不跟村民许空头支票,他怎么说就怎么做。他劝住了柳西安,回头就去了镇政府。先是为柳西安老两口申请办理了低保,又为他妻子申请办理了残疾人生活补助,接着又为他两个儿子申请办理了五保和残疾人生活补助和残疾人护理补贴,为柳西安本人申请办理了大病医疗补助。合计算下来,柳西安一家每年可享受的各项补贴共计一万六千七百八十元,这样一来,就解决了柳西安家的基本生活保障和医疗等问题。

柳西安见柳西周工作那么忙,还为了他家的事一趟又一趟地往他家和镇里跑,有一次还顶风冒雨,浑身淋湿了,他内心深受感动。他说,西周啊,你真是我们家里的贴心人,咱茶棚村多亏有你啊!

柳西周顺手用毛巾擦着头上的雨水,微笑着说,你不要这样讲,我是党的干部,是党把我派来为你服务的,这是我应尽的职责!只要看到你脸上的喜色,我再苦再累也没啥,这回我总算踏实下来了。

柳西周认为人最重要的是尊重,是感情交流。人不只需要物质上的帮助,也非常需要精神上的关爱和安慰,柳西周从来都没有像大部分人那样看不起柳西安。他始终认为不管多么贫困的人家也是人,越是贫困,越需要他走上前。他时刻都把柳西安一家放在心上,只要他得了空闲,便到柳西安家去走走看看,跟柳西安家人拉拉家常,让他们不感觉日子过得孤单。

有一天,他走进柳西安大儿子住着的房间,见柳西安大儿子的桌子里边摆放着两台收音机,却没见他打开收听节目。他就顺便问道,你不是喜爱听收音机吗,怎么没听?

柳西安大儿子便苦笑一下,如实告诉他说,不是我不想听,而是这两台都是早就听坏了的收音机,已经不能收听了。

柳西安走进来接话说,我们家也就他有这个喜好,收音机坏了不能听,他也不让扔,放在他身边,当他的陪伴。

柳西周便说,你这么离不开收音机,现在又不肯买新的,肯定是没个闲钱了。

柳西安忙接着说,可不是,我家大儿子可懂事了,他知道我们家吃穿花用如今都离不开政府的照顾,为了俭省,心里就忍着,也不让我再给他买,不想多花国家给的钱。

柳西周也受了感动,不由得说,这是一个多么能替人着想的好孩子啊!那这样,收音机不能没有,这是他精神上的需要。这事交给我,明天我给他买,咱不花国家的钱。

柳西安大儿子就说,西周大叔,你可别买,我现在已经习惯了,不听也能过的。

柳西周却坚持说,对于你来说,不听广播日子就不能过,该买一定得买。这么说着,他又看见柳西安大儿子的毛笔也在墙上挂着,上面都落了一层灰尘,明显是多日不写字了。柳西周就引导、鼓励他说,活人不要消沉。像你这样,如今不刻章了,可毛笔字还得写起来。写写画画,自我陶冶,心情也会跟着好起来的。同时,你的身体也能得到锻炼。人呢,还是要坚强、乐观,积极向上才行啊!

柳西安便插话说,你让他写,光有笔没纸墨,他也没法写呀!

柳西周说,这些都交给我,明天我来送收音机,把纸和墨也同时送过来。

柳西安大儿子如愿获得了一台收音机,他如获至宝,高兴得不得了。废纸和墨也有了,他就边听着收音机,边挥毫泼墨。

正因为他本人和他全家在生活上都获得了党和政府的照顾,这收音机又是村干部柳西周特意给他购买的,于是他就越发爱听新闻啦。收音机不但带给了他精神食粮,而且还给了他战胜疾病和困难的信心和力量。他的心越来越跟我们的党和国家紧紧地连接在一起啦。

每当他听收音机时,便想到了柳西周,他的脸便贴在收音机上,听着听着,两眼就忍不住热泪盈眶。

有一天晚上,柳西周总结白天进行的扶贫工作时,在他的扶贫日志上这样写道:像柳西安家这样,几口人都丧失了劳动能力的特殊家庭,我们就要把扶贫重点放在一个"扶"上,这种扶贫又叫"照管救助"。让他们在生活上没有困难,也没有忧愁,这也是我们的责任和义务。我们只有这样做,才能赢得民心,才能使我们的社会更加和谐稳定,党在群众中才会更有威信,更有凝聚力,更有生命力!

三十五

柳西周作为身处基层的村干部,总能把上面的政策吃得很透,悟得很深。他认为,当今党和政府下那么大的决心和力气对贫困地区进行大力度的扶贫,根本目的就是帮助那些仍然处在贫困之中的村民尽快摆脱贫困,走向富裕,而不是拿钱养懒汉,不能让那些人越给钱越向政府伸手,完全依赖政府,变成政府的包袱。否则,这样的扶贫也就走了样,失去了扶贫的意义。

像柳西安那样特困的家庭,精准扶贫,重点要体现一个"扶"字。而对于那些并没有丧失劳动能力,因这原因那原因而造成贫困的村民,精准脱贫,重点是抓一个"脱"字。针对后者,就要把扶贫款变成催化剂,把他们的劳动热情激发出来,冲天干劲点燃起来,增添他们战胜困难的勇气,增强他们战胜困难的信心。授人以鱼,不如授人以渔,扶贫先扶志和智。扶贫的钱只能叫"输血",最关键的还是要"自身造血"。增强他们走向富裕的信念,让他们动手动脑,尽早战胜贫困,努力创造财富,走向美好的明天!

在柳西周帮扶的贫困村民当中,有一位叫柳云峰的,他就是这方面的例子,更是这方面的典型。

柳云峰与柳西周的相识相知还要从 2012 年说起。在此之前,柳云峰接触到个别村干部,别看官不大,但架子可不小,总是摆出一副很了不起、高村民一头的样子,严重脱离了群众。村民找这样的村干部办事,小事要送包香烟,大事要请喝场酒,不会让村民白使唤。

柳云峰长期在外地打工,那一年为了给已经十八岁的二女儿办户口,特意从外地回来。他来到村办公室,和一位分管村干部说这件事,那位村干部见他两手空空便爱答不理的。柳云峰说完了,对方也就算听完了,等于白说,事情仍扔在那里,压根儿没办理。

柳云峰为了找那个村干部,上下连跑了好几趟。因为他一直没有任何表示,所以那个村干部也就一直拖着没给他办。柳云峰觉得自己又没有违反什么政策,应该正常给办的事,那位村干部却硬是晾着不给办,他心里一恼,便发火了。一怒之下,两人就发生了争吵,愈吵愈烈,引来不少村民前来围观,纷纷议论这件事。

这项工作本不是柳西周分管的,当柳云峰跟分管这项工作的村干部发生争吵时,他正在镇里开会,也不在现场。后来,他听说了这件事。在他看来,身为村干部,村民有要办的事,就应该主动帮助,尽快办理。身为村干部,就应该尽心尽力为村民服务,事事让村民满意,这才是好的村干部。当他了解到柳云峰为给二女儿办户口却屡屡遇阻后,就主动跑到柳云峰家,先替那位村干部承认过错,然后向柳云峰保证说,你放心,你二女儿上户口这事,我去给你跑。三天之内,一定把这件事明确下来。

第二天上午,柳西周就赶去代桥派出所,向所里分管这项工作的民警详细说明了情况。很快,柳云峰二女儿的户口问题就顺利办好了。

因为柳云峰辍学后就外出打工,长期不在老家生活,所以跟柳西周也没啥交往,对柳西周不大了解。这次,通过为二女儿办户口这件事,柳西周给他留下了好印象。为了表达对柳西周的谢意,他就去请柳西周吃饭,可柳西周谢绝了;他又去给柳西周送礼,可柳西周无论如何都不收。这样,柳云峰便认定柳西周是那种为人正派,做事实在又热心的好干部。离开老家以后,他与柳西周经常电话联系,时间长了,两人就成了好友。

柳云峰第一次遇到困难向柳西周提出借钱是2014年。按说柳云峰常年在外打工,应该手里不缺钱,可柳云峰的妻子生了场大病,连着多次住院,把柳云峰多年的积蓄花了个精光。柳云峰迫于无奈,才不得不求助于柳西周。他也知道柳西周的工资不高,所以只向他借了三千元。没想到的是,当柳西周得知他的详细情况后,竟慷慨地借给他五千元,这也体现出柳西周对他是真心相待的。

柳云峰妻子的病有些棘手,好了又犯,这样连着几年上医院,给柳云峰的生活造成了很大的拖累。城市生活各方面的开支又高,动不动都得要钱,柳云峰感到支撑不住了,便产生了带着妻子回老家的想法。柳西周在电话中也主张他回来,柳西周劝他说,你回到家里还有几亩地,粮食和青菜不用买,也不用交房租,这就比在城里减少了很多的开支。你回来把妻子放在本地医治,慢慢在家调养,等你妻子病情缓解了,能照顾自己了,你腾开身还可以留在家里继续干。尽管老家比不上城里富有,可老家也在向前发展,也在不停地建设中。你正身强力壮,还怕没你干的活?

柳云峰正是听了柳西周这番言论,才更加坚定了回家的想法。于是,他离开了城市,走上了返乡的路。

他从外地回来后,便住在了他过去的三间房子里。因为要照料妻子,他第一年只耕种着自家的几亩地,生活过得很艰难,人也变得有些消沉。再加上不知道妻子的病还能不能好转,到哪一天才是个头,让他不禁有些绝望了。

柳云峰心情不好,妻子的情绪更低落。在城里的时候,妻子一趟趟地去医院,病情时好时坏,总不能根除。自打回到老家来,也没少进县城的医院。她这样长期受疾病的折磨,身体十分消瘦,脸色蜡黄,没有一点儿血色,走路都有气无力的,好像风一吹就要倒下了。尤其是她的心情变得焦躁了,整天都愁眉不展,闷闷不乐。柳云峰递给她一碗鸡汤,她端在手里只喝了两口,剩下的就喝不下去了,无力地垂着头,眼泪止不住地朝下流。

柳云峰打门外走进来,看见老婆没喝鸡汤,却坐在那里哭天抹泪的,既心疼又来气,伸手接过她的碗说,我这费了半天劲才给你炖了鸡汤,该喝你也不喝!就你这样,天天不想着吃饭,身体连点抵抗力都没有,病又咋能会好?再说,我又不是没把你的病放在心上,虽然回了老家,还不是带你上县城医治吗?你动不动就这样流泪能有什么用?我看流泪不仅好不了,还会让病情加重!

妻子本来心里就觉得伤感、难过,让丈夫这么一说,她更加忍受不了了,便没好气地说,谁让你给我治了?我看是白花钱!我这病是治不好了,别让我这样受折磨了,干脆死掉算了!

柳云峰最不能听这话,他恼着说,不活就不活!你以为你心情不好,别人日子就过得好是不是?你说这样的话给谁听?你不想活了,我也不想活了!干脆你死我也死,咱都死掉算啦!反正家里为了给你看病,钱也花个精光了,也没啥好留恋的了!

妻子擦下眼泪,这才抬起头说,死我不怕,可我们还有两个孩子没长大。我要是现在死了,我那两个孩子又该咋办?

柳云峰仍没好言语地说,你都不想活了,还管孩子怎么样干啥?你要真为了孩子为了我,也不至于连熬好的热鸡汤都不喝!

妻子只好哭丧着脸说,不是我不喝,主要是我心里觉得焦苦、烦躁,喝一口就像喝药汁一样,我喝不下去啊!

柳云峰就说,你这话我不信!喝不下去,你不会咬着牙强迫自己喝吗?

妻子轻轻摇着头说,硬喝下去心里也不好受呀!

柳云峰仍用责怪的口气说,横竖都是你有理,如果这样不吃饭就能活的话,那下次你拉着我的手,我也不再给你熬鸡汤了。

妻子争辩说,你也不用说这些不入耳的话,你又不是病人,你也不知道病人是咋样活的!

柳云峰话赶话地说,那你这意思,是巴盼着我也像你一样生这难治的病?我再倒下了,那咱家的顶梁柱不就倒了?

妻子这下忍受不住了,发火道,你看你说的这是啥话?我什么时候巴盼着让你跟我一样生病了?你咋净用刀子扎人心啊?我算是看明白了,我生病花了你挣下的血汗钱,你伺候我伺候烦了,受不了我是吧?你心里不是想着让我把病治好,你是故意惹我生气,让我早死,好给你腾空娶个小的!

柳云峰没想到妻子会说出这样不理解他的尖酸话来,而且这样的坏心肠他也从来没有过,他根本不是这样的人。妻子偏这样说他,怎不让他觉得伤心、委屈?他气呼呼地说,哟,真是的!你生这病,一次又一次地上医院老是不见好转,我看是难治好了。干脆你也别治了,再治也是白花钱,倒不如早死早解脱!妻子本就病得很细瘦,快没个人样了,原本就对自己这病缺少信心,心理已经极度脆弱。丈夫现在不给她应有的鼓励和支持,反过来还用这样的话打击她，这让她怎么能承受得了？只见她一下跌坐在地，痛哭不已。

邻居听见他们家里发生了争吵，便赶过来查看。几个人上前把柳云峰妻子往上拉，劝她不要哭了，可她却反着来，越哭越委屈，越哭越凶。她的身子像失去了骨头一样，一下躺在地下，扶都扶不起，哭得也停不下来了。

柳云峰心里越发烦躁不安了。他两手扶在腰边，越发怒气冲冲道，她不愿站起，就让她躺地上好了！她愿意哭，就让她使劲哭好了！大家都别搭理她，眼不见心不烦！

也不知他妻子身上打哪儿来的力气，柳云峰这样的话刚一说完，她就打地下挺身而起。只见她脸色惨白，嘴唇也直哆嗦，手抖颤着指向柳云峰说，我知道你黑心，有病不想给我治了，想把我逼死！我的妈呀，他这是不想让我活了，我也实在活不下去了，让我这就死了算啦！

突然，她一下背过气去了。

顿时，柳云峰家里乱成了一锅粥！此刻，房子上空好像让一团阴霾给笼罩住了。

当天晚上，柳西周去镇里办事天快黑时才返回家来，他很快就知道了柳云峰夫妻吵架生气这档子事。柳西周连晚饭都没顾上吃，就匆忙赶去了柳云峰家里。当他问清了柳云峰两口子发生争吵的详细经过后，他首先批评了柳云峰，你做法不对，你是男人，又是一家之主，还是丈夫，你不知道你妻子是个病人？她连着几年受病痛折磨，心情烦乱不堪，这是很正常的，你怎么能忍心拿刀往她胸口上捅，这不是害人吗？你这样实在是太不应该啦！

柳云峰便耷拉下头，向柳西周说，我认识到自己的错误了，我一时脑子发昏，早就后悔了。

柳西周接着劝说道，对于一个家庭来说，越是过得艰难，越要咬牙挺住。夫妻之间一定要互相忍让，互相体谅。总吵个啥？吵吵闹闹的传扬出去也不好。你应该让她坚定治好疾病的信心，给她应有的鼓励和支持。你要站在病人的角度，设身处地地替她着想。夫妻之间要加强团结，要抱团取暖啊！不管生活过到哪般境地，也不能把生活过成冷色调，一定要把生活过成暖色调,让我们的心里充满阳光,这样才能把日子过得一片光明。

自打柳云峰跟妻子生了那场气之后,柳西周便经常上他家来,开导和鼓励他,陪他夫妻二人说这说那的。有好几次,柳西周都在他家待到了半夜才返回去。

柳云峰因妻子大病致贫,柳西周也理所应当地把他当成了重点帮扶对象。

柳云峰看家里的三间老房子已经破烂得不能居住了,他想翻建,又发愁手中没这笔建房资金。

柳西周根据他面临的这个实际困难,主动去镇里帮他申请了危房改造补助。他亲自出面帮他家把新房屋建起来,让他首先在居住上无忧,也让他感受到了党和政府给他的关心和温暖,在生活上看到了希望,增添了他对生活的热情。

精神就是动力,柳西周帮柳云峰把新房建好后,柳云峰的心情也逐渐转好了。加上柳西周又经常上门,一直不断地对他说,你妻子年龄又不大,她的病是有些难治,可只要你坚持给她医治,在家里好好调养,是完全能治好的。他的话就像是一缕阳光,照进了柳云峰布满阴霾的心里。

柳西周这样的话让柳云峰夫妻二人的心理压力逐渐减轻了,生活上的信心增强了,妻子的身体竟在不知不觉中康复了。这也让柳云峰留在家乡干,不再往外走的打算越发坚定了。

柳西周乘机向柳云峰提议说,村里有几户村民因常年外出,家里的承包地没法耕种,我给你从中协调一下,你先在家里租人家二十亩土地耕种吧!

接下来,他又领着柳云峰去镇农技站找到柳西红,他说,你引种柳西红的高产优质种子,技术上也聘请柳西红当你的田间专员。你把地耕种好,给家庭增加一笔收入,先立住脚跟再说。

农民与土地关系密切,柳西周这样热心地为他着想,不用他烦一点神,就出面帮他租了这么多土地,他心里越来越温暖,人也精神大振,身上便有了力量。我要好好干啊,一定要把地尽心尽力地种好!

可二十亩土地,光租金就需要不少钱,还必须购买几样农用机械。柳云峰手里已经没啥钱了,他在资金上又一次遇到了困难。他刚找柳西周把困难一说,柳西周很快就拿着一万元钱给他送来了。

第二天,柳云峰就去临泉农机公司购买了一台四轮拖拉机,还有抽水机、播种机,放在四轮拖拉机上,一块拉了回来。

柳西周特意赶来他家查看之后,开心地说,这机器既能用于你自家耕种,赶到农忙季节还能给缺劳动力的农户代耕。这样既帮了人家,也可挣些额外收入,真是一举两得啊!

柳云峰不知道,柳西周给他的这笔钱是他以个人名义向妹夫转借的。他为了不让柳云峰为难,便帮他想出了这个解决办法。他对柳云峰真是不是亲兄弟胜似亲兄弟啊!他是村干部,心中也想留住那些青壮劳动力,好在家乡跟他一起大显身手。发展乡村,振兴乡村,也需要他们这样身强力壮的人啊!

柳西周可以说是用心良苦!

柳云峰转租耕种了二十亩土地,在经济上打了个翻身仗,也逐渐走出了家庭的困境。他在生活上信心倍增,便更不满足于现状了。有一天,他找到柳西周,主动向柳西周提出了自己的另一个强烈愿望。他说,你看我们老家建盖楼房的人家日渐增多了,我准备把我在城里学的一套手艺拾起来。我想利用农闲时间,给人家砌墙!

这正是柳西周心里想听到的话。柳云峰的话刚说完,他便用劲点了点头,把手朝桌上一拍,大声说,这太好了!这是你的长处,我不早就说过吗?咱家乡也在跟着时代一起发展,农村照样有你的用武之地。你这想法很好,我大力支持你!

柳云峰要给建新楼房的人家刮大白,少不了要一家一家地跑,他打算买辆卡车,这样使用起来也方便。可买辆卡车又得一笔不少的资金,他手头上暂时还拿不出这么多钱。柳西周仍然不让柳云峰被钱给难住,他又主动帮他填补了购买卡车的资金缺口。

柳西周不仅在资金上大力支持他,在其他方面也给他提供了有力的援助。由于柳云峰好多年不在家,外村的人根本没见过他刮大白,对他也不太了解,更弄不清他活儿干得怎么样。现如今,想揽活也要互相有关系才行啊!柳云峰在这方面没有优势,他只有依靠柳西周。柳西周当了村干部已经很多年了,熟人很多。他就到处给柳云峰宣传,亲自出马把柳云峰推荐给村民,竭尽全力地去给柳云峰联系活,帮着柳云峰打开局面。

柳云峰过去在城里刮大白,城里的质量要求可想而知,所以柳云峰刮大白的技术是过硬的,是很有两把刷子的。他在农村刮大白,同样对自己要求严格,精益求精。他出手的活儿,每次都让主家赞不绝口,朝他竖起大拇指!柳西周待他这般好,给他四处揽活,他也只能给柳西周争脸,绝不能给柳西周脸上抹黑啊!

柳云峰刮大白还不出半年时间,就在乡下稳住了根基,也在乡下扬了名。

四村八乡赶来找柳云峰刮大白的人逐渐增多,柳云峰手下的活已经源源不断了。柳云峰驾驶着他的皮卡奔跑在村与村之间的公路上,他脸上的愁容早已不见。他刮大白,虽说苦累,可他能挣到更多的钱,所以他干得兴致勃勃。同时,他心气儿越来越足,也更显得意气风发啦!

柳西周在乡下不辞辛劳地进行他的精准脱贫,他不但帮因病致贫的柳云峰依靠政府和自身的力量摆脱了贫困,战胜了贫困,而且他还想方设法让柳云峰返乡之后能留下来二次创业,最终还获得了成功,把脚下的路子拓宽了。

三十六

柳西周在村民眼里是一个性格随和、为人厚道又热情的人,不管哪个村民有事找他,或是有啥困难需要他帮助,他总是满口答应说,没问题,我这就帮你办!而且,他人是很实在的,需要力出力,需要钱,他给你千方百计弄钱。因此,他被村民视为贴心人、暖心人!

可他给自家妻子、儿女留下的却又是截然不同的印象。

在他女儿柳慧媛心中,她爸的家规相当严,严到苛刻,没有人情味。他要求孩子怎么做,孩子就必须怎么做,不能打一丁点儿折扣,不能有任何更改。如果你有抵触情绪,反对他或是冒犯他,他黑着脸,马上就要训斥你,强迫你必须按照他的意志去办。

他动怒时,模样真的挺瘆人的。柳慧媛说,爸爸生气的样子让我和弟弟都害怕。爸爸不论是做事,还是对待我们,都有些刻板,有些过于绝对,让我感觉简直是不近人情,甚至是冷酷!

柳西周一身衣裳能穿十年八年,洗到发白,他也舍不得丢掉。他总说,我们是农家子弟,要保持农民艰苦朴素的本色。他还要他的孩子也穿补丁衣裳。他说,做人要勤劳,学好才是最重要的,不要总跟人家比吃比穿,沾染那些坏毛病!

他的儿子柳兆文考上大学他拿不出钱让他上,他也不去想办法,而是说,当兵一样有前途!于是就让他的儿子参军入伍去了。

当女儿柳慧媛长到要嫁人的年龄时,他居然要求柳慧媛不准跟男家要一分钱的彩礼。

这让柳慧媛在思想上怎么也想不通,不管是从情上,还是从理上,都说不过去。这个一家之主对她提出的严格要求,她无论如何也不能接受,甚至提出了反对。因此惹她爸对她动了怒,直接暴跳如雷道,我说不能要就是不能要,我看谁敢胆大包天给我提要彩礼的事!

柳慧媛不敢跟她爸直接对抗,她委屈地躲到没人的地方去哭,实在忍无可忍,就找她妈诉苦。她说,你看这都啥年代了,他的家规还这样刻板。我结婚,他不让我要一分钱的彩礼,如今还有谁家嫁女儿有这样的事。记得过去,我有一回捡到了钱,他硬逼着我交给老师,那毕竟是人家的钱,后来我也想通了,就上交了。可我结婚,这是一辈子的头等大事,他这样的要求我做不到。你能不能帮我劝下我爸,我对他后退一步,他也对我后退一步。哪怕少要点,这也算在人前给我这个大姑娘留个脸面,让我说得过去啊!

刘凤英是当妈妈的,能不疼女儿?她的女儿心地又那么好,为了帮她干活,连学都没上好,可惜了她的前途,她当然偏向她的女儿了。其实,也不算偏向。她也认为如今这个年代,乡下人的生活相比过去要好很多了。女儿结婚是一场大喜事,她要些彩礼也在情理之中。她爸提出一分钱也不许要,不但不符合女儿的心愿,也不符合她的心愿。女儿如今做了退让,她就对女儿说,你没胆量找你爸,我就替你出这个面。他再厉害,也不是老虎,也吃不了人。她搂着女儿的肩膀说,女儿是他的,也是我的,他再是这个家的一家之主,我也要当一部分家吧!

没有想到,刘凤英因为女儿彩礼的事才单独找她爸一提,她爸就勃然大怒,不管不顾地跟她大吵了一架。

柳西周用手向外指着,气愤地说,如今这社会,日子是一天比一天过好了,可社会风气并没有跟着一天天地好起来,反而向下行,越来越没有道德。为了什么脸面搞铺张、讲排场、互相攀比。嫁个女儿就大要彩礼,而且一年比一年要得多!什么"三金六银""万紫千红一片绿",搞得五花八门,乌烟瘴气。生个女儿,就像生了棵"摇钱树",要求男方花几十万建楼房,还跟男方家要十几万的彩礼。就连原本属于女方父母陪送的家具、电器,现在也都由人家男方购买了,搞得是一头沉,一点道理也不讲了。要是男方家办不到,中间打一点儿折扣,这门婚事就办不成了,这还像话吗?本是正常结婚,男女平等，偏弄得男方家债台高筑，这还是结婚吗？这不是结婚，这明明是把女儿当成东西去卖！这样的婚姻，对男方和女方都是一种伤害，简直是一种祸害。我柳西周没本事扭转乡下这种败坏的世俗风气，可我身为一个村干部，要有对抗不良社会风气的能力。我至少要求我的女儿柳慧媛结婚时不跟男方要一分钱的彩礼！我这做法不但正确，而且是纯洁、高尚的，我干吗要对她让步？她出嫁这事，我怎么说就必须怎么做，我对她寸步不让！

因为两口子想法不一样，柳西周又这样怒气冲天地说，两人无形之中就产生了矛盾。赶到气头上，两人便大吵了起来。

刘凤英本打算跟丈夫好好说的，没想到发生了争吵。刘凤英没控制住情绪，她就跺着脚不依不饶地说，我做姑娘嫁你时，你啥都没有给我。如今轮到我女儿出嫁，咋说我也不让她像我那样心里委屈。我不去大要彩礼，但至少男家也要有个差不多，能说得过去才行。男家想一分钱不花就娶走我的女儿，不管你再怎么同意，我这一关也挡在那里，想都不用想，门都没有！

柳西周不赞成妻子的观点，他责怪妻子说，我看柳慧媛的劲儿都用在你身上，你们母女俩的想法都是大错特错的。你本不应该给女儿撑腰，而应该站到我的立场上好好去劝解女儿，现在你倒好，竟偏要反着来硬跟我作对。

刘凤英让丈夫弄得心情特别差，她哪还有心情站到他的立场上去帮着他劝解女儿？

柳西周冷静下来，仔细想了想。不管咋说，女儿结婚也是一场大喜事，要是女儿想不通，心里结个大疙瘩，她妈又偏护着她，母女联手跟他对垒，最后只会弄得家庭不和。原本是一场喜事，女儿若不能高高兴兴地嫁人，这也不好。既然妻子不肯站出来帮她去劝解女儿，那就只有自己出面去做女儿的思想工作了。得让女儿的思想尽快转化过来，让阴云快点儿散去！

柳西周跟柳惠媛坐到了一起，他认真地看着女儿，便开口说道，结婚不要彩礼不是从你这里开始的，这是我们柳家的光荣传统。你太爷娶你太奶时，你太奶看重你太爷这个村干部，她什么彩礼都没要，心甘情愿地嫁给了你太爷。到了你爷爷这一代，你爷爷那时是大队的会计，那个年代，但凡能当上会计的，在女人心目中都是有本事的人。不用说，你奶奶任何东西也不图,只图你爷爷这个人。轮到你爸我结婚时,你妈已经不止一遍地跟你说过,她嫁我不但一分钱彩礼没要,还给了我那么多陪送嫁妆。如今,到了我自己的女儿要嫁人了,于情于理,我都不应该去跟男家要一分钱彩礼呀!要是你伸手跟男家要一分钱的彩礼,你就算没有继承和发扬好我们家的优良传统,你也就不是我柳西周的好女儿。你给我记住一句话:柳西周只嫁女儿,不当东西卖女儿!

柳慧媛抓住这个机会,据理力争地跟她爸说出了她的想法,爸呀,你那讲的都是过去,那个年月你们过的都是穷苦日子,跟当今生活已经没法比了。当今人们过得不知要比过去强出多少倍,我结婚又没有想着大要彩礼,我要也是少要,这合乎情理,我觉得没有什么嘛!啥事也不能只凭你的想法,把事情都做得那么绝对吧?

柳西周却不认同女儿这样的观点,他说,你少要毕竟也是要,只要你要了,就违背了我们家的优良传统。只要你要了这个彩礼,你就是个世俗的姑娘。我想我的女儿要敢于打破传统,做一个一分钱彩礼都不要的姑娘。我希望你引领社会新道德、新风尚,给社会做个表率,带个好头!

柳慧媛不能接受,争辩说,你这样要求我,我能理解你的先进思想,可人家能理解吗?我长得有人家姑娘高,也有人家姑娘胖,脸面也有模有样。我还上到了初中毕业,也有一些文化,我一点儿也不比谁差!人家姑娘都要,偏偏独我一个不要,我不人前低一头?就是在我们村同龄姑娘之间也会遭人笑话、议论。还有邻庄姑娘,一定会认为我身体有啥毛病,要不然,怎会无缘无故倒贴过去,这样不值钱?

柳西周本来是心平气和的,可是他劝了半天,女儿竟说出这样的话来。尽管也算实情话,可他却根本听不进耳朵里去。他觉得女儿一直裹在世俗之中走不出来,不能挺起胸膛,勇敢地站出来反对传统,向世俗挑战。他心里不由得动了气,跟着便毫不留情地说,我把你使劲朝岸上拉,你却偏要朝稀泥里滑。过去这些年,我算是对你白花心血、白教育了。你这个样子,哪儿还像我柳西周的姑娘,真是让我失望透顶!

柳惠媛本来就让她爸弄得思想包袱沉重,她爸又这样向她一发火,一指责,她就感到自己有口无处说。跟着,她便给气得哭了起来。她抽抽搭搭地说,我的命咋这般不好,让我生到这个家庭,摊上一个这样的爸爸,这般为难我!

柳西周对待村民很讲工作方法,可对待自己的子女就不讲那么多了。他见女儿这样一哭诉,就更加来气,更加不能容忍了。他怒冲冲地向女儿发火说,简直是无理取闹,我好言好语跟你说,你一句也听不进心里去,你不向好的学,偏去跟坏的学。这样不给我争脸争气,真让我伤心,我压根就不应该生你这个女儿!

父女俩意见不投,又都不冷静,结果越谈越崩。柳西周话里的火药味很浓,柳慧媛不但听不进去,还越哭越伤心了,弄得当父亲的下不来台。最后柳西周只好不管不顾,一甩袖子转身头也不回地离开了。

柳西周为了女儿的彩礼问题,心里很气恼,胸口痛得他半夜躺在床上还直哼哼呢。

刘凤英夹在两人之间不知如何是好。向着女儿,又怕把丈夫气坏了身子,毕竟他是家里的主心骨,在这个家庭里十分重要。她经过反复思考,还是把感情偏向了丈夫这边,她又去帮着丈夫劝解女儿。

她把女儿喊到自己的房间里,单独劝她说,你爸是村干部,他要求自己的女儿坚决不要彩礼,抵制歪风邪气,他的做法是对的。你是他的女儿,只能听他的。别这样跟他闹了,别拖他的后腿。

柳慧媛对她妈的劝解话也拒绝听,她跟她妈争辩说,我这出嫁是家里的事,又不是他工作上的事,你不要混作一团。今天站到这边,明天又倒向那边,你到底是个啥样的人?我不就是出嫁要个彩礼吗?这也是拖我爸后腿吗?我看爸妈这是合着劲儿拧我,这个家到底还让不让我活了?

刘凤英听女儿喊叫得这般委屈,她又心软了,硬不起心肠去劝了。她也怕火上浇油,惹女儿又跟她发生争吵。她只好强迫自己向女儿做出了退让。

柳西周见妻子没这个本事劝女儿,看出来柳慧媛的思想工作离了他还是不行。他想,村里那么多难办的事,还有村里那么多头脑顽固的村民,他都有办法把他们思想做通,女儿只是在婚姻问题上不能正确对待,他也应该转变方式,像对待村民那样,对女儿也要有耐心,不能动不动就耍老子威风,向她发火。这一回,他做好了充分的思想准备,他要好好跟女儿谈一谈。

这回,他不是把女儿叫到自己面前,而是主动走到了女儿身边。他一上场便单刀直入地说,闺女,我告诉你,两个人相处看重的不是钱财,而是两人之间的感情,纯洁的感情。

柳慧媛一下没完全明白,说道,我跟我对象有感情啊,我跟他订婚后已经交往两年了,我要是不喜欢他也谈不到嫁给他呀!我跟他要彩礼,他也愿意给,我又没强迫他。总不能说我要了彩礼感情就不纯洁了吧?

柳西周亮明自己的观点说,你跟男方提出要彩礼,就是没有正确对待你这桩婚姻。索要就是索取,真正纯洁的爱情是不应该有任何附加条件的。你不跟他要彩礼,心甘情愿为他奉献,这样的爱情才叫无条件的爱。你不能做到,你的感情就不纯洁。

柳慧媛拉着脸说,你这话我不懂!既然我真心嫁给他,作为男方,他给我一定的彩礼也是应该的。我一分钱也不要,这不成了上赶着粘他啦!当今社会,只有他追我的份儿,我宁愿不嫁,也不反着来!

柳西周仍坚持自己的观点,继续说道,你始终沉陷在世俗之中走不出来。听你刚才的话意,你对自己的对象并不是真正地看重。

柳慧媛跟着问,那你说,咋样才叫看重?一分钱不要才叫看重吗?

柳西周认真地想了一下,回答道,话也不是像你说的那么刻意。我的意思是说你要真的看重一个人,就要看他的价值。也就是说,看重他的人品,看他有没有志向和追求,看他是不是有强烈的事业心,将来能不能大有作为。只要他肯脚踏实地地去干,有吃苦耐劳的精神,将来什么财富自然都会有的。你什么钱财都不要地嫁给他,照样也能过上幸福的生活!

柳慧媛这回把她爸的话听心里去了,懂她爸的想法啦。她说,我这个对象,我认为他应该是个争气的男青年。这些年,他一直在温州的一家鞋厂打工,他的车包技术过硬,老板很看重、很欣赏。前两年他在针车车间当管理,现在已经给正式提拔为车间主任了。他不止一次跟我说过,他不会这样长久地给人家打工的,等将来手里有了积蓄,条件具备了,他也回来在老家开个鞋厂,甩开劲自己干。他现在过得都很俭省,一分钱都不肯乱花。

柳西周脸上露出了笑容说道,我就说嘛,选对人才是最重要的。既然他有这样的创业愿望,我还是原来那个主张,咱家不跟他要一分钱的彩礼,我这个意见是无比正确的,好钢用在刀刃上。你们结婚不搞铺张浪费,把钱都俭省下来用到正地方。你没嫁给他之前就这样做,等于是在支持他,他对你这样好品性的姑娘自然也会更珍重的。你们两个互相理解,共同追求,这才是最完美的婚姻。

柳惠媛一下想通了,拧过这个弯儿来了,思想包袱便跟着也放下来了。她对她爸承认道,我是有世俗的想法,我主要是看你把自己的工资都资助了贫困村民,家里只靠我妈种地挣钱养家,钱不够花。我想趁我出嫁跟男方家要笔钱好接济家里,让妈和你在生活上能过得好点儿。既然你这样要求,这笔彩礼钱我就不要了。

男方已经做好了准备,用二十万给儿子建座楼房,拿出十几万用于给女方的彩礼。因为在当地,谁家男孩娶媳妇都得这么多钱,他家也免不了这个俗呀!可没有想到的是,女方不但不要求男方建楼房,竟然连彩礼钱也不要了,要男方把这些钱都节省下来,以后创业好派大用场。

在当今大行彩礼之风,而且越行越重的情况下,身为村干部的柳西周,敢于打破传统,打破世俗,挺身站出来,去跟不良社会风气做斗争,充分体现了柳西周高贵的品德和思想风范。

三十七

　　柳西周尽管只是一位身处基层的村干部,可他当干部这么多年来一直严格要求自己,从不违犯党规党纪,具备了一个优秀党员应有的品质。
　　对女儿柳惠媛来说,他是父亲。在女儿出嫁前,他要求她不要彩礼;对于父亲柳怀荣来说,他又是儿子,家里有些事情,他又是怎么做的呢?
　　柳怀荣的妻子十几年前死于一场急病。那个时候,柳怀荣只给他家大儿子柳西周成了家,剩下的两个儿子和一个女儿年龄还小,只能依靠父亲养活。柳怀荣是又当爹又当妈,还担任着村里的会计。他里也忙,外也忙,为村里、为家里操碎了心。无论生活过得多艰难,他都咬牙顶着,总算一天天地把几个孩子都养大成人了。他在临泉一个朋友的帮助下,把二儿子送到临泉给人开车。跟着,他又给二儿子娶了媳妇,让二儿子成了家。女儿后来也嫁了人,有了自己的孩子。只有三儿子,为人太老实,性格又软弱,一直待在老家干农活。媒人先后给他介绍了好几位姑娘,可他跟人家一见面脸就羞得通红,都不知道第一句话该咋样说,婚事总谈不成,一直搁着。后来,通过柳怀荣在阜阳认识的一个熟人,又让他去阜阳打工,他在那里遇到了一位心地善良的姑娘,她爱上了他的忠厚、可靠和能干,心甘情愿地嫁给了他。这才算去了柳怀荣的最后一块心病。
　　柳怀荣看着几个孩子都成了家,一个个像鸟儿一样都飞走了。他过了六十岁之后,也从村干部的位置上退了下来,家里只剩下他一个老人,守着三间空房子。
　　现在,轮到他的大儿子柳西周天天东一趟西一趟地为这家、那家操劳。不过,大儿子对他也是有孝心的,常忙中抽闲过来看他,陪他说一说话。父子二人坐到一起,说社会发展形势,讲农村政策走向,谈村里近日发生的大小事……柳怀荣对大儿子跟他说的这些话很感兴趣,也很乐意听。

邻居柳德才跟柳怀荣在年龄上也差不多大,他的两个儿子全家都去了城里打工,只留他一个老人在家留守,心里难免孤独,就习惯了上柳怀荣家串门。两个老人坐在一起,说东道西,也算有个伴。

有一天,柳西周赶来看望父亲,刚一坐下,就有人打电话找他,柳西周便站起身急匆匆地离开了。

柳德才看着柳西周远去的背影,就对柳怀荣说,你这个大儿子,为东家操心,为西家忙碌,他把村里好多有困难的村民都放在心上。我不得不说,他是个很好的干部啊!可我有一点不明白,你老说他有孝心,他为啥不把你居住的这个破房子放在心上?我不信他的眼睛没看见,怎么从来一句也不提?

柳怀荣笑了笑,连忙替自家大儿子打圆场说,当村干部的,就应该这样有公心。村里别人家有困难,就应该去照顾人家,这是对的。我房子破旧,他放到后边去考虑,这也是应当的,我抱怨他啥?

柳德才心里却憋不住。有一次,他在路上碰见了柳西周,就对他说,为了你们,你爹过去都操的啥心?他生养你们,把你们辛辛苦苦养大,给你们成家,他又图个啥?

柳西周抬头看着柳德才,问道,德叔,你这话啥意思?我哪地方待我父亲不好啦?我父亲跟你说我什么啦?

柳德才非常不满地说,你爹倒没说你啥,是我看着情理上过不去。你爹住的那房子东屋已经裂了个大缝子,我不信你没看见!晴天还没大要紧,要赶上下雨天,万一倒塌了,砸到你父亲怎么办?你是他大儿子,村里你也管着事,你能给人家上镇里报危房,就不能为你父亲也向上报个危房?别说我把话说得难听,你早没了娘,难道还想没有爹吗?

柳西周让柳德才老人说得满脸通红,可有些话,他不能跟柳德才说。他只好告诉柳德才说,我知道你这是好心好意,谢谢,你这话我记下了。

接下来,他并没有去镇里给父亲报危房,而是去买砖,还请来几个村民,由他出工钱,把他父亲老房子的东山墙整修一番。他对父亲说,爹,你这房子虽旧,但整个墙体没啥大问题。我知道这东山墙为啥下陷,主要是过去墙角有棵椿树,后来挖走了,当时土也太松了,夯也没能夯实,时间长了墙角就走形了。不过,这没大碍,修过之后,住还是能住的。

这样又过了两年,墙体是不裂缝了,房盖却破损严重,下小雨还没什么,下大暴雨,屋里就到处漏雨了。

有一天,柳德才正在柳怀荣家串门,忽然遇到狂风暴雨,柳德才就帮着柳怀荣用盆盆罐罐去接水。可破漏的地方太多,雨又下得很猛,一时间,整个屋里好几处都在噼噼啪啪地漏。桌子上、床上,很快都被漏湿了,地上也到处流淌着明晃晃的水。

柳德才当时就打抱不平说,咱村那些低保户、贫困户,不过就是一般农户,镇里都给资助进行危房改造了。我就不信,你本身就是老村干部,你儿子现在又当着村干部,无论为公为私,他也应该去镇里上报啊!不管怎么,你这样的漏雨房也符合危房改造条件,轮也应该轮到你啦!

柳怀荣看着屋里几处漏水,盆盆罐罐都用上,也顾不过来,尤其是床上的衣、被都打湿了,这让他心里感到很难受。加上柳德才又这般一煽呼,他心里真就动了气。他把接水盆朝地上一丢,也不管它了。他生气地说,这雨我接不住,索性就不接它了。等柳西周来了,我让他亲眼看看,我这房子是住人,还是养鱼!我就看他该给我咋办!

柳怀荣这话音刚落,柳西周就冒着雨急匆匆地打外边赶了过来。他一进门就忙问,这么大的雨,你不要紧吧?

此时此刻,柳怀荣看见他大儿子,顿时气不打一处来。他很不满地向柳西周瞪了一眼,满腔怒火地说,谁知道?你问谁?你眼又不瞎,自己看不到?他用手指着几处正急漏的地方,胸脯一起一伏着。又说,我真想不通,我的房子都坏成这样子了,你咋就没放在你心上呢?咋说我也是当过数年村干部的人,没有功劳,也有苦劳吧!你给别人申报,为啥不给我向上申报?

柳西周让父亲责怪得满面羞愧,他只好忍受着,对父亲解释说,你这房子……我不是当着村干部吗?!

父亲越发不能容忍,用手指着柳西周说,你给我闭嘴,要不是你当这个村干部,我告诉你说,我的房子早改建了!你当村干部,我就该被活活砸死吗?你不管我的事,我也不用你管。回头我直接上镇里找书记和镇长去,我就去当面问问,人家的危房可改造,我的危房怎么就轮不到?难道你们就看着我被活活砸死吗?我看书记和镇长怎么说!老人浑身发抖,嘴唇直哆嗦,还把一个接水的碗摔碎在了地上!

尽管如此,等事情过后,柳西周还是没有去镇里给父亲进行危房申报。他自己买来牛毛毡,还有竹竿和瓦,又找村民帮着,把父亲的房屋顶盖整修一番,让父亲继续居住。

当父亲心情好转时,他主动找到父亲,再次向父亲耐心解释说,我不是没想到你,也不是故意不给你申报。主要是村里还有不少农户的危房正在向镇里申请改造,咱总得先为村里那些正处在贫困中的村民着想吧?

父亲只是一言不发地听着,把脸扭向了一边!

过了两天,柳西周又找到父亲,继续跟他进行思想碰撞,进行感情交流。他说,难道当初不是爷爷和你把我推到这个位置上的吗?你不是亲口跟我说有啥事都要先想到群众吗?怎么,你说过的话还会忘记吗?你不当干部了,人退下来了,难道思想也跟着退了吗?我不相信,当过村干部的你,思想认识和觉悟不比一般群众高?我今天也跟你说实话,不管你的危房多符合条件,我的观点是,我们再怎么样都不该向政府伸手,去给政府增加困难。再者说,身为村干部的家属,还去向镇里申请危房改造,这让村民咋看?又该咋想?又会在村民中间产生怎样不好的影响?村干部就是村民的当家人、领头雁,我要是还去给你申请危房补助,我这个当家人就不要去当了,也没有脸再当啊!

一席直抒胸臆的心里话让父亲转变了思想。他站起身,当着大儿子的面说,西周,我脑子一时走进了死胡同,是我没想开,是我错了,今后我再也不拖你后腿啦!

柳西周看着头发全白、脸上布满皱纹的父亲,心潮阵阵涌动。他喊叫了一嗓子,爹啊!泪水跟着便盈满眼眶!

三十八

　　草木茂盛、落英缤纷的暮春时节,杨絮开始漫天飘飞。这几年,淮土乡村因大面积地栽种速生杨树,每到春暮,到处都飘满了杨絮。人们走在路上,不经意间头上、脸上、眉毛上都会粘得毛茸茸的,弄得人很不舒服。什么东西都不能过多,杨絮也一样。少时是景,多时就成祸了。据说,淮土平原近几年,暮春至初夏这段时间所发生的火灾,百分之八十都是因杨絮大量飘落而引起的。

　　茶棚村村民柳洪俊,在自家院子里就栽了好几棵又高又大的白杨树,他家最近发生的一场火灾就是因电线老化造成短路,引燃了落满杨絮的电线而引发的。

　　柳洪俊和他的老伴都已年迈,大儿子和大儿媳都去了外地打工,家里只留下他们老两口守家看门。那天上午吃过饭,柳洪俊感觉有些犯困,就上屋里睡觉去了,老伴在院子里收被子和衣裳,干一些家务。

　　当老眼昏花的老伴发觉起火时,堂屋里早已是浓烟滚滚,烟雾弥漫到了屋里院外。她一下给吓坏了,怀里的被子也抱不紧了,掉落在了地上。她跌跌撞撞地跑向院外,大声呼喊,快来人呀,俺家着火啦!

　　惊慌失措的她忽然想起丈夫还在堂屋的床上睡着,又急急忙忙回头向院里跑,不顾一切地朝屋里扑,口里喊叫着,老头子,你醒了吗?你赶快出来呀!

　　她一句话还没喊完,屋里乱窜的烟雾就呛了她的嗓子。她看不到床,也看不见人,磕磕绊绊地还没向里走多远就跌坐在了地上。

　　这时,柳洪俊已经不在床上了,他让浓烟给熏醒了,因心里慌乱跌翻在了床下。他也不知道哪儿是门，怎么也摸不出去。只有床这里大火暂时还没蔓延过来，他也不敢乱动了，只好趴在床下。

这天下午，柳西周正领着两位村民代表在一个贫困户家中，对他们的家庭情况进行摸排登记。他先是闻到了空气中散发出的焦煳味，立刻感觉到情况不对，就赶紧中断手头的工作跑出来查看情况。附近很平静，没发现任何异常。他忙侧耳细听，果然听到了稍远处传来的惊慌的呼喊声。他迅速做出了判断，村里有人家发生了火灾。他转回头领上那两位村民代表，向着声音传过来的方向奔去。

半道上，他看见不远处的另一条村路上有一个女人在向东跑，一时没看清是谁。他急忙加快速度追上去，才发现原来是村里柳西华的老婆芳芳妈。从她口中得知，是村里柳洪俊家发生了火灾。他确切判定了火情后，立马掏出了手机，拨打了火警电话119。然后，他领着那两位村民代表，一路飞奔着向东跑去。

他跑到村庄中间时，就看见柳洪俊家院里院外都是人，院子上空浓烟滚滚，他便以更快的速度冲了过去。

柳西周跑到现场，第一句话问的就是，屋里有没有人？

有村民就告诉他说，柳洪俊夫妻两个都没看见，很有可能都在里面。

这时候，柳西周看见柳洪俊家堂屋东边的窗玻璃打开了，可西边的窗户还紧紧关闭着。他顺手拿起一把钉耙，冲过去就把西边的窗户砸烂了。只见乌黑的浓烟滚动着，从窗户里边向外猛烈地上蹿着，涌了出来！

紧接着，他扔下钉耙冲向了门口，从一个中年妇女手中接过一桶水，便向着屋内熊熊燃烧的大火泼去。才倒过头一桶，他就发现提运水有些跟不上，就扭头向一位提水的村民问道，怎么这么慢？

那位村民忙告诉他说，没踩脚蹬。

他顺手拿起钉耙，跑向屋后的沟塘一查看，果然三处提水的沟坡只有一处是原先下沟塘用的，上下都有踩脚蹬，另外两处临时下沟塘的地方是新开辟的，没有踩脚蹬，且沟坡陡。人上人下为了避免跌倒，必须小心翼翼，这无形之中就减慢了提水速度。他跑过去抡起钉耙就奋力扒起踩脚蹬来，同时要另一位身体强壮的村民也去找钉耙，赶紧去扒另一处的踩脚蹬。

他从沟塘边再返回来，看见火场的人慌作一团，场面有些混乱。他就移步上前，面色沉着，坚定有力地大声喊，凡是党员、村民代表都跟我站出来，我们组成第一梯队，大家都跟我上、往前冲，把不怕死的精神拿出来。凡柳洪俊近门的亲戚和其他身体强壮的村民，你们组成第二梯队，去负责提水、运水。我们大家总的任务，就是不惜一切代价先把人救出来，把大火扑灭！

有了柳西周这个总指挥，大家立刻就有了主心骨，一切全听他指挥。经过他这样一调整和分工，救火力量加强了，速度也加快了。

接下来，柳西周就冲在最靠前的位置救火。尽管整个救火场面十分紧张，可柳西周的头脑是冷静的，思路是明确的。他心中唯一一个强烈的愿望，那就是救人。他接过村民传递过来的一桶桶水，攒足劲朝火势凶猛的火头上泼去。因他离明火距离太近，刚压下去的火头忽然又蹿跃起来，他的头没有及时向后躲闪，凶猛的火舌舔了一下，把他的头发烧焦了一大片，可他没有丝毫后退的意思。经过一段时间连续的集中泼水，总算把最强势的火头压了下去。他接着让人递过来一些旧衣，然后摁进水桶里浸湿了水，又用另一桶水把自己全身浇湿。接着，他就对身边紧跟着的一位中年党员说，你接替我扑火、指挥，我冲进去救人！

那位党员忙说，还是你来指挥，你很重要！冲进去救人的活还是让我去吧！

柳西周用大义凛然又不容争辩的口气说，少废话，听我的！关键时刻，你要绝对服从命令。如果我进去没有把人救出来，你再接替我进去施救！他这么说过，便冲进了火海！

屋里烟气太浓，熏得他根本睁不开眼睛，他只好用脚蹬着朝屋里走。幸好柳洪俊老伴就在屋门口不远处，他看到老人，便立刻弯下身去，把老人抱起来背在身上，迅速救了出来。

柳西周放下老人，跟着又给自己浇了一桶水，再次勇敢地冲进了浓烟翻滚的屋内。毕竟是人工提水救火，扑下去的火头是有限的。由于柳洪俊的位置靠里，柳西周向里没走多远，就感受到熊熊燃烧着的大火的直接威胁。

此刻,他想,要救人,就不能有任何退缩,必须要敢于接受挑战,向大火形成的这道火墙猛冲过去。柳西周把牙一咬,心一横,他一边用手中的湿衣裳扑着火,一边伺机朝里猛地一冲。他人算是从火墙中成功穿越了,可他的额头、面颊、嘴巴都好像被利刃刮到了一般。还有他的腰部以及身体的前后部位,因为向上鱼跃的姿势,衣裳被撕了一道缝,都让旺势的火苗立刻沿衣缝炙烤着他的身体。这时候的他,心里只有一个念头,那就是尽快找到处在万分危难之中的柳洪俊老人,然后不惜一切代价把他给救出来。至于自己脸上和身上的疼痛,他全然不顾了。

柳西周紧接着便把身子就地向前一滚,到了床边。他的一只脚碰到了床下的柳洪俊,就急忙弯下腰去,伸出两手抓住了老人的前身,用力把他拽坐了起来。由于受火的烧烤,加上浓烟的熏呛,柳西周已四肢无力。他搂住老人的上身连抱了两下,结果都没能抱起来。不过,他的头脑仍是清醒的。他知道,他和柳洪俊在这里一分钟都不能多待。他要经受住烈火的严峻考验,一定要战胜烈火。正是救人于危难的强烈信念给了他极大的力量,加上他顽强的意志力,他终于把柳洪俊老人成功地从地上给抱了起来。

就在这个万分危急的时刻,外边村民们的救火行动也有了实质性的突破,刚才柳西周穿越的那道火墙已经被扑灭了。这样,柳西周抱着柳洪俊老人就从浓烟滚滚的屋里成功跑了出来。

过去战争年代,我们党有无数革命先烈赴汤蹈火,在炮火硝烟中锻炼成长。如今,尽管是和平年代,当群众的生命和财产受到威胁时,柳西周作为一名党员,一位村干部,仍然勇敢地投身于熊熊燃烧的火场之中,经受住了火场的考验,经受住了生死的考验!

柳西周连着两次冲进火场救人,茶棚村的众多村民都在现场,大家都亲眼看见了。可以说,在他心中,村民的生命比他的生命还要重要。通过这次大火中救人的事情,他用自己的实际行动让村民看到了自己那颗无畏的、善良的心!

像柳西周这样拥有无私品格的村干部,他连死都不怕,工作中的困难,还有什么不能战胜?柳西周从来都是意志坚强的、无所畏惧的!

柳西周就是时代先锋,村民们又从他身上获得了强大的力量。茶棚村的广大村民能有这样的一位当家人,有这样的一只领头雁,带领着他们团结一心,扑下身子扎扎实实地干,不久的将来,他们一定会战胜贫困,摆脱贫困。他们一定能让茶棚村发生崭新的变化,一定能走向富裕、美好的生活!

三十九

茶棚村和扎扒集是位于代桥镇一南一北的行政村两个村境内都有古街,都地处代桥镇的边缘,相对都很闭塞、落后。尽管扎扒集比起茶棚村更靠近泉河岸边,但距离上要比茶棚村离代桥镇更近。所以自从"村村通"工程加大力度之后,代桥镇通往扎扒集的道路已经修通了两条,东边及西边各一条,都紧靠着代桥镇。茶棚村从地理位置上也处在泉河岸边,可从代桥镇通往茶棚村的主干道路只有一条,而且茶棚村是距离代桥镇最偏远的一个村。

在代桥镇推进"美丽乡村"建设工程当中,茶棚村与扎扒集都在积极地申请争取。代桥镇党委和政府通过综合考察和分析,进行了全盘论证之后,还是觉得扎扒集地理位置相对占优势。虽说这两个行政村都被列为镇里的重点发展对象,都被列为"美丽乡村"建设工程的重点实施村,可结果还是把扎扒集排在了前边。扎扒集2017年就着手开始建设,而茶棚村被排到2018年才开始着手建设。

在偏远、落后的茶棚村实施"美丽乡村"建设,对于改变茶棚村的落后面貌、改变茶棚村的整体形象、促进茶棚村的经济发展意义重大。这个工程项目主要是由柳西周积极主动地争取过来的,所以这项工作理所应当由柳西周负责分管,柳西周也就成了这项工程的总指挥。

时间进入2018年,柳西周的工作量变得相当大,也相当繁重。不过,柳西周这个负重前行的黄牛总有那种拼命的苦干精神。他每天都在不辞辛劳地操心、忙碌。这么多年他一直处在这种紧张状态之中,早就习以为常了。柳西周认为他给茶棚村争取到这项工程,是一件意义深远的大好事,他打心里是快乐的、舒畅的,再苦再累他心里也是甜的、美的,他并不觉得苦,也从未感觉到累。

柳西周就像打满气的皮球,每天都精神焕发,干劲十足。尽管他前一天晚上熬到深夜,第二天一大早,天刚刚亮,他还是一骨碌爬了起来。简单地洗漱过后,他就开始出发了,又投入新的一天工作之中。

这天,天刚有点亮,他就骑着他那辆常年陪伴在身边的电瓶车打家里出来,提前去村里上班了。这天早晨雾特别浓,就在他骑到离村部还有十来丈远的地方时,迎面突然开过来一辆面包车。因大雾遮挡,车灯照得不远,柳西周人已经来到车前了,开车的人却还没有看见他。柳西周躲让太急,车头转弯角度太大,结果一下重重地摔趴在路边坚硬的水泥路上了。柳西周只感到左半边身子一阵剧烈地疼痛,一时连气也喘不上来了,整个人几乎都要疼昏过去。

他在地上躺了好大一会儿,等这阵剧烈的疼痛过去了,他才试着用双手撑地坐起。他感觉自己的左胳膊不听使唤了,他看了下自己的掌心,发现掌心擦破了,鲜血直往外冒。他只好用右边的身子拄着地,挣扎着慢慢站了起来。他刚一移步,就感觉左胳膊又开始剧烈地疼痛起来,他意识到自己的左胳膊应该是摔坏了。

柳西周觉得自己这样肯定没法去村部了,他就用右手勉强把电瓶车掉过头,单手骑着返回家去。从村部到家里也不过半公里,却把他疼得全身上下都被汗水浸湿了。

床上的刘凤英被丈夫叫醒了,眼前的一幕让她不由得大吃一惊。她面前的柳西周衣衫不整,脸上都是汗,头发也是湿漉漉的,一只胳膊无力地朝下垂着!

她赶忙穿衣下床,走到丈夫身边,连声心疼地问,你怎么这样狼狈?你这是咋啦?

柳西周只好苦笑着告诉妻子,外边雾太大了,我躲车躲得摔倒了,我觉得好像摔到左胳膊了。他这么说过,然后又故意轻描淡写地解释说,不是人家车碰的,是我自己摔的,你不用担心,我觉得应该不会有什么大碍。

刘凤英可不相信,她逼着柳西周把摔着的那只左胳膊让她查看。当她看见柳西周的左胳膊红肿得很厉害时,她的泪水就忍不住流了下来。她说,都是因为你每天早晨起来那么早,要是等天完全亮了再出门,也不会这样。她一边这么埋怨着,一边用手轻轻地在他的摔肿处按着,担心地说,明明都摔成这个样了,里边的骨头就算没断,也得裂了,还说不严重。我这就打柳云峰的电话,让他开着柳西红的面包车把你拉到太和中医院,赶紧去看看。

柳西周动一下就感觉到钻心般地疼,他也认为是动了骨头,不然,不该是这个疼法。看来不去医院是不行了,他就同意了,并且催促道,要打电话,你就赶紧打吧!

刘凤英打通柳云峰的电话后,没多大会儿柳云峰就开着柳西红的面包车过来了。上车时,柳西周因疼痛左半边身子很僵硬,上车都费劲,在柳云峰的帮助下才坐到车上的。

柳西周来到太和中医院,经过挂号、拍片、骨科医生告诉他说,你这不是骨折,是胳膊肘脱臼,骨膜受到了损伤,这也很严重呀!必须立即进行复位,打石膏固定下来。

可按医院要求,正常复位不给打麻药。主治医生嘱咐他,你可要做好心理准备,要强忍着,不要喊疼,一定要跟我们医生配合好。

柳西周故作轻松地说,你放心好了,胳膊离心远着哩!你们尽管治好了,我不怕,我能忍受得了。

可真到去复位了,由于柳西周受伤的部位充血肿胀,医生刚伸手抓住他的胳膊轻轻一扳,他就疼得浑身发抖,冷汗珠子直冒。可他表现得意志坚强,仍笑着鼓励医生说,抓紧时间给我治,我闭上眼睛,没事儿的,我完全能挺得住,你们用不着担心,尽管治好了!

医生见他毫不畏惧,就放开了胆。两人按住他的身子,另两人给他进行复位。整个复位过程柳西周都紧咬牙关,一声也不吭,让复位进行得很顺利。

医生长松了一口气,不由得夸赞柳西周说,好样的,是个男子汉!

打好石膏,绑带也缠好了,医生告诉他,你这种情况,至少要在我们这里住院三天,打点滴进行消炎。

柳西周一听心里就急了。他只想着赶紧返回去,"美丽乡村"建设工程刚启动,其他方面还有一大堆工作,哪里能离得开他呢?他见主治医生要他住院打点滴,就忙笑着对医生说,不就是个脱臼吗?复位好就没事了,回家让它自己慢慢消肿吧!过段时间,它自己就会好的。我回家还有重要的急事,必须亲自去办,医院是住不了的。请你给我多开些药吧,我现在就要立即返回呀!

主治医生对他的做法很不能理解,也不认同,提醒他说,你的胳膊刚复位好,又肿胀得这么严重,本身就不能乱动,必须静下休息。你要是这样就走了,一不小心再碰到,那可就前功尽弃啦!你要受二茬罪不说,万一有啥其他麻烦那就更不好啦!

可柳西周对主治医生说的话听不进去,他丝毫也不改变,仍坚持自己的决定。他说,没事,我回去坚持吃消炎药,注意不碰伤胳膊。我的身体很壮实,我相信过了不多久就会好的。

主治医生见他执意要走,态度很坚决,也没办法了,只好无奈地摇摇头,答应了他。

柳西周刚回到家,立刻又投入工作之中。前一天刚摔坏胳膊,第二天上午他吊着绷带照常去镇里参加会议了。

镇党委书记汪向阳见他胸前吊着绷带,吓了一跳,关心地问他,你这是怎么啦?

柳西周便告知了事情的经过,接着又说,已经上太和中医院看过了,没什么大碍,不耽误工作的。

汪书记听了关心地说,身体要紧,你刚摔伤,还是应该休息几天。你可以向镇里请假,我批准你。

柳西周立刻说,汪书记,我没有隐瞒,我这真没大要紧。你也知道,如今我们村里"美丽乡村"建设工程有多么重要,还有其他工作样样都很重要。我是茶棚村的骨干,哪里能躺那儿休息呢?你又不是不知道我是啥样的性格,你就是用根绳子拴也拴不住啊。

柳西周的这一番心里话，不仅让汪书记动容了，连在场的其他村干部也被打动了。

上午散会后，一位跟柳西周私交不错的村干部特意对柳西周说，汪书记主动提出给你假，你不该拒绝。老话说，伤筋动骨一百天。你胳膊摔伤这事不算小，不像你口中说的没事，万一有事就晚了。你不能这样掉以轻心，把它当成儿戏。工作重要，身体也重要，该休息时还是要去休息的。这几天你有伤不去工作，谁也不会说你啥的。

柳西周只好摊开来，跟这位村干部说，咱们当干部的，首先就是要有紧迫感，没有一种时不我待的紧迫感那是不行的。尽管你我都是基层干部，虽不算多大个官，可干工作也必须忠于职守。你也知道，下边一天该有多少村民找我，你这事他那事，一天也离不了是不是？我们茶棚村今年又是"美丽乡村"建设的推进年，整个重担都压在我身上，我不抓紧拼命干不行啊！我知道你提醒我是好意，我领你的情，可这假我还是不能请，只能轻伤不下火线啦。

那位村干部不由得被柳西周这种无私实干的精神折服了，他感叹道，像你这样的村干部不是太多，而是太少了！要是我们的村干部都像你这样，那我们农村不管多贫穷、多落后，一定都会大变样，都会充满希望！

四十

　　在柳西周的心目中,茶棚村"美丽乡村"建设工程关系到茶棚村的整体形象和面貌,关系到茶棚村的整体发展,对于他们茶棚村来说,这是最重要的一件事情。他当然也把这件事排在自己工作的首位,当成头等大事。他打镇里开完会回来的第二天,就立刻全身心地投入这项重大工程的具体规划中去。

　　孙敏刚上班,打外边走进来,见柳西周一只胳膊吊着,一只手里拿着笔,趴在桌上很用心地在写着什么。她对他是又敬重又心疼,便拿起他的茶杯,静悄悄地去倒茶水。柳西周发现了,不让她倒,告诉她说,不用麻烦你,我刚来,还不渴,等我渴时我自己去倒。

　　孙敏便说,你一只手不方便,我先给你倒杯水,你早点喝了就不会渴了。

　　柳西周只好点头,接着又安排孙敏说,我今天全力以赴就忙这个工程实施方案制订的事,有人来找我的话,如果是没有必须要我亲自出面的事,你和老支书就替我办,不要打扰我。

　　孙敏便答应说,好,我记下啦。

　　柳西周整个上午都趴在那儿,吊着一只胳膊紧张地工作。一直到上午下班,他也没动过窝儿。

　　孙敏在办公室多等了他半个小时,见他仍趴在那里,手里用笔还在一刻不停地写,没有半点下班的意思。孙敏实在忍不住了,就走过去问道,西周大哥,你还不下班吃饭吗?

　　柳西周这才抬起头,微笑着说,你嫂子又不在家,我一只手做饭又费劲,我就在办公室用开水泡面将就一下算啦。

孙敏很不赞同,她说,光吃泡面哪儿行?你工作量那么大,时间长了会把身体弄坏的。我跟你到集上的西锦酒楼吃碗肉丝面去。

柳西周抬头看了眼墙上的挂钟,然后说,那不得来来回回跑,我哪有这时间?要去你去吧,我顾不得去。

孙敏见他不答应,只好改口说,那这样,你真不去的话,我给你买一碗送过来。

柳西周这下答应了,他掏钱,孙敏连忙拒绝说,不就是一碗面吗,不用你的钱。

柳西周执意不肯,他说,你的工资也不高,我怎么能让你花钱呢?你不要的话我就不要你买了,干脆还是吃泡面吧。

孙敏知道柳西周的性格,他怎么说就怎么做,拧着来不行,只好退让说,那好吧,你给我钱吧。

柳西周大口吃着孙敏买回来的肉丝面,用筷子朝下一抄,竟然打碗底露出了两个荷包蛋。他不由得抬头问孙敏,不是肉丝面吗?这是怎么回事呀?

孙敏忙抬头一看,也觉得有些奇怪,不过她很快就转过弯儿来了。她说,这八成是柳西锦特别给你加的营养餐。他知道你工作十分辛苦,嫂子又不在家,想让你吃好点呗!

柳西周认同孙敏这个说法,他觉得心里暖融融的,很感动,情不自禁地说,多好的村民啊,如果我们不加倍好好工作,也对不起热爱我们的村民啊!

孙敏接话说,是啊,我还没走上这个岗位之前嫌村干部工资低,不想吃这个亏;自从走上这个工作岗位,跟村民经常接触,村民见了我都亲热得不行,让我一下感觉到了自己的价值,懂得了应该怎么做人。现在,我心里只想着为他们多做工作,吃苦受累也甘心啦!

两人这样说了一会儿话,孙敏就回到她的办公室去了。柳西周吃过午饭,把筷子一放,又紧接着投入自己的工作中,中间也没缓一口气。直到天黑了,他才拖着疲累的身子从办公室走出来,单手骑着电瓶车回家了。

就这样,柳西周连续用了三天时间把工程的实施方案初步起草好了。然后他又赶紧送到镇里,给主要领导过目,进行进一步评估和论证。等修改意见提出来后,柳西周把实施方案拿回来,村两委又召开了专门会议,进行了再次补充、修改和完善。一致通过后,村里把实施方案打印出来,复印了一千份,散发到每家每户村民手里。最后又召开全体村民大会,让村民在会上发表意见,再次进行了修改。经过反复修订之后,正式的实施方案稿才算出来,再一次被送到了镇里。获得镇里的复审批准之后,茶棚村"美丽乡村"建设工程的实施方案才正式确定下来。

柳西周心里明白,真正的工作难点不是落到纸上的方案,而是怎样把纸面上的规划在实际工作中顺利地推进,并把它变为现实。

按照规划的实施步骤,第一件事就是要把茶棚村原本栽的白杨树、椿树、楝树等其他所有杂树一棵都不留地拔除了,换栽新的景观树。

不管是少部分留在家里的年轻人,还是在外地打工的年轻人,大多数人都把这项重大工程当成是件大好事,都能想得通。有个别想不通的,劝说几句也很快就转变过来了,大家都愿意配合,都表示支持。

关键就是那些留守在家的老年人,还有一部分中年人,他们的传统思想和守旧观念严重,心里有些想不通。他们对那些椿树、楝树等杂树倒也不心疼,主要就是对那些已经长得几抱粗的速生杨很不舍得,不同意砍去。他们大致的理由是:自己的年纪越来越大了,人也越来越衰老不中用了,没有能力挣钱了,将来光伸手向儿女要钱也不那么好要。如果要不到手,还丢了老脸。白家房宅周围长有白杨树,到老了需要用钱时,砍一棵卖掉,手里也就有钱了,还能靠白杨树防老。要是眼下给伐去了,换栽成那些好看不中用的景观树,达不到防老的目的。

柳西周通过调查,初步掌握了他们内心的真实想法和顾虑。柳西周就把这些老年人召集到了一起,给他们召开思想动员会。柳西周在会上是这样进行劝解的,他说,各位大爷大伯、大婶大娘,你们的心情,还有你们的担忧,我都能理解。不过呢,你们的思想有些跟不上时代的发展,你们的眼里只看到了自身,看得太近也太低。你们要抬头向远看,向远想。我们的国家如今一年比一年富有,一年比一年强大,你们今后老了,根本不用指望那几棵白杨树,你们要相信,国家有能力把你们的衣食住行都办好,让你们将来都能安度晚年。远的咱先不说,就拿我负责的扶贫工作来说,我所负责的三十二户中凡达到低保条件的,是不是镇里都给办了低保?凡有危房需要改造的,是不是政府都有两万元的资金扶助?我们的乡村公路已经修通了,也跟外界连接上了。下一步我们再把"美丽乡村"如愿建成,让我们茶棚村有个崭新的形象,我们就可以搞旅游开发,吸引外地那些有钱人到咱们这里投资,带动我们当地的发展。不久的将来,我们茶棚村彻底摆脱贫穷了,家家户户都有钱了,你们还用得着担忧年老时没人养吗?到那时天天过着幸福、美好的日子,心里还不欢喜,还不偷着乐吗?

村里的这些老人听了柳西周这样的劝解,大多数人都感到踏实了,心里都透亮了,不再当"美丽乡村"建设的拦路石了。在他们眼中,无论遇到什么困难,柳西周都会跑着帮忙解决,柳西周也着实是一个把他们放在心里边的好孩子。如今柳西周负责的"美丽乡村"建设工作,既然是为他们好的事情,他们就应该大力支持,这才是正理呀。于是他们便纷纷表态说,那些杨树,你说碍事需要伐掉,该伐你只管伐吧,我们再也不说二话。

当然,柳西周这村干部当得再好也不可能只开一次会就把所有村民的思想都做通了。

用柳西周的话说,就算有个别想不通的村民也没事,他就继续骑着他的电瓶车,一只手扶着车把,在村里来来回回地跑,一家一家去单独进行劝说。一趟不行,就两趟。他有这样的耐心,连跑三趟五趟之后,他手里的那把"钥匙"还是成功地把那些村民的心结给一一打开了。

四十一

　　茶棚村路两边的白杨树等各种杂树被清除之后,村里的几纵几横全部栽上了景观树,第一步工作到此就算告一段落了。

　　紧接着,柳西周又把第二步工作继续向前推进。按照实施方案,接下来就是要在村里兴建文化广场,这也是"美丽乡村"建设工程的重要的一环。对于几十年坚持在乡村工作的柳西周来说,他对乡村的文化发展认识深刻。他觉得农民脱贫不应该只在物质上,精神上的贫乏远比物质上的贫穷更为严重。像他们落后地区的农民,更为贫乏的是在精神上。这些年来,农村工作的主要精力都放在了抓物质建设上,而精神上的建设却远远滞后,甚至是被忽视了。原本村里的青壮年大批地进城了,留在乡下的都是些老弱病残,走到哪里都是一种荒凉、破败的景象。本来中老年农民的文化水平就偏低,再加上农村的贫穷,基础设施缺失,农忙时,村民下地干活,到了农闲,男人无事可干,农村也不开展任何文化活动,他们只有聚到一起打麻将或者打扑克。后来,引得有些女人闲得无聊也加入了进去。农民的生活过得单调乏味,而且死气沉沉。

　　柳西周在几年前就产生过为村民建个文化活动广场的想法,苦于村里拿不出这笔钱,再加上上边也不重视这方面的工作,只能空想。

　　他心里的愿望没有变成现实,不等于说他就把这样的愿望放弃了。他始终认为,不管是乡村扶贫,还是乡村振兴,只注重经济发展这一个方面肯定是不行的。在抓经济建设的同时,更为迫切、更为重要的,更需要花大力气去抓好的是乡村的文化建设。要是不把村民的文化素质抓上去,不让村民从精神上脱贫,农村的发展方向就抓偏了。只有让农民的文化生活丰富、活跃起来,让农民有了积极向上的精神面貌,宽松、舒畅的活动环境,让村民从精神上富有起来,这才叫乡村全面发展,这才叫真正的乡村进步。如今,在他的争取下,茶棚村被确立为代桥镇"美丽乡村"建设的重点村,而文化建设又是"美丽乡村"建设的重要组成部分。有了这个条件和机会,他心中多年的愿望也就能够变成现实了。所以,不管工作当中阻力有多大,难点有多少,他都要勇敢地接受挑战,去强力推进这个项目。

项目确定了,资金到位了,柳西周也早就把建设文化广场的地点看好了。他把建设地点选在一处长满杂树的荒地上。

这处荒地之前是一处低洼地,不知是哪年因雨水多,这里积存有水,就变成了一片洼塘。当年村里进行新农村规划时,觉得这个地方不适宜建房子,也就给荒废下来了。

又过了几年,因白杨树比其他树木生长迅速,成材更快,加上当时的白杨树价格又偏贵,村民便一窝蜂地大力栽种白杨树。村民见白杨树不怕水,低洼处照样能健壮生长,于是就向村里建议在洼塘种上白杨树。村里同意把这个洼塘分给了村民,大家便栽下了一棵棵白杨树。从此,洼塘也就变成了一片白杨树林。

更具体地说,这处低洼地是属于柳东三队集体所有,后来分给了柳东三队的三十九户村民。如今,柳西周要把这处洼地上的白杨树全给伐去,用于建设村里的文化广场,一下涉及那么多村民,事情也就变得有些复杂了。特别是那些私心偏重的村民,听说是行政村里要征用,又风传上边拨下来很多钱,便想乘机捞一把。有个别村民私下说,你看现在当干部的,贪污钱财的有那么多,咱只是平头百姓,想得好处也沾不上边。如今行政村要征用咱们这片荒地,有这样的大好机会,咱们咋的也要抓住,不捞白不捞呀!

起初,柳西周挨家挨户征求这三十九户村民的意见时,大家都表示同意。后来让个别村民从中一挑拨、一煽动,当柳西周动真格的了,要采取实际行动前去伐树了,村民就纷纷上前阻拦,变卦了。有好些村民转变了想法,竟然开始漫天要价。就算不是为难柳西周,也是给村里出难题。柳西周觉得村民提出的价格跟村里的原定价格相差太大。白杨树伐不掉,显然,接下来的工作一时之间没法进行了。柳西周便采取惯常的做法,他把三十九户村民召集到一起,把问题不遮不掩地当面摊开,放在桌面上来谈,这样就让村民没了反复的机会。

会上,村民便咬住那句话,我们又没说不同意,伐白杨树可以,但必须赔偿到位。

柳西周态度也强硬了起来,他说,怎么叫赔偿到位？如今市场上白杨树价格多少钱一立方？你们又要多少钱一立方？中间差价这么大,这叫卖树吗？说白了,你们就是无理取闹,乘机宰人！

村民当中有人站出来辩解说,是的,我们提出的价位确实有些高,让村里不能接受。可问题是,我们的白杨树好好地长在那里,如果现在不伐掉,再生长个十年,白杨树又该长多大,又值多少钱？现在是村里逼着让伐,给我们造成了损失,我们当然要把这损失加在里边啦！再说,镇里那么有钱,多赔偿些也不算回事。这样,问题也能及时得到解决,工作也进展得更快,多给点也完全在情理之中。

柳西周肃然说,政府的钱也不是大风刮来的,每项工程都是经过严格把关,要进行审核的,不是想要多少就给多少,谁也没那个胆胡来！镇里有明确规定,白杨树按市场价格赔偿,再按照村民出售总额的百分比给予一定的补偿,不让村民吃亏。

一部分村民听柳西周说白杨树的补偿镇里有明确规定,他们向来也相信柳西周的话,本来也不是那种贪心重的村民,便主动转变过来,表示支持村里的工作,不给柳西周设障碍。还有一部分村民,本来是反对柳西周搞这项工作的,可他们也不想明着跟柳西周对抗。尽管他们内心里有自己的想法,但表面上还是对柳西周忍让一步,也只好跟着第一部分人随了大流。

接下来,柳西周看着村民们,连着追问,要是大家都没意见,那我明天就正式带人过来伐树了。

村民当中就有人说,伐吧,该伐只管伐好啦！

柳西周见村民们的响应还是稀稀落落的,热情不高,他们当中还是有少数村民不是真的支持,既然没有一个村民敢站出来公开表示反对,事情也就这样定下来了。

的确,这三十九户村民当中有几户是站在柳西周对立面的。他们是在茶棚村街上做生意的村民,这几家人对柳西周是有气的。他们本来属于有钱人,不符合低保条件,可通过村里的其他村干部,或镇里某个干部的关系,竟然成了低保户。按说,柳西周也是村干部,你负责你的包保户,我负责我的包保户,大家都是本乡本土的,干吗那么较真?乡下好多事不都是这样吗?什么符不符合条件,都是上边拨下来的钱,何必那么当真?给谁不是给?睁一眼闭一眼,大家相安无事不就过去了?可柳西周偏偏要秉公办事,坚持原则,跑到镇里举报去了。结果,这几家人才吃了几个月的低保就被镇里给取消掉了。

另外还有几户村民,也是打心里边对柳西周有不满的。他们在与村民的相处中产生了纠葛,仗着自己有势力,就故意欺负那些小门户的外姓村民。柳西周出面进行调解时,不向势力屈服,向着理,站到了有理的一边,给有理的一方撑腰做主,把没理的一方弄得丢了脸面。

还有几个村民托柳西周给他们办事,柳西周见这事违反政策,要是去办的话明显是犯错误,他就拒绝了。这倒让对方觉得挺爱给村民办事的柳西周他们请不动,也就打心里对他感到非常不满了。

到了第二天,柳西周领人赶去那片白杨树林要正式伐白杨树时,柳东三队的那三十九户村民却依旧不让动树。

柳西周面向着村民们质问,昨天在会上,你们不都表示同意了吗?怎么今天又变卦了?这到底是怎么回事?

村民们都把目光躲过他扭向一边,谁也不言语一声,不直接回答。

柳西周急了,他见村民们这样装哑巴,就抓住一个人叫到一边,单独催问底细。那位村民苦巴着脸,无奈之下吐露出了内情。原来是昨天村里有人传话说这白杨树林里住有"长虫精",这些白杨树都是长虫平日爬缠玩耍的好去处,所以不能动。谁要胆敢带头去动白杨树,家里一定会遭血灾,甚至是命灾!

村里也真有村民走出来给这传言证实,说有一年,他没事上这白杨树林转悠,抬头亲眼看见有几十条长虫在白杨树枝间挂得横一条、竖一条,到处都是,他给吓得拔腿就跑了。

还有一位村民说,村里的矮锤在这里挖土不是挖出了一条锄把那么粗的红花道子长虫吗?他当时就提醒矮锤说,这样粗的大红花长虫千万不能害,最好是放生。可矮锤头拧着不怕,说道,碰在我的锨下,是它自己找死。说完,矮锤伸锨就把那条大粗红花道子的长虫砍成了三截。第二年,矮锤去郑州打工,在五层的楼上干建筑活,人就打半空跌下来,给活活摔死了!

柳西周清楚地知道,村民普遍文化程度偏低,乡下人世世代代受这种封建迷信思想的影响,这些说法没有任何科学道理,纯属无稽之谈,可村民们就相信这个。柳西周很快就作出了自己的分析和判断,正是这当中少数那几户他得罪过的村民在搞鬼。他们不便自己直接露面,就不怀好意地利用这个当武器,把村民鼓动起来,给柳西周工作设障碍,跟他暗中搞对立。

柳西周对这种背后搞鬼、耍伎俩的人心里很痛恨。为了让村民们不受骗上当,他要勇敢地站出来,跟这些心怀鬼胎的人针锋相对,把骗局揭穿,把诡计识破。他顺手拿把铁铲,走到一棵白杨树跟前,声音洪亮、有力地说,什么长虫精?都是胡说八道,根本就是没影的事。长虫是土名,它的真名叫蛇,是一种爬行动物,喜欢在水中生活,有时也到岸上活动,是对人类有益的动物。田野里的长虫,喜欢捕捉庄稼地里的田鼠,是我们人类的好朋友。因为这里有大片的树林,又是洼塘,环境湿润,又相对安静,适合长虫生存,它们才选择在这里建地穴。有人会问那长虫为什么要爬到树上呢?我这里再告诉大家,因为长虫需要到树上捕食。因此,你们所看到的长虫爬树也就不足为奇了,完全属于一种自然现象。这里我多说一下,我们淮土平原上的长虫大都是无毒蛇,一般都怕人,不主动伤害人。只有山里的那些五步蛇、眼镜蛇属于毒蛇,会主动攻击人。他一口气说到这里,目光环视了一下大家,才接着说,至于咱村的矮锤,因害了条长虫出门丧了性命更是一种荒谬的说法,完全不符合逻辑。据我了解,他在楼外进行高空施工,却没有防护网,本身的安全防护没做到位,加上人在过度疲劳之中,精神也会分神。他在外墙粉刷,手向上猛地一伸,脚跟着向上一抬,身子失去了平衡才造成了他的坠落，不幸丢了生命。

柳西周把他的道理跟村民们这样说，为了证明他说的话是完全有科学依据的，他接着便抡起自己手中的铁铲子，说道，我就从不相信什么长虫精，在我眼中，这些都是平常的白杨树，没有什么不敢碰、不能动的。今天，我就带头给你们砍一棵看一下。说过，他就高高举起手中的铁铲子，把它那锋利的铲刃向着一棵粗大的白杨树砍去。

因他用力过猛，身子摆动幅度过大，没提防竟闪了还在痊愈之中的左胳膊，一下子他痛得跌在地上，脸色也顿时煞白，冷汗珠子跟着流淌了出来。

紧紧跟在他身后的柳云峰还有柳兆广两人都看见了，赶紧跑上前，把他从地上搀扶起来。这时，柳云峰实在是忍不住了，不满地对村民说，别光听人家的话，坏了自己的事！柳西周平常是个啥样的人，你们又不是不知道。他为了咱们茶棚村的"美丽乡村"建设操的啥心？他摔断胳膊的那天早晨，是我开车把他送去太和中医院的，当天去当天回。医生劝他住几天院，他都不肯住，他这又图个啥？

村民柳兆广跟着接话说，他一回来就投入了工作，天天吊着个绑带跑前跑后的。我就不信你们有眼看不见，他把一颗心捧出来给大家吃，有人还说是苦的。活人不是这么个活法，别光为自己眼前的一点利益影响了咱们整个茶棚村的发展。

那一大片村民顿时让柳云峰和柳兆广二人这番话给说得满脸羞愧，纷纷低下了头。

又过了片刻，只见村民当中走出来一位高个子村民，他大着嗓门说，柳云峰和柳兆广说得对，茶棚村的发展是天大的事，白杨树该除只管除，空地儿该腾赶紧腾，谁要在这件事上故意阻拦挡道，他不但不是茶棚村的人，他连茶棚村的一条狗都不如！

四十二

  按照茶棚村"美丽乡村"建设的总体布局,茶棚村的一个未建成的鱼塘被列为重要的在建项目,柳西周把它当成第三件要做的大事。村里的文化广场建设快结束时,他便把建设村中这个鱼塘的事提上了议事日程。
  就在这时,村里又开始传言。说是有人找风水先生专门来这鱼塘看过了,这个鱼塘不是一般的鱼塘,里面有母猪精,不要说开挖,就是一锹土都不能动。如果把鱼塘里的母猪精吓着了,它发起怒来,整个茶棚村的村民都将面临着重大的灾难,甚至会有村人遭受血灾,后果将不堪设想。
  这种传言在村民之间你传我,我传他,口口相传,竟越传越邪乎,让人听了心生恐惧。
  提起这个鱼塘,过去它只是一个很小的坡塘。20世纪90年代,因村民翻建新房,还有村里修路,都集中从这里取土,自然就把这个塘越挖越大了。后来,这个小坡塘就逐渐变成了一条大坡塘。所谓的大坡塘,也就是面积看着挺大,可塘的深度不够,仍然属于一条浅水塘。遇到持续干旱,鱼塘就见了底,变成了一个无水的干塘。
  正因为这个鱼塘不是人工特意挖成的,刚开始并没有人往里边放鱼。后来有一年连降大暴雨,鱼塘的水积得深了,就像个鱼塘的样了。村民柳西武家离这口鱼塘位置最近,这个本来就喜欢用渔网逮鱼的男人,对不少鱼的生长习性也很了解,他就乘机购买了一些鱼苗投放了进去。
  人就是这样,一个鱼塘常年闲置在那里,谁都不朝里放鱼,反正是大家的,也没人心疼,啥话也不会说。可自从村民柳西武私自放养了鱼,把鱼塘占为己有后,村人便纷纷眼红了。也是他运气好,自从他放了鱼,连着好几年鱼塘都没断水。他养鱼,不但自家常年有鱼吃,而且还能逮鱼到茶棚街上卖钱。这样一来,就让村民心里产生了不平衡,不但背后议论,甚至还有人直接找到村干部提意见,让村里出面制止柳西武放鱼,或是由村里把鱼塘收回。

村干部也找柳西武谈过这事,柳西武愤愤不平地说,我上街卖鱼人们看见了,我经济上遭受的损失他们怎么不说?我有两年放了几百元的鱼苗,当年塘水就干了,我的几百元全打了水漂!

那位村干部说,不管你怎么争辩,这鱼塘是属于集体所有,是不争的事实吧!既然是大家的鱼塘,现在由你一个人占着养鱼,这就说不过去。

柳西武继续据理力争说,赶有水时这是个鱼塘,到没有水时就是条干沟。说是鱼塘也是没修成的鱼塘。我原先没放鱼时,还不是在那里荒废着?村民反对我放养我可以不放,可我放鱼所遭受的几百元损失,谁有意见谁就包赔给我。这样的话,我马上就停止放养。

有部分村民也向柳西周反映过柳西武养鱼的问题,他也出面给柳西武和村民之间协调过这事。

柳西周跟村里有意见的村民是这样进行解释的,你们所说的这个鱼塘,其实它不能算是鱼塘,准确来说,它就是一条浅沟。柳西武在里边养鱼,也是冒着挺大的风险的。虽说浅沟是集体的,可就算他不放,不也在那白闲着吗?他放鱼苗进行饲养,也付出了很多。不管怎么说,他毕竟是茶棚村的一位村民,能通过这个鱼塘多少增加一些收入,这也是好事。为什么一定要让沟塘白白荒废着呢?为什么谁利用一下,大家就要眼发热呢?谁都不让别人有点收入,这是何苦呢?将来这个干沟正式改造成鱼塘了再说。

由于柳西武在这儿放养鱼,村里按规划要正式进行改造,他想,将来鱼塘改造好了,就收归村里所有了,他再也不可能白白放养了。因此,他就公开站出来进行反对。可他又不占理,他唯一能做的,只有在背后进行极力阻挠。

柳西周为此已经多次找柳西武单独谈过话,做他的思想工作。柳西武也不好明说什么,只是给自己找理由说,你们要是真着手改造,那鱼塘里我放养的鱼,你们要给予我一定的经济补偿。

柳西周坚决拒绝,他说,你这个要求没道理,这个鱼塘本来就是集体的,它也不算个完整的鱼塘,村里也没正式承包给你,是你私自放养占用的。退一步说,你已经放养了这么多年,村里也从没有收过你任何使用费,这本身就已经对你进行了照顾,你怎么还能要村里给你补偿呢?这绝对说不过去的,无论对谁,原则上的事情我是从来不会让步的。

村里要对鱼塘进行改造,让柳西武这样白白遭受损失,他是无论如何也不愿意的。他说,你不先把我的个人问题解决了,眼下这鱼塘你就别指望动工。

柳西周又接着两次找他谈话,他的抵触情绪反而越来越大了。他说,鱼塘是你们公家的,你们要怎么样我管不了。但鱼塘里边的鱼可是我私人放养的,你们不给我赔偿,让我这样白白遭受损失,谁说也不行,谁说我也不干!

柳西周只好耐心地对他说,你不能只盯着你那点儿鱼看,你还要从茶棚村今后的发展去着想,你一定要顾全大局啊。

柳西武立刻气冲冲地打断柳西周的话,生气地说,好话讲得那么中听,我不过是一个土老农民,又不是你们当村干部的,我顾也只顾我个人的利益,我可没有那么好的思想。

柳西周已经找柳西武谈了三次了,但柳西武一直不做退让,鱼塘这事也就迟迟没有进展。可"美丽乡村"建设工程关系重大,不允许他这样一直拖延着。柳西周心里着急得不行,他只好对柳西武施加强大的压力,说我明确告诉你,鱼塘改造迫在眉睫,这已经是规划到实施方案中的工程,是镇、村和全体村民一致赞成的事情,已经是板上钉钉,不可能再有任何改变了。该尽快施工的要是不能尽快施工,最后影响到了我们茶棚村"美丽乡村"建设的总体发展,你是负不起这个责任的!

柳西武心里的危机感越发强了,他自然不敢直接跟镇、村对抗,可他们家族在柳大营属大族,他一人抵挡不住,就借助家族的力量。他想出下策——散布鱼塘有母猪精,不能轻易动土的谣言。他让家族里的男男女女纷纷向外散播这个信息,弄得整个茶棚村人心惶惶,也就导致更多的村人站出来反对这事,无形之中,给柳西周施加了影响,增加了施工难度。

这一天的下午,柳西周风尘仆仆地从外面回来,他开门进院,走进厕所方便了一下。等他又重新走出来时,看见院门口好像有个人影,一晃就消失了。他连忙疾步走到院门口,只见院门里边丢着一个蛇皮袋。接着,就闻到了一股鱼腥味,又见袋子里乱鼓动。他走上前,顺手打开袋口查看,只见里边装着两条挺大的草鱼。柳西周马上作出了自己的判断:这鱼十有八九是柳西武送给他的。

事情明摆着,柳西武是个精明人,不管他家族门派有多大,在村里的势力有多大,他在村里再怎么散播迷信,再怎么从中搅和,镇、村决定要做的事情,他怎么也阻挡不住。

他表面看着挺强大的,其实心里边是虚的,是没底气的。他偷偷给柳西周送礼,这就叫软硬兼施。他认为"美丽乡村"建设这项工程主要是由柳西周负责的,这劲儿都在柳西周身上。只要柳西周收了他的鱼,就等于泄了劲儿。只要柳西周不紧盯着他不放,向他让一步,把整建鱼塘这事往后推一推,不追得这般急,那就有解决的办法了。柳西周又不是不知道,乡下好多事都是这样的,只要能向后拖一拖,渐渐就搁置下来了,再推后一段时间,就不了了之了。如果能这样的话,不提鱼塘改造的事了,他就能占着村里的鱼塘把鱼继续养下去!

柳西周用一只手吃力地把蛇皮袋口重新扎紧,提溜着拴系在他电瓶车后边,然后迈腿骑上车,向柳西武家赶去。

这时,天近傍晚,尽管西边天还显得亮眼,却无法阻挡暮色的降临。过不了多久,天就将完全黑沉下来。

柳西武在村外建有两间砖房,那鱼塘就处在他家地头。他在自家地里建了一个塑料大棚,里边栽有各种各样的蔬菜。这样一来,他既看了鱼塘,也种了蔬菜,可谓一举两得。

柳西周骑着自行车,不多会儿就出现在柳西武面前了。他看见柳西武坐在一条矮凳子上,正低着头趁着天黑之前的这片刻亮光赶忙着织补他的渔网。他把电瓶车支起来,抬头跟柳西武打招呼,西武哥,正忙着呀?

柳西武猛一抬头,见是柳西周,他连忙放下织梭,站了起来,热情地说,我当是谁哩,西周弟,是你呀!

柳西周解开车后边的蛇皮袋,用右手提溜着走过来。柳西周把脸沉着说,谁让你给我送鱼的?有事情咱说事情,可不兴来这一套。说着他就把装着两条大草鱼的蛇皮袋子,放在了柳西武的脚下。

柳西武顿时脸上很难看,浑身显得很不自在。他架着两只手,低头看看那装草鱼的蛇皮袋子,只得口里辩解说,你看看你,这么较真,横竖不就两条鱼嘛,我塘里养的,又不是上街买的,算不上送礼,不过是村民之间的正常往来。这没啥,又送回来干啥?

柳西周毫不留情地说,你把话说得这样轻描淡写,你看你做的啥事?不让我清白地站在岸上,硬朝稀泥坑里推我。

柳西武见他这般生气,赶忙热情地给他搬凳子,又亲自搀扶他朝凳子上坐,赶忙把话题朝别的方面转移。他口中充满关切地说,你胳膊摔得这么严重,还天天到处跑着忙工作,这样可不行,要多注意身体呀。

柳西周抓住刚才的话题不放,仍然脸色冰冷,毫不留情地说,我是当村干部的,眼下正跟你说改造村鱼塘的事,这个当口你却跑去给我送礼。我知道你不想让村里动这个鱼塘,可是你觉得我能帮你挡得住吗?

柳西武让他这样责怪得脸上挂不住,只好连忙说,我不应该给你送,我做错了,下次再也不了。

柳西周见他总算承认了自己的不对,并向他做了保证,这才把这个话题打住。柳西周和缓了脸色后,又特意转了话题,借机关心地问他塑料大棚的种植情况。接着,又走进他的塑料大棚,查看他种植的大棚蔬菜。他边看边说,西武大哥,你算得上是咱茶棚村有头脑、会经营的人。如今大棚种植市场竞争激烈,你不仅要种瓜果蔬菜,还要多引种良优新品种啊。他跟着柳西武在大棚里走了一遍,然后走了出来。接着,他便跟柳西武说了自己查看之后的总体印象。他说,你这蔬菜长势不错,可我还是感觉你的大棚规模偏小,品种也太杂,关键是缺乏拳头产品,没有形成自己的特色。

柳西武没有想到,柳西周当村干部天天忙得团团转,竟然对大棚种植还这么在行,一下就把他建大棚存在的弊端给找了出来。

柳西周直截了当地说,我没看见你大棚里栽有生姜,我也参观了人家的大棚,大部分栽种的都是青椒、西红柿、茄子之类的,栽种生姜的并不多见。

柳西武一下明白了柳西周的话意,问道,你是建议我种植生姜?

柳西周点下头说,对,你知道的,生姜露天种植一亩地能产四五千斤,采用大棚种植,产量就会更高,重要的是,人家很少种,你抓住机会进行大面积栽种,打个时间差,可以抢早上市,卖个新鲜,卖上个高价啊,这样,你的收益就能翻倍,一亩地收入个三五万元,那是稳稳的。

柳西武果然动心了,他说,能挣到手更多的钱,谁又不愿种呢?我听你刚才的市场分析非常在理,我愿意去大力栽种。

柳西周紧接着说,既然你有这样的决心,那我给你引进一种台湾大姜,这是个产量高、品质好的优良品种。你先种两亩地,行吧?

柳西武爽快地答应道,两亩地,行啊。

柳西周接着又说,咱们村民经济基础薄弱,最适合走自己养种自己种的路子。一个人想干啥,就要有胆量、有气魄,要敢于上手去干。你先引种两亩,等过两年,你积累下种植经验,你就进行规模种植,一下种上二十亩,到时候你就能挣着大钱啦。

柳西武吓了一跳,疑惑地说,你这跟白说不是一个样?我家统共还不到十亩地,这二十亩又打哪里来?

柳西周脱口说道,我们行政村不是有百亩预留地吗?我可以把村里那连片二十亩地里取一大块承包给你啊!

柳西武见他主动这样说,心里感到热乎乎的。他眉头动了几下,对他说,你让我栽种二十亩的大棚生姜,这可不是闹着玩的,单成本就需要几十万元,我又上哪儿弄这么大一笔钱?

柳西周仍用鼓励的目光看着他,接着说道,只要你敢干,钱上不用你担心,我可以直接出面去镇上的信用社帮你办贷款。

柳西武这回不但增强了信心,而且整个人都有些热血沸腾了。他信誓旦旦地说，只要有你在我身后顶着，我就放开手大干。

柳西周乘机又把话题转回到原来的老话题上，他说，那村里改造鱼塘这事你是到底怎么想的？

柳西武愣了一下，态度马上有了积极的转变，他说，咱哥俩，还有啥好说的？"美丽乡村"建设是件大事，我没二话，鱼塘该挖你只管挖，我再也不从中搅和。说到这里，他低头想了想，然后又抬起头来，对柳西周说，村里挖鱼塘肯定对我那些没长大的鱼儿有损失，但我也不是很心疼，我主要担心的不是这些。

柳西周赶紧盯着他追问，那你的着重点放在哪地方？

柳西武吐露出了真情，鱼塘修成之后村里肯定要收去，我主要是怕自己承包不到手！

柳西周长出了一口气，顺便用右手在他肩上捶了一下，接着说道，原来你的担忧在这里，也不早说？实话告诉你，村里谁不知道你爱逮鱼，对各种鱼的生活习性你也都懂。打小到现在，你养了这么长时间的鱼，对养鱼应该有一定的经验吧？村里搞鱼塘承包，你最有竞争优势。我可以力排众议，把你推选为村里的第一候选人。你参加竞争，应该最有希望。要是不出意外的话，村鱼塘的承包人肯定非你莫属啊，当然，任何事情也不敢说百分之百，你还是要做好充分的准备，尽最大的努力去争取。

柳西武双手紧紧抓住柳西周的右手，充满感激之情，坚定地说，那好吧，我听你的。

四十三

柳西周真的太忙了,一项工作接着一项工作。鱼塘改造这事刚刚告一段落,他连喘口气的时间都没有,接着投入农户卫生改厕的工作中。

"一个土坑两块砖,五尺土墙围半边,猪拱鸡挠粪池漫,蚊蝇成群臭熏天。"这段顺口溜应当是农村传统厕所普遍存在的一种真实现状。正因为脏、乱、差,才严重影响了村民的生活质量。虽然看着是件不起眼的小事情,却是农村的一大顽疾。

而村民呢?由于长期形成的生活习惯,加上贫困造成的落后观念,经年累月散漫地生活在一种条件相对较差的环境下,大家也都习以为常了。再怎么恶劣的环境,一旦适应了,也就不觉得有什么了。

多年来,村里的鸡、鸭、猪、羊都是散养,村庄里随处可见家畜家禽的粪便。村民的宅基旁都堆着柴火垛,还有村路两边、房前屋后都栽有不少的树木。近些年来,村民上街买卖东西,都使用方便袋,弄得整个村庄里到处飘飞的除了草末子、树叶子,还有方便袋。村民长期不打扫,可想而知,村里多么脏乱。

的确,赶到农忙季节,村民一样活追着一样活做,好多繁重的农活干不完。庄稼秸秆上又有泥尘,弄得人人灰不溜丢、蓬头垢面的。可为了抓紧时间干活,也就管不了那么多了。要是乡下人像城里人那样讲究干净,经常洗衣、洗澡,朝脸上搽脂抹粉,把大量时间给占去了,那地里的活就不用干了,庄稼也不用种了,这样的人在乡下人的眼中就不是正经的庄稼人。

村里有个叫柳玉华的,考到城里上高中,赶到星期天从城里回来,不是下到地里赶忙去帮父母收庄稼,而是在当院里泡了一大盆脏衣裳,高挽着衣袖洗衣服去了，白色的肥皂泡在盆里高高堆起。

他爹在庄稼地里干活，钉耙的头掉了，就扛着钉耙回家修，正好看见院子当中低着头正洗衣裳的儿子。他立刻怒火中烧，用手中的钉耙把子没头没脑地打了儿子一顿，生气地说，你个没出息的，没长眼？大忙天的，你不赶紧上地里帮父母干农活，只顾洗你的衣裳，不管父母累死累活啦？还没进城三天，你就这样洋派起来了，那还让你上学干啥？将来你要真有本事了，留在城里了，你这么洋派还让土气脏乎的父母踩你的家门吗？

乡下人擤鼻涕，那是随便擤的。走在路边，把手上粘的黏糊糊的鼻涕顺手抹到路边的树上；走在屋里墙边，就顺手抹到墙上；要是坐在床上，就抹在床腿上的；坐在板凳上，就抹到板凳腿上。更多人喜欢把擤的鼻涕顺手抹擦到自己穿着的鞋底上。

还有前几年，乡下人做饭都烧土锅灶。要是烟囱不好的话，只要一做饭，灶屋里就浓烟滚滚，浓烟甚至都能把人的眼睛熏得流泪，人们也只得一边擦着泪水，一边忙活着。这样时间长了，屋里的房顶和墙壁都让烟气熏染得乌黑一片，一掀锅盖，房梁上的灰尘和水蒸气遇冷凝聚的水滴就掉落到饭锅里，还有从锅灶下飘飞的烟尘也落到饭锅里。可村人盛满饭碗，照样狼吞虎咽地吃，自己还给自己圆乎说，不干不净，吃了没病。

后来，柳西周便在村里推广一种省柴灶。这种灶的结构比较合理，也比较科学，能让锅灶下百分之九十的烟气通过烟囱排走。再加上明火都集中在锅下，没了烟夹杂在其间，明火就变得旺，煮饭时间也大大缩短了。而且这种炉灶比较节省柴火，因此被称为省柴灶。

可农村就是这样，明明看着是有利于村人的省柴灶，柳西周也只成功推广给了百分之九十的农户，还剩下百分之十的农户，不管省柴灶好处再多，他就是坚持使用自家原有的锅灶，坚决不使用省柴灶。这样的农户，就是那种传统守旧的"顽固户"。

柳西周刚开始提出给村民统一改建城里人使用的那种新样式厕所时，就好像把一颗石子投进平静的水面，立刻在村里引起了一片哗然。村里人互相凑到一块，纷纷议论的都是这个话题。

说起卫生改厕,在"美丽乡村"建设中应该算是一件小事情,可在村民之中掀起的却是狂浪。尤其是那些老年村民,不能理解,不能接受。他们私下说,柳西周这"美丽乡村"建设搞得太细,管得太宽,连村民屁股下边的事都要管,这可真是破天荒,乡村建设,就是这个搞法?改不改茅房有啥要紧?谁家没有个屙屎撒尿的地方,这到底又跟他的"美丽乡村"有啥关系?又妨碍了他啥?他一个村干部应当抓大事、管大事,怎么管起村民身边这样的小事来了,不感觉丢人吗?

历来就有这样的说法,管天管地,管不住别人屙屎放屁!

柳西周当然也知道这种流传千年的说法,可他这个大忙人就是要管村民生活的小习惯。有人说怪话道,你柳西周本事大,你干脆用木塞子把村民的屁眼都塞住,不朝下排粪便了,也就落下个一片大地都干净啦。柳西周当然不会塞村民的屁眼,可他还是要抓卫生改厕这项工作,并且还要求得那样严格,做得那样认真。无形之中,让村里的一些人心里更来气了,私下言语道,柳西周,天底下真少有你这样的,怎么上边让你干啥你就不打折扣地去干,连这样的屁事你都不放过?你柳西周不觉得自己的头脑太不开窍了吗?连狗拿耗子这样的闲事你都不放过,你管的屁事是不是太多了?

万事开头难,柳西周才不管村民说他啥,他不朝心里去,只是一笑了之。而他抓这项工作的决心却坚如磐石。村民眼中这些提不到桌面上的屁事,他却当成一件重中之重的大事。他现在就是要先把西瓜抛开,紧紧抓住一粒芝麻不放。他为此还专门召开了村两委全体会议,他在会上对卫生改厕这件事进行了重要说明。他先是详尽讲解了改厕的重大意义,对大家说,我也知道卫生改厕是件小事,可小事并不小,这是新与旧之间进行的正面对抗。我们农村人老几辈形成的传统、落后的生活习惯,要给他们打破,并且最终让他们彻底改变。这是一种挑战,村民多年的生活习惯要想扭转过来可是相当不容易的。我们这项工作很紧迫,虽然我们人急,但心不能急,要把这项工作做细、做深、做透、做扎实,其间少不掉要花大工夫。他接着又说,要想把村民过去的旧茅房改建成如今的新厕所,要想让村民愿意改,并且乐意使用,由过去的极力反对变成后来的拍手欢迎,这需要一定的过程,会遇到一定的困难。我们要想尽一切办法把困难给攻克,让村民使用上新厕所,打心里边说这比过去的茅房强得多,好得多。他最后强调说,我们推进的"美丽乡村"建设的其他各项工程都进行了实质的硬化,每一项都做得很好。要是卫生改厕这项工作整体做不到位,旧貌变新颜就打了折扣,就显得美中不足。我们在整体质量上没有达到要求,市里和镇里的验收也就过不去,其他工作也都会受影响,那可就真是前功尽弃了,后果就严重了。只有我们高度认识到卫生改厕与"美丽乡村"建设密切相关,我们才能让广大村民认识到卫生改厕的重要性,才能让他们转变观念,跟我们配合好。村民能自愿支持我们的这项工作了,我们的卫生改厕才能改得好,才能大获成功。

　　柳西周推进这项工作时,在村民当中进行了实际走访,他很快找到了事情的突破口。由于年轻人有文化,好多都走出去打工过,有的还亲身体验过新型的卫生厕所,培养了与上辈人所不同的个人卫生习惯,对柳西周在村里推行的卫生改厕这项工作比较能理解。毕竟年轻人头脑灵活,观念转变得也快。柳西周就及时把工作重点调整到了年轻人身上,让年轻人带头,起到示范、引领作用。

四十四

　　村里的柳德臣和他的老婆王奶奶是老年人当中思想最守旧,不跟着社会发展走的"死顽固",在村里也是出了名的。

　　柳德臣直到今日,仍然烧着他家那种老式锅灶。只要做饭,灶屋里就浓烟滚滚,房顶上的灰水和锅下蹿出的灰尘都落到了饭锅里。王奶奶说,灰水有个啥?我过去生几个孩子,去胎衣用的都是锅下的灰,黑灰不脏,是消毒的!

　　柳德臣这个大男人,一辈子不当老婆的家,都是把老婆捧在手心里的。他见王奶奶这般说,也就顺杆子爬,接着说道,是哩,是哩,咋不是哩?我们老两口不讲卫生,可身体挺好,也没见生过啥病。

　　柳德臣已经快八十了,身体向来硬朗,能吃能睡的,还勤劳能干。就算生个小毛病,也从来不去村卫生所拿药,更没想过去医院,都是王奶奶用乡间杂方熬水,或者求家里的灶王爷。病过几天,柳德臣高烧就退了,身体又康健了。

　　柳德臣老两口上茅房方便,擦屁股用的都是砖头块,或是土坷垃。他们在茅房墙面堆了一堆的砖头,方便完,直接拿起砖块或土坷垃朝屁股一擦,提溜着裤子就站了起来。

　　他们用砖块和土坷垃擦屁股,也是从他们父辈那里传下来的。

　　柳德臣夫妇生养了四个女儿、一个儿子。他们的四女儿长着一双水灵灵的大眼睛,面皮儿既白又细嫩,好像一朵鲜花,后来让一个当兵的看中了,就嫁给了他。没多久,这当兵的在部队提了干,成了团长,从部队转业就没有回到乡下,而是到县城当了干部。

柳德臣老两口都被四女儿接进城里去住过，但都没有久住，主要是他们在生活上有很多的不适应。最为重要的一条就是上厕所。四女儿家的卫生间，那真比柳德臣家的堂屋正间还要干净。城里人采用的都是坐便器，可这老两口子一辈子都是蹲着方便，已经形成了习惯，忽然之间坐在便池上觉得很不适应。老两口坐了快半个钟头，无论如何就是解不出来。没办法，四女儿只得给老两口拿个塑料盆，在里面倒上清水，让他们蹲在上边拉。虽说这样蹲着能拉出来了，可老两口总觉得很别扭。在城里生活各方面都不如意，还没住几天，老两口只得让四女儿把他们又给送到乡下来了。

柳西周现在要在乡下闹起城里的洋派来，搞卫生改厕，老两口就坚决反对，抵触情绪相当强。王奶奶说，屙屎的地方本就是脏地方，茅房不脏，那哪里还脏？王奶奶是从来不打扫茅房的，他们家茅房就是垃圾遍地。王奶奶总说，茅房要那么干净干啥呀？

柳西周要搞卫生改厕，这可把王奶奶给吓着了。她哭着对柳德臣说，咋听说柳西周要进行卫生改厕，一家都不放过啊！我咋连乡下都躲不过啊？要是把咱家茅房改成厕所，倒不如用刀杀了我，这让我该咋活？

柳德臣就给老婆撑腰做主，哄劝老婆说，他敢？你放心吧，没我的同意，他要是硬给我改厕，我就拿把刀跟他拼命。我宁愿人不活了，也坚决不改这个厕所！

谁想到，柳西周上门来不提半句让两位老人改厕所的事，他竟提议帮老两口把他家的老土灶改成省柴灶。柳西周说，就算你们不怕脏，可省柴灶烧火没啥烟气，也不熏眼睛，做饭又快，又节省时间，这总是件好事吧？

柳德臣便急忙问，你这话啥意思？你给人家改厕，却给我家改灶，你是不是用改灶替代我家改厕？要是这样的话，我能答应你。

柳西周没明确表态说柳德臣家可以不改厕，但他说，你家先改灶吧，改厕的事可以推后一步。

柳德臣懂得"胳膊拧不过大腿"这句话，见柳西周当面答应改厕的事可以向后推，他心里便改变念头啦，他认为能后退一步也好呀，迫不得已，作出了让步，说道，那你就先给我家把锅灶改了吧。

柳西周得到了柳德臣的同意后，雷厉风行，立马请过来一位支省柴灶的师傅，把柳德臣家多年使用的老锅灶改成了省柴灶。

两天之后，柳西周特意走进柳德臣的家门，一句也不提改厕的事，只提省柴灶。他问道，怎么样？省柴灶是不是比你家之前的老锅灶好烧多啦？

老两口都连连点头，诚恳地表示说，是好很多，比俺家的老锅灶强多啦！

柳西周接着说，我当村干部多年了，也可以说是光着屁股在你们跟前长大的，我只会想着待你们好，不会办害你们的事。我们人可以老，可思想不能老。你看人家都使用上燃气灶或者电磁炉做饭了，你们到现在才使用上省柴灶。活人要老当益壮，要活到别人前头，落在别人后头还有啥乐趣，越是年老越不能服老，要有一颗争强好胜的心啊。二老觉得我这话说得对不对？

柳德臣老两口受到了鼓舞，忙说道，在理在理，是这么回事。

王奶奶连忙问，西周，那你让我们怎么做才能活到人家前头呢？

柳西周忽然站起身，对他们说，村里还有好多事等着我去干，卫生改厕村里已经改了一大半儿了，等我有空再赶来跟二老说话，现在没这个时间，等下次吧。

柳德臣把柳西周给他老两口留下的半截话放在了心里，等着柳西周上门解答。可等一天不见他人来，又等一天还是不见他的人影，王奶奶心里便着急了。她对老头子说，西周这两天没上门，是不是事忙脱不开身啊？你就不能赶去找他问问吗？这没个解答，你是不是想把我给憋死呀！

柳德臣让老婆催着，只好走出家门，看见村人就打听柳西周在哪。他连问了好几个人，才在村里一户人家的灶屋里找到了柳西周。他也不管柳西周忙不忙，不遮不掩地说明了他的来意。柳西周仍是只点头，不正面回答。他说道，大爷，你来得正好，我这就带你参观一下我给村民建的厕所。

柳德臣却对柳西周这样的提议不感兴趣，他瓮声瓮气地说，我不跟你参观那啥厕所，你大奶还等着你去给她说答案呢。

柳西周微笑着说，你看你老人家，连赏我脸都不赏，只想着为你自己，一点儿也不想着顾我。那我又怎么能只为你二老着想？啥事也不能只搞一头沉呀!

柳德臣的老脸让他给说得通红,只好改变主意,说道,那我陪你参观,但我问你的话你也要放在心上,咱都要互相信得过啊。

柳西周爽快地说,那当然,我肯定要说话算话啦。

接下来,柳德臣老人让柳西周领着参观了改建完成的下水道、水冲式或三格式的化粪池、双瓮漏斗式的新型卫生厕所。两人边参观,边互相说着话。柳西周告诉老人说,村里年轻人家的改厕已经基本结束了,下一步就轮到给你们中老年人家庭进行改厕啦。

柳德臣立刻泄了气,不安地说,你不是说把我家改厕的事推后一步吗?你说话要算话呀。

柳西周笑着说,我跟你说过不改了没有?推后一步,不也还是要改?与其落后别人一步,为啥不去抢前一步抓住这个大好机会,给你们中老年人带个好头?

柳德臣把头一拧,身子向后一缩,接着说道,原来你就让我给你带这个好头啊,我可不带。

柳西周仍笑容满面地说,我已经进过城了,也从你四女儿口中把你的思想顾虑摸了个一清二楚。你主要的难题是不习惯用坐式便桶,坐式便桶让你感觉像解在床上一样,让你解不出来。我也明确告诉你,我们并不是单一的卫生改厕模式,蹲式的也同样有啊!

柳德臣心里猛一轻松,一块石头落了地。便说道,那真有蹲式的,我愿意改,我和你大奶给你带这个好头。

柳西周却不认同,他说道,大爷,你和大奶年纪都越来越大了,人不可能永远年轻。从长远打算,我认为你家用坐式便桶才最合适。不要嫌我的话难听,衰老是一种自然规律!

柳德臣思想上还是有些犹豫,他苦巴着脸说,主要还不是坐着解不出。

柳西周道,那你还说要给我带个好头。啥事总要先有个一,然后才有二,你连换个方式上厕所的决心都不能下,其他的啥都不用说了,任何事就怕一闭眼、一咬牙。

柳德臣立刻较了劲，大声说，我还偏不信这个邪，我一辈子没让人看扁过，难道还让你西周打门缝看我？不就是坐在便桶上方便吗？这没什么可怕的。听你的，我们就要坐式的，这个好头我一定给你带。

柳西周继续笑容满面地说，你不能只在我面前像个铮铮铁汉，你还是先回家征求一下王大奶的意见再说吧！她要是不同意，你不是又要软条啦。

柳德臣用手使劲一拍胸脯，大着嗓门说，这回你说得不对，我才是我们家的一家之主。卫生改厕这事不稀罕问她，我能做了她的主，由我说了算。

柳西周便朝空中竖起大拇指，说了一句，好！

四十五

  茶棚村"美丽乡村"建设的总体工程,在柳西周的全面负责和带领下,一环紧扣一环正紧锣密鼓地推进着,茶棚街道的环境治理和形象改造是这个工程中最为重要的组成部分。

  谁都知道,集镇跟乡下村庄是大有不同的。乡下一般同宗同姓的多,互相之间都有千丝万缕的联系。乡下人在一起居住,讲血缘讲情分,所以乡下人相对厚道、朴实,头脑也单纯一些。而集镇上的人以杂居为主,有好多姓氏,来自哪个地方的人都有。能在集镇上站稳脚跟,又常年在一起做生意、做买卖,不用说都是相当会盘算的,都属于那种精明超常的人。远的不说,就说不大点儿的茶棚街道,有柳姓、董姓、刘姓、张姓、侯姓、孙姓、于姓等。这么多姓氏的人交织在一条街上,又五花八门地做着各种各样的生意,关系自然错综复杂。可以说是一个人一条心,什么想法的人都有。要想把茶棚整个街道进行总体设计和总体改造,从形象到环境都发生翻天覆地的变化,可想而知是困难重重的。必然要触犯到很多人的利益,到底该怎么改、怎么治,不知道要面临的阻力有多大,难度又该有多大。

  柳西周身为茶棚村"美丽乡村"建设工程的总负责人,肩上的担子非常沉重,压力非常大,可他毫不畏惧,早就做好了这方面的精神准备。不管任务多艰巨,难度多大,他内心里都充满了自信。他一贯的工作法宝就是把一颗鲜红的心捧给群众。他所做出的一切都是为了茶棚村的发展,为了让茶棚村的人们能过上更富裕的生活。同时,他又一切依靠群众,把群众都团结起来,利用群众的智慧和力量让所做的事情获得最大的突破,取得最后的胜利。柳西周把茶棚街道的整体治理和改造当成一块硬骨头,他发下誓言,要坚决啃下这块硬骨头，向代桥镇党委、镇政府和茶棚村全体村民交上一份满意、合格的答卷。

现在要说一下茶棚街道是怎样一种乱象。自从那次柳西周把茶棚街道进行全面整修之后，刚开始街道路面还是足够宽的，可后来便发生了私搭乱建，任意摆摊设点现象。再后来，把路面占为己有的问题便越来越突出。有的人在沿街门面外搭建铁皮棚子，还有人在路上直接建起了坚固的砖混房子，侵占了一半的街道。后来，还让人编成了顺口溜：街道两边盖房子，房子外边搭棚子，棚子外边摆摊子，一摆摆到街边子。

茶棚街道要想获得彻底改造，首先就是要把街道门前的这些违建的建筑彻底解决掉。

常言说最大的仇恨，莫过于拆房扒坟。有些事情谁都知道不合理，可一旦出现，再想把它们消灭，就不是那么容易的了。

柳西周既然接下了这项艰巨的任务，就必须挺身而出，勇敢面对，就必须取得战果。为了大多数人的正当利益，就要触犯少数人不正当的利益。咬着牙，硬起心肠，也要去动刀子，把不应该长出来的毒瘤无情地割掉。割谁谁都会感觉到疼，都会直接进行对抗。但还是必须要硬起手腕，只管向前，不惧凶顽，不后退半步，敢于得罪人。为了茶棚村的向前发展，为了茶棚村重新变得形象亮丽，柳西周只有把自己豁出去了。

柳西周做事从来都思路清晰，有针对性，他开展工作的第一步就是要摸清茶棚街上的内部情况。只有做到知己知彼，才能有个明确的工作方向。

他那几天马不停蹄地穿梭在茶棚街上，每家每户地走访调查。

在此之前，柳西周走在街上，人们看见他都笑容满面地跟他打招呼。如今他手里拿把"刀"，准备向街上人"开刀"了。有的人还一如往常地跟他说话，有的人便无形之中跟他拉开了距离，有的人离老远就转身躲开了他，有的人开始冷淡他，还有的人开始对他有怒气，也有的人假装没看见他。

由于柳西周经常在街上走动，使街上的气氛也开始变得紧张了，甚至有些肃杀！

柳西周通过连续几天的实际走访和摸排，他初步弄清了这样一些真实情况:在整条街上,私搭乱建的一共有三十二户,总共是八十一间,其中包括简易房十七间,铁皮房四十三间,砖混房二十一间。另有墙头四处,共六十多米。而真正存在问题的重点户只有三家,排在首位的是大老董家。他家建有两间砖木房,两间砖混房,数他家侵占街道的面积最大,紧随其后的是柳怀涛和柳怀银这两家。

大老董家在茶棚街上卖家电,也是最先开始在街上做生意的,他生意好,财源滚滚,资产最为雄厚。据说他有一个朋友在省城公安厅当大官,后台很强硬。他上下都有关系,因此在街上相当有势力,自然也就成了街上的头人。特别是他那两个儿子,大虎和二豹,长大之后就跟着父亲一起做生意。这两个小子,仗着他爸的虎威,在街上不可一世。倘若看谁不顺眼,马上就去找碴儿。一动手,这兄弟俩便一起上,把人家打个鼻青脸肿,毫不留情地给收拾一顿。因为二人太过凶恶,街上人看见就心里胆寒,觉得害怕,不敢招惹,大老董也因此越发显得威风凛凛。于是,他便从街上的头人成了街霸。

大老董个头不是很高,身体却很壮,肥头大耳,满脸横肉。他表面看人挺温和的,总是一张笑脸,却是笑里藏刀,弄不好就要吃他的狠招,可不是什么善茬,不是那么好打交道的呢。

他平日里爱背个手,总细眯着眼,在他家门前走来走去。茶棚村里的干部他多少还能给个面子,不冷不热地打声招呼,其他人他根本就不放在眼里。就是别人主动跟他打招呼,他也爱答不理的,让对方在自己面前矮下半截去。

别看大老董这个熊模样,他的生意却做得很好,因为他本钱大,又有门路,能进来质量过硬的名牌电器,而且他的价格又比一般同行卖得优惠。最初的时候,他在街上开的是修理收音机的门店,他本人对家电又很精通,他卖出去的家电,售后服务到家。要是不满意,还能包退包换,所以生意一直不错。孩子年幼的时候,他让老婆在家看店,自己到用户家里维修,两个儿子长大之后,服务就交给了他两个儿子。由于街上谁家生意也赶不上他家生意好,数他家最有钱,他也自觉比人高一头。财大气粗的他,自然也就有了种优越感。

街上的人已经全知道柳西周要根治街上乱象的事情了,他们都把目光看向了大老董。什么叫街霸?那就是街上有任何的风吹草动都能顶能扛的人。柳西周手上拿着把"刀",肯定会先劈到大老董的头上。他要是没胆量动大老董一根汗毛,那其他人就都啥事没有,相对来说是安全的。

柳西周心里明白,他这"美丽乡村"建设项目到了整改茶棚街道这最为重要的环节。现在,主要就看他有没有这个能力和本事跟"一董二柳"这三家进行正面较量了。如果他手中的"刀"割除不了这三家身上的"毒瘤",茶棚街道的整改就只能是一句空话。这是一场必须正面突破的硬仗,只有把"一董二柳"三家都突破了,他的街道整改才能长驱直入,大获全胜。

应该说,这件事他是有底气的。过去,他整修茶棚街上的道路时就跟大老董打过交道,通过他的巧妙周旋,跟大老董斗智斗勇,就轻松拿下了不可一世的大老董。这回算是又一次的较量,他仍然不觉得大老董有多可怕,对击败大老董他信心十足。

柳西周已做好了充分准备,但让他想不到的是,他前来大老董的家电专卖店的时候,大老董竟然悄悄地躲了出去,不跟他缠斗,而把他的两个儿子推到了前台。他知道,大老董是让他的两个儿子来收拾他这个不同寻常的村干部。

柳西周赶来没见到他想要见到的人,心里感到很意外,却没有惊慌,仍然表现得很沉着。此刻,不管他面对的是董家的哪个人,他都必须迎着上前,而不能转身离开。他走上前去,主动问道,你们家的家电这几天卖得怎么样,还好吧?

大虎和二豹对柳西周只冷眼扫了一下,根本不把他放在眼里。跟着用有些不耐烦的口气说,别那么多废话,我们家生意好不好关你屁事!你赶来要不要买家电?要买的话,任由你选,可着劲地挑!

柳西周才不管这两个小子待他是什么态度,他一点儿都不在乎。他如实告诉他们两个说,我不是赶来买家电的,只是顺便过来看看。

大虎鄙视地看了柳西周一眼,然后说道,你不买有个啥看头,没事你到别处晃荡去,在我们店里晃悠个啥?

柳西周也不想跟这二位多废话,他就直话直说道,我怎么没事?我赶来就是有工作上重要的事情要跟你们家人说。

大虎这会儿说话更放肆了,他大声说道,谁还不清楚你,只不过就当个穷村干部,瞧你这样也买不起家电。你不要口口声声说有重要的事,不就是村里的那些破工作吗?他用食指指着自己的鼻子说,快说吧,你有啥要说的话直接跟我讲。

柳西周抬头各看了这俩小子一眼,接着问道,我跟你们谁说都行,你两个能不能当你们父亲的家,代表你们父亲做这个主?

二豹用眼角扫了下柳西周,说道,你这啥话,我哥俩不是人?你别在我俩面前啰里吧唆那么多,说多了听着烦。有话快说,有屁快放,有啥事你说,我哥俩能当家做主。

柳西周只好笑笑,正色说,那我不啰唆了,现在就把我要说的话对你哥俩直言相告。他用手向外面指着说,你们家门前的这两间砖混房,还有那两间砖木房,村里要求你们在三日之内全部拆去。我今天就是代表村里给你家正式下通知的。

大虎上下看看柳西周,接着问道,你刚才说啥,你要我们家拆房子?我真不明白,我家也没咋着得罪你这个当村干部的,你为啥偏要找事,管那么宽,你是不是闲着没事干?你说了跟没说一个样,别单单跑上门跟我家过不去。

柳西周耐心地说,我这是为了工作,你要正确对待这件事。我没别的意思,跟谁也无冤无仇。你家这四间房屋建在了不应该建的地方,按照村里的规定必须拆除。

大虎脸上不由得现出了恼怒之色,他说,茶棚街上也不是就我一家在路半边建房,你怎么先打我们家头上开刀呢?你先去别人家说去,只要别人家拆了,我们家也不会留着。

柳西周便解释说,至于我为啥要从你们家开始,你不要心里误解,主要是你家违建房占地面积最大,所以你家才首先拆,整个街上的人全看着你们家呢!

二豹便走过来,围着柳西周转悠着,气冲冲地说,我咋听你这话意就是把矛头指向我家,你就是来找我们家的麻烦呢!他用手指着柳西周的鼻子,不留情地威胁说,我明白地告诉你,我家这房子又没建在你家门前,它是在我们家门前建着。你看着妨碍,觉得不顺眼,但话也不像你说得那么轻巧,不是你说拆就能拆的!

大虎语气也越来越强硬地说,我告诉你吧,我家门前这几间房可不是用泥土搭的小屋,那可是花了大价钱的,比你家的住房都坚固多了,也远比你家的住房值钱。现在,就是拿你家的住房来跟我们家互换,我们都不能跟你换。

柳西周继续说道,这一次不同往常,我们茶棚村在全面推进"美丽乡村"建设,力度相当大,跟我们茶棚村今后的发展密切关联。咱退一步来说,就算不是为了乡村建设,你们家这违建房也不能长久地存留下去。不管你花了多少钱,建得再怎么好,该拆除的也必须坚决拆除。

大虎瞪圆了他的虎眼,口气仍强硬地说,那是我家放家电的仓库,拆了把我家家电放到什么地方去?既然建了就绝不轻易拆,你说了也只是白说,不管你是谁,这房子我家坚决不拆!

二豹用眼角瞥着柳西周,轻蔑地说,你这个穷干部,是不是看我们家啥房子都比你家建得好,你没这个本事建心里就犯嫉妒,才跑上门硬逼着让我们家拆的?

柳西周耐心解释说,不是只拆你们一家,整个茶棚街上所有的违建房屋一律都要拆掉。

大虎全然不信地说,我看不是整个茶棚街上,你是把矛头只对准了我家,只盯着我家不放,这明显是你有意跟我们过不去。

二豹接话说,他啥用意,事情不明摆着吗?整个茶棚街上就我们一家姓董,那么多姓柳的他都不去找,头一户就找到我们家,还不是看我们家男人头毛好剃?这明显是欺负人。

柳西周仍继续说自己的理由,我刚才已经说过,你们家违建房最多,占地面积最大,我不得不先从你家开始。你们能先拆,也给茶棚街上的其他人带个好头。

大虎完全不能接受地恶声说,我看你这不是让我们家给你带好头,而是向我们家开刀,先从我家扫清障碍啊,不用说那些花花肠子糊弄人。我爸说上次修路你就用卤鸡的招数骗了他,这回没谁再上你的当,我们偏不给你带这个头。你去街上再换一家,看谁愿意给你带这个头你就找谁去。

柳西周丝毫不做退让地说,我今天就是冲着你家来的,你家都没有任何行动,让我白跑一趟,下一家我又怎么说?今天,我是不可能离开你家去下一家的!

大虎心里更气了,他说道,我看你这话意,今天就赖上我家了。人家村干部,啥事都是睁一眼闭一眼,你怎么偏要两眼睁得一般大?多一事不如少一事,你管那么多干啥?

二豹走过来,两眼翻瞅着柳西周说,你村干部也当了好多年了,记得我小时候你就当村干部。你工作干得这么认真,怎么还没把你提拔为县长?混了几十年,你还在茶棚,既然你混不出去,当不上大官,就别当得那么积极,不要跟我们过不去。

柳西周心态平和,他承认二豹的这个说法,他回答道,人的能力有大小,我没那个本事当大官,就只能当我这不起眼的村干部。但即便是个村干部,我也要坚守自己的岗位,在工作上尽职尽责,绝不能占着茅坑不拉屎。

大虎脚下走两步,又在柳西周面前站定,然后说,好了吧,唱那些高调干啥?你干部当不当咱先不说了,可你当村干部也有些年头了,你能把自家当富起来也行啊,竟当得两手握空拳,没有一点儿钱。茶棚街上随便拉出来一个都比你强,你这村干部当得还有啥劲?

二豹已经十分不耐烦了,对他哥说,别跟他费唾沫,别跟他说那么多,让他该走走,不要在我们家店里影响我们做生意。

大虎也就没了跟他说话的心思,便直接问他,二豹让你走人,你走不走?

柳西周自打走进来,就一直遭受这两个富家子弟的调笑和羞辱,他一直强忍着,不跟这两个乳臭未干的小子一般见识。可事情到现在没有个鼻子眼,他们又威胁他,强逼他走,他这下心里愤怒极了,坚决地拒绝说,我不走!

二豹立刻怒气冲天地说,你想得美!这是我们董家,我说不让你姓柳的待你就不能待!你不走,那可由不得你!说完,他一伸手抓住了柳西周的上衣领子,强行把他给拉了出去,又说道,别脏了我家的地方,滚!

柳西周感到怒火攻心,转身又跑了回来,喊叫着说,这事不有个来回去路,今天我不可能走!

大虎变了脸,恶狠狠地扑上来,不由分说,挥拳朝柳西周面部就是两拳。顿时,鲜血顺着柳西周的鼻子流淌了下来!

尽管如此,二豹仍不放过,他从柳西周的侧身朝着他的肚子连捶了几拳,把柳西周打得跌坐在地上。跟着,他又朝柳西周的身上踢了两脚,这才算解恨。兄弟两个一人从一边架着柳西周的胳膊,把他强拖着摔出门去。

大虎双手叉腰,咬牙切齿地说,你当我们家人是你好欺负的?想打我们家头上开刀,把我们家当成软柿子捏,你看错人了!

二豹气势汹汹地指着柳西周说,今天打你都是你自找的,你要是还胆敢过来,看我不打断你的腿,也打你个下半截残疾!

大虎接着说,茶棚集多年没整治,也没见人不生活,也没见东西卖不出去,你不就当个村干部吗?总这样天天想着与人过不去,到处跑着得罪人,挨打也是你自找的。

四十六

　　柳西周从上次摔到胳膊到现在不过才一个月的时间，由于他不肯住院，也一直没停下来休息，他的摔伤虽然勉强好了，但仍没有彻底痊愈。今天上大老董家，为了做他们的思想工作，没想到竟然遭到大老董两个蛮横儿子的暴打。他跌坐在地上，把头耷拉着，鼻血也不擦，心里感到很悲愤，也很伤心。他早就预料到茶棚街的整改难度会很大，肯定会遭遇阻力，可他没有想到，大老董的两个儿子竟然这么狂妄，这么不可一世，如此低看他不说，还这般胆大包天地对他下手。这两个狗小子，真是太可恶啦！

　　他跌坐在那里，心中继续想，他此番的遭遇不是孤立的事情，背后肯定有大老董的指使。大老董不发话，不在后边给他两个儿子支撑着，他们断没有这么狂妄，也没有这个胆量。大老董是有他的目的，他这是私心太重，利欲熏心了。他不愿意拆去他那四间违建房，不想在经济上遭受那些损失，这只是其一。另一方面，他觉得自己是街上的头面人物，如果让村干部轻而易举就把他家的违建房给拆掉了，好像显得他很软弱、很无能、很怵怕村干部似的，让他在众人面前丢了脸面。他非常明白，茶棚村的大量工作都压在能干的柳西周身上，他柳西周就是茶棚村的急先锋。因此，他故意自己躲了出去，把两个儿子指使出来，给柳西周来个下马威。只要能把柳西周打怕，意识到自己不是好惹的，把柳西周打得往后退缩，别的村干部自然也就让他给镇住了。只要村里没有谁再有胆出面找他，他家的违建房就可以保留。保护住他的违建房，也就保护住了他的脸面，往后，他在茶棚就可以继续翻云覆雨、威风八面，就更加能颐指气使，随心所欲了。他想干个什么事，街上的人就会一呼百应，他的社会地位也能更稳固。街上人都得看他的脸色活,茶棚村的那些村干部只能靠边站。茶棚街上还得看他,没有他出面,什么事情也干不成!

柳西周在茶棚村村民中威信很高,也相当有分量。他坐在茶棚的大街上,鼻子被打得鲜血流淌,让众多村民都看见了,很快就激起了民愤。村民柳云峰、柳兆广、柳西锦、孙玉华、柳志帮、柳旭等人感到非常气愤,简直忍无可忍,于是纷纷带头挺身站出来,眨眼间聚集了上百人。一大群人浩浩荡荡地就向街上的大老董家进发。他们到大老董家不是为了打架,而是去向大老董讨个说法。他们心想,你不是茶棚街上一霸吗?你不是有钱有势吗?你家两个虎豹儿子不是凶恶吗?你有种有胆,就让你家两个儿子还像对柳西周那样来对我们下手!柳西周能挨打,我们也能挨打。你大老董要是没这个胆量惹众怒,不敢直接跟我们挑战,你要是退让了,就是孬包、软蛋!你以为你对柳西周动手,打了就是白打,有那么好收场?那你就太目中无人,大错特错了!我们一定给你闹个样儿出来,让你招架不了,让你家再无宁日,让你无法收场!不把柳西周受到的这口恶气发出来,我们坚决不会善罢甘休!

没想到,当柳西周得知柳云峰他们领着一大群人赶往大老董家进行报复时,他竟跑到半路上把他们拦下了。柳西周面对着大家说,谁让你们去给我出气的?哪个也不能去!我是为了村里的工作,挨顿打算个啥?不管咋说,大老董那两个儿子还都年轻,在我跟前属于晚辈。年轻人爱头脑发热,情绪冲动,他们打了也就打了。我觉得三拳两脚还能承受得住。我们做事情要想得开,要冷静,不能凭性子。你们要是这样下去,就会把事情越闹越大,说不定发生啥意外,闹到无法收拾,那就完全违背了我的心愿,也与我的工作背道而驰,不就变成给我们茶棚村添乱,也给我们镇政府添乱吗?当火头向上冲的时候一定要泼水,而不是火上浇油啊,我坚决不要你们去给我出气,弄出啥后果来。

柳西周说到这里,缓了一口气,接着又说,你们真要为我好,理当与我相向而行,真要愿意帮我,你们就从中选出十位村民代表去跟大老董当面谈,让他转变过来,把违建房拆除,把我们茶棚村"美丽乡村"建设向纵深推进。

我认为你们去了比我出面要强得多，我去是为了工作，你们去是为了爷们之间的感情。因此，你们更能说得上话，大老董对你们的劝解应该也更容易接受。

只有柳西周能说出这样的话，做出这样的事。不管自己怎样受伤害、受委屈，他都完全不放在心里，这该需要多宽广的胸怀啊！村民都认为他说的这话有道理，也就按照他的要求去做了。他们挑了五位上岁数的村民，又挑了五位性格平和、办事稳重的村民，一共十个人，组成了一支爷们劝说团队，向着大老董家走去。

柳西周遭到大老董两个儿子的伤害，先是被茶棚街上的村民知道了，接着柳大营的村民也知道了。柳大营可以说在整个茶棚村是最大的一个自然村，有将近两千口人，百分之九十五都是柳姓。大老董欺负柳西周，就等于欺负整个柳大营的人。他的本事再大，如今惹了众怒，也会有严重的后果，柳西周能忍让，柳大营的村民们却不愿意忍让。大家一致认为：你柳西周是为了工作，又不是个人因为啥事去他家无理取闹。他违建房该拆不拆那是他思想认识上的事，断不应该背后指使他的两个儿子去对柳西周下手。这种做法太过霸道，太过猖狂，太目中无人，也太没道理！你敢胆大妄为对柳大营的当家人下手，就等于跟整个柳大营的村民过不去，柳大营的村民绝不是软柿子，不是你好招惹的，我们这就赶去大老董街上的店里，把他家的电器全给砸了。他要敢站出来，我们就把他全家大小都收拾了，一定要给柳西周出口恶气，决不善罢甘休！

柳西周半道上又把自己村庄的众多村民坚决给拦截了，他脸色很难看。他气恼着对大家说，谁让你们出这个头的？我让你们去给我打击报复了吗？你们是长了几个脑袋了，敢冲上人家家门，砸人家东西，还对人家家人行凶的？不管是人还是财产，那都是受法律保护的，你们知不知道？你们这种冲上人家家门的行为本身就是违法的，是行不通的！现在你们都是英雄好汉，等酿成后果了，让公安上门来抓了，你们还有没有这个本事敢站出来承担？不是你们挨打了，而是我柳西周挨打了，我本人都没当回事，怎么你们就恼了、怒了？纠集一大群这是干什么，你们到底想干什么？我工作上的事任何人都不要参与,也不要插手,更不准胡作非为。违背我心愿的事就算你们做了也不能给我解气,只会让我心里憋下个大疙瘩,瞧你们现在这样,真是成事不足,败事有余!都给我回去,没我的同意,我看谁敢去。

柳大营的一大群村民,就这样被柳西周坚决地拦阻回去了,村民们没有办法,只好退让一步。可他们还是不甘心,便又对柳西周说,我们砸他店、打他家人违法,那大老董让他两个儿子打你,他们能说这不是违法?我们去向派出所报案这总合法吧?我们让派出所的人过来把大老董的两个儿子拘留了,也给他大老董治治赖,让他再没脸面走出来,这样总行吧?

可无论村民们咋说,柳西周统统都不赞成,他坚决不让村民有任何行动。他对村民们说,我工作上的事情,我自己来处理。

村民们也实在是没有啥好办法了,只好硬着头皮把恶气咽进自己的肚里,从他眼前散去。

柳西周刚把村民们劝走,他正在阜阳当保姆的妻子刘凤英忽然也获知了丈夫在家挨打这档子事。她便临时请了假,匆匆忙忙打城里赶了回来。刚与柳西周一见面,她就气得哭了起来。她怎么也忍受不住,在柳西周面前怒气冲冲地说,不管他大老董家里再怎么有钱有势,他也不应该让两个儿子打你,你又没吃他家的馍饭,也没有偷拿他家东西,你上他家完全是为了工作,他两个儿子对你动手毫无道理。我这就去他家找大老董去,我要跟他好好说说这个理。我倒要问问他,我们家的人凭啥该被他家两个儿子打,要是他不给我把话说清楚、讲明白,我就去大吵大闹,他也别想消停,我决不放过他。

柳西周沉下了脸,劝解妻子说,好了,好了,你是不是看家里还乱得不够,还要大老远跑回来从中添乱?"美丽乡村"建设工作这么重,时间又这么紧,咱们茶棚街道的整改工作已经开展好几天了,到现在还没打开局面,没有一点儿头绪。我心里急得上火,吃不好也睡不好,你要是真疼我,真为了我好,下午就赶快走你的人,不要过问我的事,这才是知我懂我的好妻子。身为干部家属,你也要懂得一切都为我的工作考虑,一切都为我的工作让路。遇事要想得开,要往长远处着想,更要有担当,有思想觉悟。

也就在当天下午,刘凤英说走还没走,只见大老董手里提着礼物,领着他的两个儿子大虎和二豹走进柳西周的家门,专程向柳西周赔礼道歉来了。

大老董见了柳西周先说了不少让柳西周高抬贵手,大人有大量,不跟他家两个没头脑的儿子一般见识的求情好话,然后,就让他两个儿子诚恳地向柳西周承认过错。

柳西周赶忙把大虎和二豹让座在了板凳上,接着说道,人来了就好,我一个成年人哪能说经不住三拳两脚的!这事儿本来我也没朝心里去,认错也就大可不必了。他两眼看着大虎和二豹,接着说,谁不是打年轻时候过来的?年轻人血性旺,感情容易冲动,这也很正常。你们能通过这件事吸取教训,严格要求自己,今后不再轻易对人下手,一步一步在健康的道路上成长,这样也就行啦!过去的事情就让它尽快过去吧,让天上的乌云都散去,这就是我的心愿。

大老董见柳西周竟这般心胸宽广,真的不跟他两个孩子一般见识,真能高抬贵手放他们过去,看来柳西周真跟一般人不同。柳西周这般为人处世真让他另眼相看,让他打心眼里佩服。他受到了感动,便不由得低下了头,也主动向柳西周承认过错说,孩子们冒犯你,实在是不应该,作为父亲,这事我负有主要责任,我向你承认过错。西周啊,我真的对不住你啊!

柳西周连忙阻止他说,好了,你就不要这样了。你已经领着两个孩子亲自上门,这事今后就不要再提了。再怎么样,我不还是柳西周?他说到这里,两眼热切地看着大老董,接着说道,既然今天你上门了,我就跟你多说几句。直话都不好听,虽有些逆耳,却利于行。我觉得做人要有品,要立德,要是自家孩子不把德行立好,对你家生意也会有直接的影响。

大老董用心听着,忙说道,是这么个道理。

柳西周接着又说,从大的方面说,一个国家如果国法不严,会出贪官,会出败类,从小的方面说,一个家庭如果家规不严,对孩子教育跟不上的话,也会出逆子,甚至走上犯罪道路。说到这里,他又看了看大老董,接着说下去,再有钱也不可任性,再有人也不可张狂!人的好名气不是靠仗势欺人,也不是靠拳头打出来的,而是靠平日与人为善、乐善好施积累来的。就拿你做生意为例，讲究诚信，质量有保证，价格又实惠，售后服务也做得让顾客无话可说，你的好名声也就逐渐给传扬了出来！

大老董觉得柳西周这话很有见地，也很实用，他觉得很受启发，很有帮助。经过这几次与柳西周打交道，他觉得柳西周总是以诚待人，总是捧出自己的一颗真心。他忽然站起身来，向着柳西周走过去，然后说道，你刚才那些话我都记在心里了，今天上门，别的话都不说了，我只说一件事，经过跟村里爷儿们的交流，我现在已经转过这个弯子来啦！"美丽乡村"这项大工程在你的争取下能在我们茶棚村落地生根、开花，只要不短视，用长远的观点看，这的确是一件造福子孙后代的大好事。我们茶棚街上现如今实在是脏、乱、差，不像个样子，无论从哪方面说，都需要花大力气进行整改。对于这项工作，我不但不能在中间设置障碍，还应该大力地支持。茶棚村要是从整体形象上发生了根本变化，肯定对我的生意也是个促进。明天我就带头把我家那四间违建房彻底拆除掉。我敢说，只要我一动，整个茶棚街上都会跟着动起来的。

柳西周心里很激动，说不出的高兴。他忙站起身，抓住大老董的手说，赶明儿我抽个闲空，领着你去一趟扎扒集，让你亲眼看一下人家那"美丽乡村"建设得有多漂亮。我相信，你通过亲身感受会有更深的感触，感觉到我们茶棚村与人家扎扒集之间存在的巨大差距！到那时，你就会认识到我们茶棚街上的整改是大势所趋，势在必行。然后，你才会更加大力支持咱们茶棚村里的这项工作。现实才最能启发人啊，正因为我去人家那里参观之后，见人家任何方面都比我们村里发展得快，也发展得好，我才这样时不我待地去工作，拼着性命地去工作啊，好让我们茶棚村不再这般守旧和落后，能够更进一步啊。

大老董见柳西周眼里滚出泪花来，此时此刻他强烈感受到了柳西周献身茶棚村的那一颗火热、滚烫的心。他立刻满口答应道，好，我也只顾整天忙着做自家生意，真有好几年没去过扎扒集啦，明天我一定跟你去。

柳西周见状连忙说，那咱先别光顾着说话了，快喝点茶水，都把茶碗端起来。

四十七

柳西周的身体最初出现的不适是他的食欲开始下降。他过去吃泡面甚至能吃两桶,到后来只能吃一桶,虽然没感觉到饱,但心里不想吃了。他也并不在意,因为从前也发生过类似的情况。他总以为是自己工作太忙,导致过度疲惫,再加上熬夜上火,他的饭量才减少了。当忙完了一段时间,他的工作恢复正常又能吃饭了,越发觉得是近段时间为了推进"美丽乡村"建设工程,自己的压力太大,遇到的困难太多,才导致他饭量减少的。柳西周担负着强烈的责任感和使命感,他只能把自己完全豁出去,把所有精力都投入工作上,哪里还有什么时间吃饭?柳西周一直认为自己身体强壮,他不过才五十来岁,精力还很旺盛,正是能干、能扛的时候。他上镇里开会时,跟好多年龄相当的村干部掰手腕,人家都甘拜下风。他始终坚信,自己的身体素质棒着哩!

可真实的情况并不像他所想象的那样乐观。这次不能吃饭并不像之前那样,过段时间又变得能吃了,他的食欲开始持续下降。而且吃饭下咽时,明显感觉就像喝辣椒水一样烧心地难受。但他仍然全身心地投入工作上,完全忽视了自己。

一天上午,他下乡回来时已经过了饭点,他就没赶回去做饭,而是直接赶到村办公室吃泡面。因妻子刘凤英进城打工,家里就只有他一个人,这样勉强凑合一顿也就逐渐成了他的生活习惯。

孙敏这天上午下班回家刚走到半路上,忽然想起钥匙忘在自己办公室里了,就又返回头拿钥匙,无意中发现柳西周的一桶泡面只吃了几口,手里却拿着食叉在那里挑来挑去。她只当柳西周对泡面吃厌倦了,便关心地对他说,柳大哥呀,你不能老吃泡面,这样下去可不行!她紧着又对他提议说,走吧,我跟你到街上吃肉丝面去!

柳西周也是好多天没吃过肉丝面了,近段时间他变得啥也不想吃。经孙敏这一提,他一下有了换种口味的冲动,便答应了。可他向孙敏提出了自己的要求,他说道,这回必须是我请你,咱俩的饭钱由我来付。

孙敏想了下,然后说,那行,那咱快点走吧!

两人一块儿来到茶棚街上,惯常地走进了西锦酒楼。柳西锦看见柳西周和孙敏,立刻热情地迎接过来,问道,大哥和小孙,你俩想吃啥饭?

柳西周便说,你这不是多问话吗?还跟过去一样,一人一碗肉丝面。不过,今天由我请小孙,你要下点儿劲,给我们做得更好吃点。

柳西锦连连答应道,这还用说吗?也不看是谁来!大哥尽管放心,面食我还不拿手嘛,保证让你们两个满意!

柳西周和孙敏便找了张空桌子坐了下来。

柳西锦挑了块精瘦肉,把肉丝切得很均匀,接着放到锅里炒熟,等水烧开又把面条下进去,放了姜和蒜,最后又放了些葱花。不多会儿,两碗热气腾腾又香味十足的肉丝面便端了上来。

柳西周把筷子插进碗里,头两口还很想吃,可再朝下吃就味同嚼蜡,吃不下去了。特别是当他把面条吃下去后,那种像喝辣椒水似的烧灼感让他很难受。对面的孙敏却胃口很好,额头和鼻尖上汗珠点点,显得很贪馋的样子。她碗里的饭食已经吃得剩下不多了,而他碗里的面条还剩下大半碗。此刻他再不想吃了,可是在孙敏面前也要强撑着吃,他不想让孙敏看出来他吃不下饭。

两人吃过饭打西锦酒楼走出来,他和孙敏就分了手。因这一大碗面条是硬吃下去的,所以就撑在胸口上下不去,让他感到特别不舒服。他没有直接去村里,而是先回了自己的家。他在家里转着圈地跑,想用跑步来帮助消化。他跑了好多圈,在家里折腾了快一个小时,可饭食在肚里好像变成了石块一般,让他难以消化。

柳西周每天都有大量的工作,他总这样不想吃饭可不行。于是,他上药店买了江中健胃消食片，可他连吃了几天也不见有啥作用。就是感觉窝食，越来越食欲不振了。

他开始自己动脑筋，心里想象着，要是自己动手做饭应该会很好吃。于是他就自己和面，把面和得很硬，揉得也很透，做出的手擀面，闻着都很香。他心里想，吃着肯定也很筋道、很好吃，一顿吃它个两碗。可结果还是白费劲了。

他心里也想不出来到底能吃下啥饭。忽然，他的头脑中闪现出他上县城开会或办其他事时经常去的那家杂面馆来。正好没过几天他要给村里的一户村民进城办残疾证，办好往回返时，他就特意赶去了那家常去的杂面馆。过去他吃红芋面死面饼子能吃两个，这回他竟然连一个也没吃完，才只吃了半个就再也吃不下去了。他想起爷爷常说的一句话，可吃不可抛废，他就没舍得丢，打包拿回家，好馏了下顿吃。他要了一碗炸酱面，过去感觉香味十足，很有味道，可这回却感觉像稀泥一般，不仅碜牙，还不好吃。他实在是吃不下去，只好抬头看看别人。他见别的食客都吃得很有滋味，心里真是羡慕。

正因为他一天比一天吃不下饭，他去村里上班时，大家见了都说他消瘦了很多。

特别是老支书张兴成，看他脸色不对，于是趁下班，张兴成关心地问他，我看你近段时间脸色很不好，是不是工作上太过辛苦，把你的身体累住了？你是不是真的生病了？

柳西周坚决不承认，他说道，谁生病了？我有啥病生？他对老支书说，你都六十多岁了，我才不过五十多点！我的身体向来壮实得像头牛一样，我不会生病的。工作再累，也累不住我。可能是我近段时间夜里老想着没干好的工作，总是睡不着，熬夜熬出了心火，使我有些不想吃饭。别的没啥事，过些时候自然就会好的。

张兴成仍然有些不放心地说，没病当然更好！总之，身体非常重要，你必须注意自己的身体。晚上不要想那么多，一定要休息好！

柳西周不但在老支书面前不承认自己有病，他内心里也认定自己没事。

他这些天不能吃饭,也没有打电话告诉刘凤英,怕影响到她的工作。柳西周是这样一个工作热情很高的人,只要有事情让他忙着,他就把心都放到了村民身上,也就把他吃不下饭的事情给忘得一干二净了。

村里的低保户柳西帮,家里的住房破烂到不能住人了,他老婆又是个盲人,无法下地干活,家里只有柳西帮这一个劳动力。为了照顾妻子,他哪儿也去不了,只能在家以耕种为生。他们家的生活开支很大,家庭面临着不少实际困难。他想新建一处住房,却拿不出这笔钱,只好赶来求助柳西周。柳西周对他的家庭情况完全了解,他让柳西帮先回去。紧接着,他就赶去了镇里,去给柳西帮申请这笔两万元的危房改造补助资金。

按照上级规定,低保户只有先把自家危房拆除了,把住房重新建好,通过镇政府的核实验收之后,才能把两万元的资金补助到位。

柳西帮又去求助柳西周,他说,你看我眼下这笔建房钱该咋办?

柳西周掷地有声地告诉他说,我想办法先给你筹,不让你作难。

柳西周向来办事都是亲力亲为,他前去一家窑厂给柳西帮买砖块,人家窑场老板见是他,自然是很热情。因为好多贫困人家建房,都是由他前来联系购买砖块的,他也就成了这里的老主顾,老板当然要对他另眼相看啦。柳西周买到手的都是烧得很透的砖块,而且价格上也能给出适当的优惠,这让柳西周很满意。

接下来,柳西周又赶去街上卖建材的店家去购买钢筋、石子和瓷砖,情形大致相同。

柳西周之所以这样乐意为村里的贫困人家亲力亲为地跑腿,心里只有一个想法,那就是既给他们购买到质量过硬的产品,同时又能给他们省下不少钱。

柳西帮正式建房动工的那些日子,柳西周忙中抽闲都会赶去施工现场。他不但帮着搬砖、和泥灰,还对建房质量进行严格把关。

柳西周每天为他的村民操着心,至于自己吃饭怎么样,也就给放到了一边儿,完全不当回事啦。

试想一下,一个大男人一直不知疲惫地在操心劳累,可他一直又吃不下饭去,人怎么能不日渐消瘦呢?

柳西帮家三间亮堂的新房落成了,松了一口气的柳西周一屁股跌坐在地上,两腿酸软发沉,好半天都不想爬起来。当他用力站起的时候,明显感觉到力不从心,两条腿直打战!

他意识到自己的身体可能真出了问题。他本来是一个魁梧的大块头,浑身都有用不完的劲儿,现在竟然连站起来都变得这样吃力了。就算人消瘦,骨头不是还在吗?怎么变得这么轻飘呢?他专门去用磅秤过了一下自己的体重,就因为他连着这些天都不能吃饭,竟然掉了二十六斤肉!

四十八

　　柳西周不只是不能吃饭,他还越来越感觉心里不得劲,喉咙难受,胃里也隐隐地疼痛。尽管这样,他对自己的身体,竟仍然像过去一样不放在心上,总以为是自己忙累,休息不好,熬夜上火才引起的。

　　也的确,只要柳西周人处在工作之中,他总是那么忘我,那般顽强地支撑着。他工作时的精神状态很好,谁也不会把他跟疾病联系在一起。

　　事实上,他一直都在抱病工作。

　　柳云峰是跟柳西周最亲密的村民,在他眼中,柳西周就是不同于一般的村干部。柳西周不只操持着村中的大小事,还关心着国际上发生的大小事。他讲美国、日本,他谈欧洲、拉美,还说到非洲,他兴趣最浓厚的是中东,讲得最多的是叙利亚。

　　赶在阴天下雨,只要柳云峰不干活,他就会来到柳西周家。两人坐下来,柳西周就跟他探讨叙利亚问题,谈叙利亚的战略走势。他说,叙利亚战争打了八年,几十万人死在炮火之中,真是太残酷啦!本来叙利亚内战是打不起来的,"阿拉伯之春"刚兴起的时候,反对派的力量薄弱,是可以跟当政的阿萨德总统坐下来谈的。只因以美国为首的西方国家向反对派手里输送武器,才致使反对派立场趋于强硬。最不利的首要条件就是要求阿萨德总统直接下台,这明摆着是跟叙利亚总统过不去。反对派这才成了强硬的顽固派,不愿与现任总统和谈,一心想着把阿萨德总统当局给武力推翻。

　　柳云峰刚开始不懂这些国际上的事,也不关注国际上的事。可他听柳西周老是不断地给他讲,他也就逐渐关注起国际新闻来,渐渐地对国际上的事产生了兴趣。只要柳西周跟他讲,他就用心地听。

柳西周接着说,以美国为首的西方国家,一心想把阿萨德总统赶下台。叙利亚刚发生内乱的前两年,西方国家向联合国提议案,要在叙利亚境内设立禁飞区,想直接插手叙利亚的内部事务,我们中国和俄罗斯坚决反对。当议案在联合国安理会进行表决时,中国和俄罗斯均投了否决票,这才让西方国家的企图没有得逞。正因为有中国和俄罗斯的支持,叙利亚最终才没有走向四分五裂,阿萨德总统也终于支撑了下来。

柳云峰忍不住插言道,叙利亚局面一直这样混乱?

柳西周点点头,接着说道,正是叙利亚发生了内乱,才半路杀出个程咬金来,伊斯兰国的那些极端分子就乘乱迅速做大、做强起来,一下攻占了伊拉克百分之七十的领土,叙利亚的好多领土也被占领了。他们还野心勃勃地喊着要建立伊斯兰国,使得美国一下顾不过来了。俄罗斯总统普京就抓住这个机会大举出兵叙利亚,联合伊朗帮助叙利亚去打击伊斯兰极端分子,这才从根本上扭转了叙利亚总统的被动局面。现在,叙利亚百分之七十的领土又重新回到了政府的手里。

柳云峰跟着说,有意思的是,过去那些喊着让阿萨德总统下台的西方国家领导人,却一个个自己下了台,人家阿萨德总统仍然在台上。

柳西周认同地说,西方国家向来是霸权主义作风,唯恐天下不乱,好乘机兜售他们的军火,粗暴地干涉别国内政,向别国输送他们的价值观,妄想改变整个世界。我最佩服的人就是普京总统,那个人头脑聪明过人,很有智慧,也相当强硬。他现在又把土耳其从美国那边拉了过来,俄罗斯、伊朗和土耳其三国经常在一起召开叙利亚重建会议,在叙利亚设立冲突降级区,逼得那些把美国当主子的反对派节节败退。如今的美国,在叙利亚大势已去,败局已定。不管是过去的奥巴马,还是现在的特朗普,想跟普京斗,均不是对手,都不如普京强势,只能处在下风。

柳云峰就问柳西周,你一个当村干部的,为什么这样热衷于国际上的这些战事?这个跟你当村干部到底有什么关系?

柳西周加重语气说,不有这么两句话吗?"位卑未敢忘忧国","天下兴亡,匹夫有责"。别忘了,我还在村里当了好多年的民兵营长啊,正因为我的思想觉悟高，我才把自己的儿子送去参军入伍啊，他用手指着自己的鼻子说，我现在也是一个军人的父亲，家国情怀，家和国向来密不可分啊，只有站得高，才能看得远，一个经常关心国际大事的人，心胸自然也能宽广起来，看问题和想事情的角度就跟一般人不同，对自己的工作也会有促进和启发，益处真是太多了。特别是能让一个人看清哪些是正义的战争，哪些是非正义的战争。当一个弱国被强国侵略的时候，这个受害的国家就会不可避免地陷入四分五裂，那将会有许多无辜的人失去宝贵的生命啊，落后就会挨打，贫穷就遭受欺负，就会丧失主权。看到别的国家一直处在战争之中，百姓流离失所，无家可归，为躲战乱被迫沦为难民，这怎不让人揪心地痛？怎不让我更加珍惜今天的和平生活啊？这也促使我更加努力地、忘我地、一心一意地去建设我们的国家，努力把我们的国家建设得更加美好，更加强大，让我们的人民活得更有尊严，更有自由，都过上更富裕，更快乐幸福的生活！

　　有一天，柳云峰刚吃过早饭就接到柳西周的电话，电话里让柳云峰赶去他家一趟。柳云峰挂了电话便匆匆赶了过去，原来他是让柳云峰来拿别人转过来的刮大白的工程尾款。另外，他还给柳云峰找了一份刮大白的活，把抄记的电话号码纸条给了他。

　　柳云峰这趟上门却发现柳西周明显消瘦了，脸上也缺少血色，显得很灰暗。他不由得问道，你到底是咋回事？我看你这不像是什么熬夜不能吃饭，我担心你是不是有什么病了。你不能总硬说自己没病，你最好还是上医院去看看吧！

　　柳西周却还是听不进心里去，他执意说，你不要大惊小怪，真像你说得那样严重，我早就躺在床上动不了啦！我这不哪儿都能去，还是好好的一个人吗？不就是不能吃饭，人瘦了点嘛，这能有个啥？上医院看个什么，我每天工作都那么忙，哪儿有那个时间呀？！

　　柳云峰就坚持自己的观点说，你这说得不对，忙归忙，但长时间不能吃饭就是一种不正常的现象，是应该去医院检查的。依我说，医院你还是得去，啥也没有身体要紧。

　　柳西周仍然执意说，我认为自己没啥事，医院不是我去的地方，我不想上那个地方去。

　　柳云峰沉着脸,恳切地说,我老婆不就是因为刚开始的小毛病没放心上,才给耽误成缠人的病吗?我跟你说过的,光开刀做手术先后就做了四次,险些送了命。你应该重视自己的身体,别总是说没事,还是到医院去看看为好。

　　柳西周忽然觉得柳云峰的话有一定道理,这才听进心里去。他问道,那你啥时间有空陪我去?

　　柳云峰赶紧说,只要你愿意,我现在就可以陪你去。

四十九

　　柳西周进屋准备了一下,刚跟柳云峰一块儿往外走,在院门口跟一个正朝里进的村民险些撞在了一起。柳西周定睛一看,见是赵秀美,他忙问道,你这急急忙忙地有啥事吗?

　　赵秀美气喘吁吁地说,芳芳妈朝北地刚修好的鱼塘倒玉米秸秆,玉玉妈看见说了她几句,她还不听。玉玉妈就拦着不让她倒,可她偏要倒,两人为这事已经吵起来了,眼看就要动手了,你赶快去管管吧!

　　柳西周十分生气地说,芳芳妈怎么能这么做?她这行为真是不对,走,我这就跟你去。

　　柳云峰就在后边追着喊道,你不是跟我说好了去看病吗?咱这还看不看啦?

　　这时候,看病的事已经不在柳西周心里了,他只好对柳云峰说,你有活先去干活吧,现在我有事要处理,我觉得自己的身体没大碍,等改天再去吧!

　　柳云峰便不情愿地离开了,柳西周也直接朝北地的鱼塘赶了过去。

　　事情的经过是这样的。

　　芳芳妈家地头有一垛玉米秸秆,是前不久村里整体改造时从她家院墙东头挪移到这里来的。她觉得如今家里烧煤气,不用烧玉米秸秆了,留着它们也没用,就用架车拉着倒进鱼塘,准备把这片地空出来,种点青菜留着自家吃。

　　她用架车拉着秸秆朝鱼塘里倒了两车,第三车正拉着朝前走,半路上就让打村里走出来的玉玉妈给拦截了。玉玉妈刚开始跟她心平气和地说,你怎么能把秸秆倒到新整修的鱼塘里呢?难道你不知道,村里明确规定不让村民朝鱼塘乱倒秸秆吗？

　　芳芳妈遭到玉玉妈的拦截，心里老不高兴了，她就拉着脸说，知道咋样。不知道又咋样，上面要求下边不准做的事情多了，下边不还照样有人做。她这么说过，又使劲瞪了玉玉妈一眼，接着说道，我倒的是公家鱼塘，又没朝你家地里倒，也碍不着你，你这不明摆着多管闲事吗？

　　玉玉妈只好继续劝说道，你看，这刚整修的鱼塘水这么清，你却往里面倒玉米秸秆。你这样带恶头，谁看见都不闻不问的，要是大家都跟着学你去倒秸秆，不又要把鱼塘弄脏污了吗？"美丽乡村"建设花了那么大的气力，让你这一摆弄又要变成啥样子？不怕柳西周见了罚你吗？

　　芳芳妈顿时满脸通红，气不打一处来。她不满意地说，本就是乡下人，谁家门前不堆柴火垛？自打他柳西周推行"美丽乡村"建设，好像啥都对他有妨碍了，这不让搁那不让放的。我不倒公家鱼塘也没地方倒啊！只要我不朝你家地里倒，这事儿就碍不着你，你还是别管那么宽了。

　　玉玉妈不做退让地说，你这做法不对，我好心好意跟你说，你还不理睬我。你拉着满车的秸秆朝鱼塘乱倒，我当然要拦截你啦！

　　芳芳妈便越来越气恼了，她用手指着玉玉妈说道，你拦截我，你凭啥拦截我？你是谁？你是跟我一样的村民！我看你这样向着柳西周，你是不是让柳西周睡过，是不是柳西周的野女人？要不然，你不会这样替柳西周说话。

　　玉玉妈怎么也没有想到，本来是为了公家鱼塘的事，芳芳妈竟不朝正事上提，说着说着话就下了路，竟攻击起她的人身来。玉玉妈顿时感到受不了，羞恼着说，你看你这是说得啥话，要说不正经，你才是个不正经的女人，你才去跟村干部睡呢！

　　芳芳妈索性丢开架车，气愤地冲了过来，几步就冲到了玉玉妈面前。她用手指着玉玉妈说，你个骚女人，你说谁呢！你才是那样的贱女人！你家男人出门不在家，你离了男人不能活，我就说你找柳西周睡了！

　　玉玉妈都快气哭了，连话也说不连贯了，她只好连声说，你不是说我，你是说你自己……

芳芳妈跳跃着,头伸着,双手叉腰,眼睛发红,连着声说,你别胡说,我说的就是你,就是你,就是你,就是你……

玉玉妈气得脸煞白,不知道恶话该咋说,只好连声说,就是你,就是你!

两个女人吵骂到一块就没完没了的,芳芳妈明显比玉玉妈高壮,她人也就显得很强势。骂着骂着,她忍不住就先动了手,朝着玉玉妈的脸上狠劲地扇了一巴掌。处在弱势中的玉玉妈也只好做出反击,可她的两巴掌都落了空。她没打着人,反让芳芳妈一把揪住了头发。紧接着,芳芳妈就把玉玉妈摁到地下,然后就没头没脸地扇打,边打边喊叫着说,打死你,打死你,我叫你揽得宽,我叫你多管闲事。

直到柳西周赶来亲自进行制止,芳芳妈才不依不饶地把手松开。玉玉妈既气恼又委屈地跌倒在地上,呜呜地哭了起来。

柳西周见状,十分气愤,严厉地批评芳芳妈说,你明知道村里不让朝鱼塘倾倒杂物,你明明知道这是刚整修一新的鱼塘,你偏自作主张这般去做,有村民上前阻拦,你不但不听,还动手打人。你身为茶棚村的一位村民,不带好头,反带恶头,你这做法已经不是村民之间的平常纷争了,你这就是搞破坏,当今环境治理这么严格,你直接朝村鱼塘倒秸秆的做法是非常错误的,村里将对你作出严肃处理!

芳芳妈刚才那种天不怕地不怕的张狂劲,顿时没有了。她让柳西周说得害怕了,在柳西周面前立刻软条了。她的身子跟着矮了,自知理亏的她头低垂了下去,脸上吓得变了色。

前来围观的村民也纷纷说芳芳妈做得不对!

柳西周肃脸问芳芳妈,你说怎么办?我现在征求一下你的意见,是让村里把你送到镇上派出所,罚款五百元,拘留你七天,还是……

还没等柳西周的话说完,芳芳妈就失魂落魄般地爬到柳西周面前,两手使劲抓着他的裤腿,仰脸看着他,向他哀求说,我做错了,我向你承认过错,你放过我吧!我向你保证,倒秸秆只这一回,下次我再也不倒了!你高抬贵手吧,行不行?

柳西周仍面色黑沉着,跟平时完全不一样,不说一句话。

村里人纷纷向柳西周给芳芳妈求情。

这时候,只见玉玉妈打地下站了起来,一步步走向柳西周。

柳西周便把目光转向了玉玉妈,这才开口道,你的意见呢?你是怎么想的?

玉玉妈苦笑了一下,她竟也帮着给芳芳妈求情。她说,咱都是一个庄上的,大家乡里乡亲的,你对她还是轻饶吧!

柳西周钦佩地向玉玉妈点了点头,这才把脸向芳芳妈转过去,一字一顿地说,包括玉玉妈在内,大家都让我放过你,那我就不准备朝镇上的派出所送你了,就把这件事放在村里进行处理。念你今天是初犯,又认识到了自己的过错,也当众口头做了保证,那我就代表村里对你作出罚款三百元的决定,其中一百元算作是你对玉玉妈的人身伤害处罚。另外,你还必须给我写一份书面检讨和保证书,只有这样,这件事情我才放你过去。

芳芳妈只得依顺地答应说,好,我同意。

柳西周重新把目光转向玉玉妈,接着说道,我们做事不是一头沉,有罚也有奖。玉玉妈今天这事做得好,值得赞扬。村里的鱼塘,只靠写几块木牌子插在那里,是不能很好地起到作用的,主要还得靠我们茶棚村像玉玉妈这样的广大村民来进行监督。对于少数人的破坏行为,大家要敢于站出来管。只有依靠大家的共同监督和严格制止,才能让我们茶棚村到处都有美好的环境。我现在当场奖励玉玉妈二百元,说过,他打自己衣袋里掏出二百元钱,亲自送向芳芳妈,然后又说道,我在这里代表村里向你发奖金,请你收下。然后还不忘说一句,为了村里,为了大家,让你受委屈了。

玉玉妈脸上泛红,有些不好意思地说道,这是我应该做的,受点委屈也没有啥,我不朝心里去。

村民都赞成柳西周的处理方法,他这事处理得果断又公道,处理及时,该宽的宽,该严的严。柳西周知道,不立规矩,不动真格,乡下好多事都难达到应有的效果。

柳西周把他的心思转移到了村里发生的这些事情上,谁也不知道他的身体生了病,他自己也忘了他已经快一个月都不能吃饭了!

五十

　　柳西周身为一个打艰难之中度过来的男人,又是家里的一家之主,对于不能吃饭这件事他一直咬牙坚持着,一天一天地强忍着,不肯告诉在阜阳打工的妻子。刘凤英朝家里打电话,因为他当时正在镇里开会不便接听,她才又将电话打给了柳云峰。柳云峰就把柳西周生病的真实情况一五一十地告诉了她。

　　刘凤英放下电话,坐在那里半晌都没动,她感觉心里忽然之间压了块大石头。她在阜阳再也待不下去了,就临时请了三天事假,匆匆忙忙返回自己家中。

　　当见到丈夫本人时,她怎么也没有想到,距离上一次她回来只隔了不过二十天,丈夫竟如此消瘦!原本健壮的身子成了细瘦的竹竿,两只眼睛塌成了坑,两颊下陷,嘴巴也变得尖削了,整个脸盘都不好看啦!这可把她心疼坏了,泪水跟着就吧嗒吧嗒地掉了下来!她不由得埋怨道,你看你这都瘦成啥样啦?你怎么连说也不跟我说?

　　柳西周却不感觉有个啥,他嘿嘿一笑,用哄劝的口气说,我这没啥事,不就是村里工作太忙了嘛,整天东跑西颠的,而且你又不在家,我吃饭也不应时,总是饥一顿饱一顿的。再加上最近工作压力大,我也没休息好,能不熬夜上火吗?哪儿还有食欲啊!他这么说着,又顺手揽过刘凤英,情不自禁地在她脸上亲了一下,接着说道,不就是不能吃饭人变消瘦了嘛,这有啥大不了的,你不用流那么多蛤蟆泪,这还值得去哭啊?!

　　刘凤英心疼地对丈夫说,你这哪里像熬夜熬的,你这明显是身体有病!

　　柳西周脸沉下来,很不高兴地说,谁有病?有个啥病?你看我这精神头像个有病的人吗？

刘凤英便问，那你要是没病，你倒是说说自己为啥不能吃饭呀。

柳西周把妻子拉坐在床上，继续用胳膊揽着她，固执地说，我就是忙、累和熬夜，导致心火太旺了，不吃饭也不觉得饿，吃了也没一点儿饭味。若是硬着头皮吃下去了，喉咙就火辣辣地难受，就像喝辣椒水一样，吃也吃不到肚子里去，都膨在胸口上，撑得人不得劲。

刘凤英仔细听着，心直往下沉。她说道，那你还说自己这是熬夜上火不想吃饭，这哪里是熬夜上火，你说的这些症状跟熬夜上火完全是两个样。

柳西周深情地看着妻子说，那你跟我说说是怎么个不一样。

刘凤英边想边说道，一般上火都是牙龈肿、牙疼或舌头烂、嘴角烂，抑或嘴上起一些燎泡，还有就是嗓子疼，而你这些症状都没有。

柳西周只得承认道，是没有。

刘凤英又跟着说，还有小便黄。

柳西周便说，我尿尿也不黄。

刘凤英又接着说，口苦，吃饭不是饭味，熬两回白糖茶水，喝下去也就过来了。

柳西周便说，白糖茶水我熬过，可是喝过也没管用。

刘凤英这才下了断语——你吃饭像喝辣椒水，心口觉得堵，啥都不想吃，强吃也没饭味，这个肯定不是熬夜上火引起的，你这是身体有了别的毛病啦！

柳西周不得不认同妻子的这个说法，他只好如实地告诉她说，老支书、柳云峰、孙敏，还有其他不少人，他们也都担心我的身体是有啥毛病，都催我上医院看看去。前几天，柳云峰还要跟我开车上太和中医院看一下，结果又碰上村里芳芳妈朝北地的鱼塘倒秸秆，跟玉玉妈动起手来了，我赶去处理那事，中间一耽误，不知不觉又过去好几天了。

刘凤英怨嗔地看了一眼自己的丈夫，把头不由自主地贴在他的胸脯上，用手轻轻抚摸着他的衣扣，情不自禁地流淌着泪水，说道，你不能心里只装着你的村民，你还要把你的女人和孩子放在心上。你可是我们家的顶梁柱，我们全家都依靠着你呢！要是没有了你，你让我和孩子咋活，又该咋过啊？

柳西周叹了一口气，只得无奈地跟妻子解释道，我们当村干部的，肩上都挑着村里的一副重担，百事缠身，这也是身不由己啊！不要说顾家，有时连自己都顾不住啊！就说前几天的一个上午，我本来回家日头就已经歪半边天了，泡了几天的衣裳泛出了腐臭味我都顾不上洗。已经过了饭点，我就先赶忙烧水，水刚烧开正说要下面条呢，忽然接到一个紧急电话，说阜阳市的领导要赶来我们茶棚村视察"美丽乡村"建设的推进情况。镇党委汪书记要我立即前往村里，领着上级领导查看，作详细介绍。没有办法呀，我只好将面条扔下，跑向了村里。

刘凤英也承认，他们村里的一副重担主要都压在丈夫的身上，也理解丈夫一个人实在是不容易。她关心地对他说，不管你工作有多忙，你都得照顾好自己，注意自己的身体。要是你把身体累垮了，我们这个家的天也就塌了，往后风刮雨淋，我和孩子就没有了给我们遮风挡雨的人啦。你一定要记住，我们这个家不能没有你，我和孩子都需要你啊！

柳西周安慰妻子说，你看你，我不就是不能吃饭吗？我现在不还是一个大活人陪在你身边吗？你把话说得那么伤感干什么啊？话说到这里，他用手轻轻给妻子擦着眼泪，接着说，你放心，这回我一定听你的，一定抽个空闲上医院去看病。不过，我向来身体强壮、皮实，没那么娇嫩，不会有啥事的。

刘凤英把头从柳西周怀里抬起来，自己用手背擦着脸，情深意切地说，我和孩子谁能想让你有啥事？我心里只是想让你抓紧去看一下，要是没啥妨碍，不就啥事都没有了吗？

柳西周摆摆手，赶忙说，咱说些高兴的，别离不开这病不病的话题行不行？我这些天心里啥都不想吃，就想吃你擀的面条。我心里想着，你擀的面条我至少也能吃它两大碗。正好今天你回来了，就下手给我擀点儿吃吧，要是我能连吃两大碗，就表明我的身体没事，医院也不用去了。要是连你做的面条我也吃不下去，那就表明我的身体真出了问题。真要那样，谁也不用催，我自己也要上医院去看看。

刘凤英挽起了衣袖，系上了围巾，挖面、和面，她下了劲地去擀。她把面皮擀得薄,切得也细。面条煮熟后,她还特意浇了醋和香油。为了给丈夫做好这顿面条,她累得满头都是汗。

面条做好之后,她先给柳西周盛了一满碗,然后盛了一碗自己吃。她吃着觉得挺好吃,可她看柳西周只吃了几口,再吃就难以下咽了。她见状,自己也吃不下去了。她放下筷子,赶忙问道,你是不是觉得不好吃所以才不想吃?

柳西周只好强作笑脸,如实地说,头两口觉得还有饭味,再吃,那种喝辣椒水的感觉就又跑出来了。我过去吃面条的那种饭香味怕是再也品尝不到了。我想强迫自己吃,可吃了又觉得发撑,心里难受啊。

刘凤英见丈夫这么说,她连一口也吃不去了,心里特别不是滋味,难过得泪水止不住地流淌下来。她只好对丈夫说,你这个样子,明天啥也不要去干了,赶紧上太和中医院看病吧。

柳西周只得依顺地答应了一声,好!

五十一

　　柳西周吃完晌午饭刚放下饭碗,他家门口就响起了急促的脚步声。柳西周见有人来找,就强撑着从板凳上站起身,迎了出去。他抬头定睛一看,只见来人是柳东三队的村民柳怀干。

　　柳西周把柳怀干让座在椅子上,自己在他对面的一条板凳上坐下,笑容满面地问,怀干叔,你上门来有啥事情?

　　柳怀干刚坐下来,便愁眉苦脸地告诉柳西周说,我这不正着手给我家儿子办婚事吗?谁知女方那头变化太快,要求条件也太高了!就是用刀抹脖子,我也没这个能力办到啊!我实在是被逼到无路可走了,只有上门求助你啊!

　　柳西周看着柳怀干,用心地听着,然后说道,那你跟我细说一下,这里边到底是怎样一个弯弯绕。

　　柳怀干便直说道,那我就跟你长话短说。年前我们两家说好的,结婚给十万块钱彩礼,婚房就是两年前家里盖的一座两层楼房。如今事快逼到眼前了,女方她爹说话却不作数了。他重新向我提要求说,现今人家女孩结婚都流行城里买新房,你家里的楼房赶不上形势了,我女方不要了。你也必须给我女儿打城里重新买套新房,阜阳、界首这两个城任你选。要不然,我家女儿就不往外嫁!你知道的,打城里买楼房不是嘴上说得那样轻巧,没有六七十万根本下不来。现在,我上哪儿去给女方弄这一大笔钱去?

　　柳西周听柳怀干这般说,心里挺不好受的。他说,我记得你身份证上是1957年出生的,今年已经是六十出头的人了吧!你在城里干建筑,只打个小工,干个力气活,就是省吃俭用,一年也不过挣三万块钱。女方要你打城里买婚房,对你来说难度是相当大的,是根本没这个能力办到的。

柳怀干苦巴着脸说,我为这个事已经愁得好几天睡不着觉了。我实在是找不到别的门路才想着找你出面,让你去女方那头帮我做做他们的思想工作。我觉得你是村干部,看能不能尽力让女方转变,不要硬逼我家打城里买楼房。

柳西周感同身受地说,你是我村的村民,我是你的村干部,你遇到无法克服的困难,我理当为你挺身而出,为你排忧解难,我会尽最大努力的。不过,男女婚姻上的事也不能强人所难。我的劝解能有效果那当然好,假如女方那边坚决不掉头,你也不用悲观,咱再想其他门路。要记住,好事多磨,车到山前必有路,要有信心!

柳怀干大度地说,像这难办的事情我也不可能强求的。你办好了我当然高兴,你办不好也没关系,我只有感谢,不会有半点埋怨的。不过,我认为咱茶棚村只要你出面,再难办的事也没有你办不好的。我相信的,只有西周你行。

柳西周便说,劝人是我的强项,我也相信我自己。

送走柳怀干之后,柳西周就对妻子说,看见没?每天总是有村民来找,还都是要紧事,村干部只能有求必应!明天去看病的事,只好又泡汤啦!

刘凤英也是乡下人,本身也有一副热心肠。每遇到这类事,都能理解,她甚至比人家还着急,恨不能让丈夫立刻就赶到女方家那头去,尽快把女方思想扭转过来,别让男家为娶个媳妇这样为难,她向来对柳西周的工作都是挺支持的。她心里边也觉得人家的事更当紧,只能把丈夫看病的事朝后再推推啦!想到这里,她只好对丈夫说,我又没说你啥,该你办的事你理当先给人家办,我又不拖你的后腿,谁让你是村干部呢?村民有过不去的事,人家不赶来找你还去找谁?

柳西周情不自禁地揽过妻子,又在她脸上亲了一下,说道,看来真是"不是一家人,不进一家门",我家凤英天生就是善良的软心肠!

尽管柳西周从来没去过柳怀干未过门的亲家家,女方的父亲他也不认识,可当柳西周赶过去时,女方的父亲却认出了他,知道他是茶棚村的村干

235

部,还知道他跟村民之间的关系非常好,是一位给村民办实事、贴心的好干部。他把上门的柳西周当成一位重要客人相待,显得十分热情,这让柳西周一下拉近了和他的距离。

柳西周进了屋之后也不客套,表现得完全是真实的自己。他向女方直接亮明观点,我今天是受男方委托,当说客而来。主要就是为了让你改变想法,别再主张男家给你家女儿打城里买楼房了。当今社会的大趋势,乡下人都认为城里好,都向往城市,想走进城市,成为一个城里人。我不能说乡下人这想法有错,但我个人认为乡下人这种抛弃乡村的选择也未必就是最好的。

女方父亲看柳西周上来观点就这么鲜明,他不由得哦了一声,然后问,这话怎么说?

柳西周端起桌上的茶水喝了一口,不由得坐下又站起。接着他目不转睛地看着对方,从容地说,任何事情都要相对来看。比如说城市的房子太过集中,人口太过密集。城里高楼林立,走在大街上常年看不到太阳;城里喧嚣、嘈杂,空气也受到严重污染;城里人门挨门,却互相不来往……这就远赶不上农村有宽阔的田野,到处阳光灿烂,空气清新,环境宁静。农村村民居住一家一院,村民之间也都是老少爷们相处在一起,互相都了解,见面就打招呼,人与人之间有浓浓的亲情,充满了烟火气。我个人观点,咱乡下居住,一点儿也不比城里差,肯定比城里好!

女方父亲只得承认,柳西周这样对比着说,也说得切合实情,确实是这种情况。

柳西周又接着朝下说,就像过去号召的让城里的知识青年下乡,他们人虽然来到乡下,但未必能吃下乡下的苦,干得了乡下繁重的农活,也不那么容易融入乡下。结果几年过去,下乡的知识青年也没把心炼红,城里人依旧还是城里人。后来,当知青大返城的时候,他们便纷纷离开了农村。反过来说,农村人进了城,也未必能一下子成为城里人。有的人走进城过得很好,但有的人进了城反而过得很差。一个农村人要想变成一个真正的城里人,也需要经过一段很长的过程。所以我认为,一个人将来过得好不好,有没有大的发展前途,不在于他是生活在乡下,还是生活在城里。我个人认为,农村是一片广阔的天地,一个有志向的农村青年最好还是选择乡下。因为在自己生长的土地上才更加如鱼得水,从各个方面才更能发挥出自己的优势来。只要甩开劲儿干,反而更容易把自己想干的事情办成!

女方父亲认真听着,对柳西周这样的见解挺有兴趣,于是他说道,你这话有一定的道理,我想听你接着说。

柳西周索性摊开来说,我们现在的农村,实话实说,各方面条件的确是赶不上城市。由于受经济制约,基础设施方面还相当差,可农村跟城市一样,也是在向好的方向发生着变化。柳西周说到这里,竟然站起来在对方面前走动着,有力地挥着双手。他接着说道,尤其是我们党中央现如今发起的声势浩大的"脱贫攻坚",还有中央提出的"乡村振兴战略"。今后,我们的乡村将迎来大机遇、大发展,政府从人才、资金、技术几方面都将大力向农村倾斜。农村无论是发展空间,还是发展潜力,都相当不错。我们这里是一片未开垦的"处女地",不久的将来一定会有大量的年轻人在我们家乡的土地上创业、兴业、大显身手,不愁农村不发生天翻地覆的变化啊!

女方父亲说,我看你不只是个实干的村干部,还是一个理想主义者啊!

柳西周热血澎湃地说,一个人活着,首先就应该有理想。只要心中有了向往,有了奋斗目标,接下来才能脚踏实地地去干。很难想象,一个连想都不敢想的人,他将来会有什么作为,更不用说成气候。柳西周说完又坐了下来,接着说道,我刚刚是从大的方面说的,接下来我给你举些具体事例来证明我所说的话。咱先从庄稼上说吧,过去咱农村栽种的红芋不过才几分钱一斤,现在的鲜红芋已经卖到一元钱一斤了。要是加工成粉丝,进城可以卖到五元钱一斤。我前几年引进的"短蔓一号"优良品种所产的夏红芋每亩地能达五千斤,加工成粉丝,每亩收益也能达到六七千元,放在过去,你是想也不敢想啊!

女方父亲认同地说,你那"短蔓一号"我就亲自栽种过,产量是高,品质也好,特别是做稀饭,又面又甜的,不知有多好吃。那红芋吃着还有一大优点,就是里边没有红芋丝子,你这句句都是实言。

柳西周兴冲冲地道,你自己都栽种了,那就更有切身体会了。我再跟你说一下小麦,20世纪80年代中期到90年代前期都出现过卖粮难,直到今天,粮食价格仍然上不去,让农民看不到种地的前景。自从我带头在我们村成立了粮食种植专业合作社,引进了一个高筋优质的高产新品种,同时还进行科学有机种植,既不用化肥,也不用农药,打下的小麦既营养高,又绿色环保,是那种绿色食品,很受当今市场欢迎。这件事以后,我总算把种粮增产不增收的怪圈打破了,如今我们的有机小麦每市斤能卖五元。这种有机种植发展前景相当广阔,要是放在大城市去卖,估计能卖十元甚至二十元一斤!

女方父亲两眼睁得大大的,越听越有兴趣了。

柳西周也越说越来劲儿。他索性再一次站起来,在女方父亲面前来回走动,把手在空中有力地挥舞着,说道,我刚才已经跟你提到,就是将来农村的干部结构也一定会发生根本改变。像我们现在这些文化水平偏低的村干部只能靠边站了,把位子让出来给上边派下来的大学生村干部。城里的农业科技专家纷纷走到乡下来,亲自种那些新型的高营养蔬菜,每亩收益能达十几万元。"我们的家乡,在希望的田野上。"这也不再是支歌,将变成实实在在的现实。

女方父亲的心热火起来,激荡起来,跟着说道,要真像你所说的这样,那将来我们乡下的年轻人不用进城打工了,留在乡下就能挣到大把的钱。

柳西周便在女方父亲面前停了下来,提高了语调说,你看现在我们的国家正在建高铁,"八纵八横",穿越大江南北,这将把我们县以上的城市全连接起来。像我们界首,还有临泉的牛庄乡,不都在建高铁站吗?尤其是牛庄乡,离我们这里不过二十里,你完全可以赶去亲眼看一看。这可是国家有战略目标的大工程,这正是迈出的强有力的第一步。随着我们国家变得越来越富强,接下来,必定还会有第二步、第三步,直到把整个乡村都连成一片,都带动起来。

女方父亲也心情激动地说,那这不把我们乡村跟城市的距离越来越缩短啦!

柳西周把手向下一劈,肯定地说,那还用说吗?这正是国家发展高铁的目的。他又接着说道,下面我要跟你谈谈我们如今的茶棚村。自从我们推行了"美丽乡村"建设之后,我们茶棚村完全旧貌换新颜了!宽阔平坦的水泥道路,整齐美观的街道门面,明亮耀眼的路灯,设施健全的文化广场,清澈见底的河塘,整齐摆放的垃圾回收箱……可以说,如今的茶棚村是塘清湖明水畅,路平草青花红。那真是新茶棚新形象,一个风景如画的好地方啊!

女方父亲便重重点头,紧跟着说,你们茶棚村我没少去,你说的这些景象我都是亲眼见过的,你是茶棚村的大功臣!

柳西周说到自己生长的地方便产生一种说不出的骄傲和自豪。紧接着又说,现如今,我们茶棚村只走出了乡村振兴的第一步,我坚信,国家还会对我们茶棚村加大投入。随着我们茶棚村的变化,一定能把那些有钱的商人吸引过来。商人都有发展的眼光,当他们发现我们茶棚村是一片相当有前景的热土时,他们也会到我们茶棚村进行投资的。以后,我们茶棚村也将会办起农产品加工厂,这样我们生产出来的粮食就可以进行就地加工了,我们农业的效益也会获得更大的提高,不愁我们茶棚村的村民不尽快致富起来。

女方父亲整个人便给柳西周的话感染了。通过柳西周这豪迈、热情的话语,他的眼前好像已经展现出一幅生动壮丽的画卷,他的心也变得热血沸腾起来。

柳西周最后的结束语是这样说的,当我们乡下热火朝天地发展起来的时候,就不是乡下人进城去买楼房,而是城里人跑到我们乡下来买宅基、建楼房,打算长期居住在乡下了。怕的是他们有可能买不到宅基,建不成楼房,使愿望落空。为什么这么说呢?因为国家有政策,城里人不准在乡下买宅基。乡下的宅基金贵起来了,乡下人也不肯把自己的宅基卖给城里人。我认为,将来还是农村人留在乡下好,打城里买楼房,还是没有乡下人的楼房更有价值!

女方父亲已经完全理解了,他完全认同了柳西周的这些劝解,柳西周分析的话语十分实在,也很有道理。柳西周这是为男方好,同时也是为他女方着想。他人已经思想通了,头脑完全转变过来了,他愿意按照柳西周的话意做。他对柳西周说,我今天就依从你了,城里买楼房这事就当我没说,就把那男方家的乡下楼房当成我女儿的婚房。

柳西周挺身而起,心里无比喜悦地说,那行,这句话我一定给你带到男方家!

五十二

　　柳西周这个村干部,对乡村到底应该如何发展有充分又独到的见解。乡村发展,光靠喊口号是不行的,最切实可行的还是要用实际行动去真抓实干。也只有这样,才能推动乡村向前发展。落后的村庄因受生活所迫,大批的青壮年都进城打工了,只留下老弱病残留守乡村,农村变成一个空村!只靠这些老弱病残建设乡村,发展乡村吗?显然是不可能的。如果真是这样,那乡村发展只能是一句空话。柳西周认为,唯一切实可行的就是让外出打工的大批青壮年由城返乡,或者直接停下他们往外走的脚步。只有让更多的青壮年在家乡留下来,用他们的资金、技术和力量在家乡创业、兴业,乡村才能发生根本性的改变,乡村发展才能落到实处,乡村才能充满希望。

　　很多年前柳西周就有这样深刻独到的认识,他也一直都在不遗余力地做着这项挽留青壮年村民的工作。正因为他有这种急切感、紧迫感和使命感,所以只要有村民打工返回,他就赶紧上门,先从感情上去跟人家拉近距离。只要他能跟人家说上话,他就苦口婆心地劝说人家,千方百计地进行挽留。为了能把返乡村民留下来,这些年来他花费了很多的心血和精力。

　　柳玉林就是茶棚村众多外出打工人员中的一员,而且还是从茶棚走出去最早的一位村民。他原本在家里开手扶拖拉机,经常开着拖拉机给村民犁地、打场,这样也能增加些收入。由于他要不断进城购买机械零件,或者赶去查看新型号的农用机械,所见世面就比一般村民广。当乡下刚兴起外出打工潮时,他就走出家门打工去了。

　　柳玉林在乡下算是一个精明人,可他进了城,见到城里有不少不认识的技术活,顿时感觉自己成了一个拙笨人,没有一样是他上手就能干的。只有在城里开饭店,卖些吃的,他多少还能沾点儿边。于是,他就打算开饭店,可是他手里又没有那么多的本钱,后来还是他大舅卖了一头牛犊子,得手一笔钱借给他,才算在城里把饭店开了起来。

柳玉林当初为了进城,遇到的难度也不小。因为他在家里排行老大,为人又孝顺,当时父母都跟着他生活。他父亲身体硬朗,倒也没说啥,主要是他母亲身体不大好,对他很依恋,偷着哭了好几次。他母亲内心里不想到二儿子家里去,并不是二儿子人不好,而是那个二儿媳妇人有些恶泼,二儿子也有些窝囊,不当媳妇的家。他母亲要是去了,少不了要看二儿媳妇的脸色。柳玉林已经在城里把门面房子租下了,他便连着几天做母亲的思想工作。不论母亲情不情愿,她都不得不去二儿子那个家。

也就是柳玉林在城里开饭店的第三年的冬天,他母亲的病加重了,不久就卧床不起了。柳玉林甘愿出钱给二弟,可他二弟媳却死活不接这个钱,不愿替大哥去伺候婆婆。还是柳玉林的妹妹心肠不错,不让大哥为难,主动把母亲接去了她家,端屎端尿地养活。可老人到了这种境地,身体就衰垮得很快,被妹妹接去家里不到两个月,母亲的病情突然恶化,只好又把母亲拉送回二哥家。

那时已接近春节了,柳玉林饭店的生意正好,他是掌勺的大厨,根本脱不开身,可家里一个电话又一个电话地紧催。柳玉林没有办法,只好把饭店关门,打算第二天返程回去。这时候他突然接到他母亲的电话,他母亲在电话中泣不成声地说,你只顾做生意挣你的钱,你不打算要娘了,你今天回来还能见着我,到明天回来你就见不着我啦!

柳玉林只当他母亲说的是气话,没想到等他第三天到家时,他母亲已经在头天晚上咽了气,口仍然半张着,眼睛也不闭。

柳玉林看见了心如刀割,扑通一声跪倒在地,羞愧加悲痛让他把头朝硬地上连连磕碰,额头很快就鲜血淋漓了。他声泪俱下地说,娘啊,我对不起您,我不是您儿,我是个该刀劈的罪人!

柳玉林生有两个儿子,他进城那一年,大儿子上小学,成绩在班里排前几名。自打他进了城之后,两个儿子都交给他父亲带,可老人哪能管得住孙子?等大儿子上初中之后,失去父母监护的孩子便失去了管教,大儿子不好好学习,进网吧打游戏入了迷,成绩便迅速下降。人也不学好,跟集上的两个街痞子鬼混在一起,动不动就跟同学打架,要不就跟街上的孩子打架,在班里成了学混子。班主任也管不住他,他慢慢变成了班里的害群之马。班主任没有办法,只好给千里之外的柳玉林打电话,无奈地说,你要是再不回来管教你的儿子,学校只有把他开除了!

柳玉林无论如何也没想到,他家大儿子本来是一个优等生,却因他进城打工,学习成绩就退步成了班里的倒数第一,还成了班里出了名的坏孩子,坏到学校都要开除他!

柳玉兰被迫打城里返回来,没想到长高一头的儿子跟过去大不一样了,看见爸爸就把头拧着,满不在乎,显得十分叛逆。父子之间的距离变得疏远了,他还没说儿子两句,儿子就直接顶撞他。柳玉林一怒之下,抓住大儿子便没头没脸一顿暴打。同时,自己也气得胸口直疼。

他从前乖巧听话的大儿子,如今已经变成了这副无可救药的样子,他的一顿打不但没起到任何正向的作用,反而使他更加自暴自弃,连初中都没上完就辍了学,独自跑到城里闯荡去了。他身子瘦弱,干不动重活,进厂也没人敢要,他就在城里鬼混,经常被打得鼻青脸肿。到了十八岁那一年,他才算进了厂,但因为文化程度低,他又不肯用心学技术,只能干那种脏活、累活,挣个低工资。

每当想到他的大儿子,柳玉林心里就难受得不行。他清楚地知道,都是因为自己进城打工,才把大儿子的前途给毁了。

当柳玉林父亲年纪偏大、身体不好的时候,他家小儿子也开始上小学,成绩在班里排前三。孩子肯学,又听老师的话,柳玉林就吸取过去的经验教训,转变想法了。他觉得城里始终不是他的家,在他心里边,最放心不下的是家乡的老父亲和小儿子,他不能让一老一小再失去他的亲情。他现在已经认识到,出门挣钱不是最重要的,回到家乡照顾老人、培养好小儿子,这才是最为重要的事情。

柳玉林拿定主意,下定决心之后,就把城里的饭店转让了。然后,便带着老婆返程回乡了。

柳西周听说打工出去几年的柳玉林回来了,他把刚吃一口的饭碗放下,便急急忙忙起身朝柳玉林家赶去。他要去见柳玉林。

见到柳玉林,两人亲热地交谈起来。柳西周听柳玉林跟他说这次回来不是探家,而是要留下来不走了,柳西周感到特别高兴。他跟着就趁机对柳玉林热情地讲起了政府对返乡创业人员的各项优惠政策。他说,你这次能留下不走,那真是再好不过啦!你在家也可以创业,如今政府对这一块是大力扶持的。比如,放宽工商准入条件,税费减免,提供企业创业用地,给创业人员金融贷款,给予人才奖励补助和创业补贴……

柳西周觉得光靠他嘴上说,说多了柳玉林也不一定都能记住,所以回去之后又专门给他送来了一份详尽的书面资料。

柳玉林被柳西周的真诚和热情打动了,他仔细阅读资料之后,心里又重新燃烧起在家创业的热情。他想,自己在外做了这么久的生意,正好有些积蓄,再加上政府有资金扶持,他为什么不干呢?他一定要找个项目好好干啊。

可他毕竟有好几个年头没有在家了,对现今乡下的情况不太了解,一时也弄不清自己着手干个啥项目好。

柳西周紧跟着便二次上门,跟他介绍了近几年家乡发生的变化,帮他分析干哪些行业能挣钱。柳西周想起过去柳玉林有开农用机械的特长,便向他提出自己的建议说,现如今乡下村民翻建新房的相当多,建房也都要垫土,可青壮劳力又严重缺乏,人工挖土也是苦累活,给钱多了不合算,给钱少了又难找人干。我看你不如抓住这个大好机会,买台挖掘机给村民挖土垫宅基,这可是一个切实可行的来钱项目啊!

柳玉林依从柳西周说的,和老婆进行了一番商量之后,就赶到临泉农机公司购买回一台"犀牛"牌挖掘机。

柳西周为了帮柳玉林筹借急需的七万元,急匆匆地赶到集上柳玉彬那里,向他开诚布公地说明了自己的来意。柳玉彬见是柳西周出面跟他借钱,而且柳玉林不过是买挖掘机暂时周转不过来,生意人之间有困难时互相帮一把,也算是照应。所以没用柳西周怎么说,柳玉彬就如数借给柳西周七万元钱。柳西周要写借据,可柳玉彬坚决不让写,他说,咱爷们之间,还用得着写这个？咱两个谁跟谁啊！

  柳西周拿到这笔资金之后,就直接赶去了柳玉林家,把这笔钱送了过去。

  就这样,柳玉林留在了家乡,孤单的老父亲又得到了大儿子和大儿媳的照顾。由于夫妻二人对老人尽心尽力地照料,让老人获得了亲情的关爱和温暖,八十六岁的老父亲身体虽不如从前,心情却好了起来。还有他家小儿子,有了父母的陪伴和疼爱,学习更加努力,一直是班里品学兼优的三好学生。柳玉林也计划好了,等小儿子考上高中之后,让老婆直接进城陪读,确保小儿子将来能考上一个好的大学,有更大的发展前途。

  如今的他,觉得自己不再像空中的落叶那样有漂泊感了,活得踏实又温暖。

  当他打柳西周手里接过那七万块钱时,他内心里充满了对柳西周的感激。正是村里这个热心肠的干部,在他回乡之后给他指明了发展方向,还激起他创业的热情。如今他有了这个能挣大钱的挖掘机,劲头鼓得更足了,他有什么理由不甩开劲去大干一场呢？

五十三

柳西周昨天晚上心情猛一高兴,连吃了两碗面,他心里也渴盼着自己的身体真的啥事都没有,啥饭都能吃,让他能一直精神饱满地为村民操心。可心愿只是心愿,他的身体毕竟不是铁打的。尤其是他在这种身体状况下,还硬把妻子刘凤英给哄劝走。本应该顾惜自己、停下休息的他,没有了刘凤英的照顾,又一个劲地不知疲惫地工作着。白天劳累一天,晚上还坚持熬夜看书。他因病已经连着好多天不能吃饭了,他那日渐虚弱的身体,哪里又能承受得住,他的病情又怎能不加重呢?

又是一天上午,柳云峰吃过早饭,为了他干活上的事赶去村部找柳西周。他看见柳西周坐在办公桌前,上身向前弓着,手里拿着笔,正在忙着写什么。他轻迈脚步走到柳西周近前,这才看到柳西周的身子在微微颤抖,他的脸色煞白,眉头紧皱,强咬牙关在笔记本上写着他工作当中的要点,豆大的冷汗珠子直朝下淌。

他看见柳西周这样顽强地支撑着身体在工作,心里顿时受不了,忍不住对柳西周说,你一直讲自己的身体没啥事,你看你这是没啥事的样子吗?你的身体都虚弱到这种程度了,还赶来上班?难道你真不要命了吗?

尽管柳西周感觉很不舒服,但他仍显得满不在乎。他表情故作轻松地说,你不要说这么大声。我这不是好好的嘛,你大惊小怪个啥?

柳云峰已经亲眼看见了柳西周的状态,他断定柳西周是生了病,并且病得还不轻。他不听柳西周的,只管继续对他说道,你光相信你身体是好的可不行,我看你这表现明显不对头,你不能再这样拖下去了,还是赶紧上医院看看吧!

柳西周见隐瞒不住,才朝柳云峰笑笑,如实地跟他说道,我也不知道是咋回事,自从你嫂子走过,这两天我感觉胸口上半边疼痛加剧了,发作也很频繁,让人咋忍也受不了了。

柳云峰便扑上前,伸手夺下他手中的笔,也不提自己的事了,改口说道,我今天正好有个空闲,我就是特意赶过来带你去太和中医院做检查的。

柳西周根本不理会,他说道,你开啥玩笑,我正在上着班呢,怎么能说去哪就去哪呢?我身为村干部,要严格遵守村里的组织纪律。

这时候老支书张兴成正好打外边走了进来,他看柳西周人消瘦不说,脸色也越来越灰暗了,就关心地说,你跟我说句实话,你这个样子,咋也不像健康的状况。

柳西周只好承认道,我这两天一点也不能吃饭,哪怕是吃一口,胸口上边就揪心地疼,从喉咙朝下像针扎一样的难受。

张兴成立刻表态说,那你这就是明显的病征,有病要当心,抓紧时间去看看。身体要紧啊,茶棚村还要靠你扛大梁、挑重担,不能没有你啊。这里现在有我,还有其他人,你不用操心。我放你两天假,你赶快去太和看病吧。

尽管柳西周心里还是有些不情愿,可见老支书已经向他发话了,紧着催他去,他也只得服从。更主要的是,他这不能吃饭的情况,已经有好长一段时日了,咋说他都应该前去医院检查一下,确诊一下。要是没啥大问题,他也好放心呀!

那天下午,柳云峰用面包车拉着他,陪同的还有邻居柳兆广。尽管柳西周因好多天不能吃饭已经消瘦得不成样子了,可他还有点雅趣。他透过车窗看着窗外向远处铺展的、一望无际的麦子,情不自禁地说,今年的麦子真是繁茂、旺盛啊!往哪里看都是一片绿意盎然,让人心旷神怡,精神振奋啊。我一辈子都愿意做个淮土人,我觉得哪儿也没有我们这儿好呀!

柳云峰只两眼专注地向前看着,开他的车。他看柳西周脸这样黄,人消瘦得两眼都塌成了坑,他的心情是沉重的、担忧的,他可没那个心情看田野里的风景。他不明白,柳西周咋还有心情看田野,他这心劲儿又是打哪儿来的?

柳兆广的心情也很低落,他只盼着柳西周上医院检查之后啥事也没有。他连抬头朝窗外看一眼都没有,柳西周说的话他也没心情接。

柳西周见自己的好情调没有获得他们两个的呼应,感觉车里边的气氛太沉闷,十分不高兴地说,不就是看个病吗？我都觉得没啥事,你们两个又怕啥？都不要给我皱着眉头,把精神提起来。我来带头唱支歌,这样死气沉沉的多不好！他开口唱了一句,我们的家乡……可他嗓子疼,声音发哑,怎么也唱不出来了……

他的精神太过顽强,让别人跟他在一起时怎么也感觉不到他是个身体有啥疾病的人！

到了上午十点左右,他们三人赶到了太和中医院。当时接诊医生建议柳西周做个胃镜,可正式去检查时,却发现他的食管肿胀得很严重,医生觉得这样进行胃镜检查会很痛苦,就让他改做钡餐造影。

主治医生先让柳西周喝了两口"白面糊",可他喝过当时就吐了出来。主治医生皱下眉头说,这样不行,看不清楚。

主治医生只好让他先去挂吊水,先把食管的炎症消下去,然后再去做胃镜。

柳西周只好在医院病房的床上躺下,护士把配好的输液瓶挂好,把针扎到了他的手腕上,然后用胶带固定好,又站在旁边观察了一会儿,见输液正常,向柳西周交代了一下注意事项,就转身离去了。

柳西周开始输液也不过十分钟,他身上的手机忽然响了。他用另一只手拿着接听,原来是村民柳西兵给他打来的,找他是为了让柳西周帮他贷款。柳西周接了这个电话,整个人就有些躺不住了,时不时地抬头朝吊架上的输液瓶查看,忍不住说,咋这么慢,能不能快一点啊？

柳云峰和柳兆广都把脸扭到一边,故意不看他,也不接他的话。这样,他就成了自言自语。

又过了片刻,他忽然向上挺了挺身,说道,还不如不吊了哩,家里的柳西兵急等着找我有事,这样一瓶水吊半天,该吊到啥时候？

柳云峰和柳兆广二人都把头低着,仍装作没听见。

正在这个时候,柳西周身上的电话又响了,他赶忙掏出手机接听。这回通话的是村民柳志强,他在电话中说,我今天打外地回来了,想留在家乡创业,不打算往外走了。我想马上去看看你,你现在人在哪里呢?

柳西周接了第二个电话,心情一下变得非常激动又兴奋,他忍不住连声跟柳云峰、柳兆广说,是志强从外地打工回来了,是志强从外地打工回来了!

口中这么说着,他的人已经在病床上躺不住了。他把上半身向上挺着,又说道,干脆不吊这瓶水了!他扭脸对柳云峰说,你叫护士去,让她把我这针拔了,咱快点返回去。

柳云峰抬头看了一眼空中的输液瓶,又看了下身边的柳兆广,并没有站起身。

柳西周变得有些不高兴了,他沉着脸,又看向柳兆广说,他不去,你去!快把护士喊过来,把针给我拔了!咱不输液了,早点赶回去啊!

柳兆广倒是站起来了,他朝吊架跟前走了两步,看着输液瓶里的药水说,你好不容易赶来医院一趟,这钱也花了,药水还没吊下去多少你就不吊了,这钱不白瞎了,这不等于空跑一趟?

这时,柳云峰也跟着站起来,两眼看着柳西周说,要我说,啥事也没有给你看病这事大!别的再急,也没有给你看病这事急!你还是把这水顺当地吊完,把胃镜做了,把你的病查个究竟,咱再回去!

柳西周已经听不下去了,他绷着脸问他俩说,咋那么多废话?我让你们喊护士,你们到底去不去?

柳云峰和柳兆广有些为难,心里也不大情愿,迟迟疑疑,脚步并没有移动。

柳西周急了,他心里也来了气,索性一翻身坐起,自己把手腕上的吊针给猛地拔掉了,紧接着就从床上下来,也不搭理柳云峰和柳兆广,独自头也不回地朝外走去。

柳云峰和柳兆广互相对望了一眼,半天才醒过神来。二人被迫无奈,只好一前一后奔跑着,向外边追去。

五十四

柳西周打太和赶回来,刚下面包车就急切地想见到柳志强。他手里拿着手机跟柳志强联系,柳志强在电话里告诉他说,我哪个地方也没去,就在村办公室等你呢!

柳西周迈步朝村里走,才走了两步,他的手机铃声又响了。他掏出来一看,是柳西兵。柳西兵告诉他说,我已经上你家去过两趟了,你人回来了没有?

柳西周就问,你现在人在哪里?

柳西兵说,我人正在集上家里。

柳西周立刻停下脚步,同时也改变了想法。柳西兵事急,本身他在太和中医院先接到的也是柳西兵的电话,按照先来后到,他也理应把柳西兵的事情放在前边。他知道柳志强反正这趟回来留下不走了,回头跟他见了面再谈也不迟。想到这里,他又把电话给柳志强打了过去,告诉他说,你大老远打外地回来,肯定旅途疲劳。这样吧,现在正有人找我办急事,暂时脱不开身。你不用在村里等我了,先回去好好休息一下,我这边办完事,等晚上脱开身了,直接去你家找你。

柳西周打过电话,把手机装到身上,转身又迈开脚步朝着街上的柳西兵家赶去。

说起村民柳西兵,他跟村民柳玉林一样,都属于茶棚村里最早出去打工的男人。正因为柳西周深刻认识到乡村要想获得发展,一支建设大军必不可少。人是最宝贵的劳动资源,只有好多人想干好多事,才可能把想干的好多事都干成。他头脑中经常想的是:倾尽全力做好外出返乡人员的思想工作,让他们能在家乡留住脚步,站稳脚跟。

柳西兵就是外出返乡,经过柳西周的思想动员,才终于下定决心,留在家乡创业的又一个典型事例。

柳西兵是个头脑聪明的年轻人,他因家庭贫寒,才被迫离开了家门。柳玉林出去打工还没有柳西兵早,他是在柳西兵出门之后的第二年才走出家门的。柳西兵出去闯荡并没有卖苦力,而是用他的聪明才智跟人家学做铝合金门窗。他学会了这个手艺后,就远比那些外出靠卖苦力的村民挣钱多。因为他的父母过去干田间重活都累伤了,身体都不大好,所以他每年都要返回家两三趟,回来看望父母。

柳西周不管有多忙,只要知道他回来,都主动前往他家去看他,通过交谈,了解他在外边打工的一些情况,关心他的生活和工作。了解后,就直截了当地对他说,我觉得你这门技术在我们老家也能派上用场,随着乡下人外出打工手中都挣到了钱,乡下建新房子的逐年增多,铝合金门窗的需求量也相应增大了。你要是能抢抓住商机,完全可在我们家乡大展宏图。我敢断言,你要是在家把生意做好了,肯定比待在外面给人家打工强。

柳西周每每见了柳西兵,都是这般说。心诚则灵,后来竟真把柳西兵说得动了心。柳西兵先坚定了回家乡创业的想法,然后又发愁地对柳西周说,我再有制作铝合金门窗的技术,再有资金,可没有个好场地,你让我怎么经营?

柳西周也不含糊,他一拍胸脯,对柳西兵说,只要你决心留在家乡创业,场地问题包在我身上好了。你有困难,我帮你克服困难,想尽一切办法也给你把这个问题解决了。

柳西兵见他如此大包大揽,把话说得这般硬气,便没有了后顾之忧,坚定了留在家乡创业的打算。他已经多次进行市场考察,心中也已经有了底,再加上有柳西周这样热情、诚恳的村干部做他的坚强后盾,他唯一要做的就是尽快把他的生意给做起来!

后来,柳西周出面,给他在茶棚街上租下了一大间门面房,柳西兵的生意很快就顺利地经营了起来。由于柳西兵手艺精湛,又善于经营,周边好多村庄的村民都前来他这里定做铝合金门窗。加上那些年乡下建楼房的村民如雨后春笋般增多,柳西兵的生意也空前红火。后来,一间房子容不下了,他想扩大店面,可集上又租不到空闲的房子,他只好前往柳西周家,去求助柳西周。

那天正赶上柳西周孩子生病,他跟妻子刘凤英忙着给孩子灌药。柳西周见柳西兵匆匆忙忙上门找他,跟他说租门面的事,把药碗朝刘凤英手里一递,挺身站起,领着柳西兵就走出了家门。

柳西周领着柳西兵来到茶棚集上,两人脚不点地,就挨门挨户去问有没有愿把门面往外出租的。东西街跑了个来回,仍然没有。他打算领着柳西兵再到南北街上接着去问。

柳西兵却退了念头,他不想到南北街上去。因为南北街是茶棚村新开发的一条大街,本来茶棚街就不大,南北大街已经开了有两年了,却一直开不起来,生意冷冷清清的。柳西兵认为,到不热闹的地方去做生意,哪里能行呢?

可柳西周跟他的观点完全不一样,他对柳西兵说,做门窗我赶不上你,可在市场分析和判断上,你肯定赶不上我。说到这里,他便朝柳西兵走了两步,接着说道,卖日用百货,位置不在街上热闹的地方不行。你做的是铝合金门窗,而且已经在茶棚做出了名。只要你产品做得质量过硬,能让用户满意,就算搬到了南北街上,人家用户照样主动赶来找你。南北街,现在你看有些空旷,可我敢说,不久的将来,随着生活日新月异地向前发展,这条街肯定会热闹起来。请相信我所说的话,随着农村的迅猛发展,南北街一定能日渐繁华起来!

柳西兵让柳西周这般有前瞻性的话一劝说,算是给劝醒了。他说,用发展的眼光看,你说的话是这个道理。这样的话,我就把我的铝合金门面从东西老街,搬到南北街上来吧。

柳西兵跟着就把他的门面打东西街上搬迁到了南北街上,场地扩大了。虽说南北街上有些冷清,可对柳西兵的生意并没有造成多大的影响。他还是像原来一样,尽心尽力地去做铝合金门窗,甩开了劲儿干,生意不仅没有冷清,反而还要比过去好出许多。后来,南北街上做各种各样生意的人逐渐增多,街上的生意也开始变得好了起来,柳西兵的铝合金门窗生意也越做越火爆。

柳西周是个审时度势、预判能力超强的人。多年的生活使他积累了丰富的经验,他也总结出了这样一条规律:好多生意会随着生活的发展和变化,从高潮跌入低谷。柳西周一直把柳西兵的铝合金门窗生意放在心上,他预测乡下建楼房达到饱和量之后,盖新房的村民就会跟着减少下来。相应地,铝合金门窗的需求量也会下降,生意自然也会做不下去的。他向柳西兵及早给出了自己的判断和提醒,让柳西兵未雨绸缪,提前就做好改行和转产的思想准备。当门窗生意开始走下坡路时,柳西兵就赶紧去跟柳西周说,西周哥,你是让我最信服的人!我知道你可比一般人有眼光,我现在还需要你来给我把把脉。你说我接下来该朝哪个行业转移,才有发展前途。

柳西周目不转睛地看着柳西兵,很有把握地说,你看现如今从上至下环境保护越抓越紧,越管越严,生态保护至关重要。我们这里每年都有大量的庄稼要收获,遗弃在田野上的秸秆政府已坚决不准就地焚烧,急需进行就地加工转化。你要是能把秸秆变废为宝,做成一种实用产品,且价廉物美,前景肯定一片光明。他这么说着,顺手拿出一张报纸,向柳西兵推荐说,你用秸秆做轻质隔墙板吧。我个人认为这个就地取材挺适合你,这是个很不错的好项目啊。

柳西兵通过市场调查和分析,也认为柳西周说的这个项目既因地制宜,又切实可行。他在柳西周的多次鼓励下,最终拿定主意,下定决心改行做这种隔墙板产品。

这样,柳西兵就到山东天意公司进行技术上的学习。

柳西周在家里马不停蹄地给柳西兵跑场地,给他在生产上做好后勤工作。他也知道,要在落后又贫困的地方成功上马一个项目是相当难的,有好多事情实际运作起来是十分棘手的。因此,他便亲自出马,专门到镇里帮他申请了办厂报告。柳西周为了办厂场地的事一趟趟地跑,直至获得镇政府的正式批准,允许利用当地的荒闲场地办厂房。解决了场地问题之后,柳西周才算长出了一口气。

柳西兵的轻质隔墙板新型加工厂,在柳西周的大力帮助和运作下,正式投入了生产。产品出厂后,果然很受市场的欢迎,当年就基本收回了投资成本。到了第二年,生产营业额高达十七万元,利润近十万元,同时还解决了四个贫困户的劳动就业问题。

五十五

　　柳西周在村路上急匆匆地走着,他很快就来到了柳西兵家。他见了柳西兵,连坐也不坐,茶水也没有喝,只用毛巾擦着满脸的汗,跟着便直接问他,快说,你找我要帮你办啥事?

　　柳西兵见柳西周比他还急,就雄心勃勃地对他说,我想把小厂向大里发展,把生产扩大,可资金缺口还有二十万。我想让你帮我上银行再去贷下一笔款项。

　　柳西周跟着问,你打算从镇上的哪家银行贷这笔钱?我这就同你前去。

　　柳西兵对他说,镇上的农村合作银行,我们去年贷的款还没有还完,再贷肯定不行。邮政银行和农业银行,我都亲自去问过了,二十万的数额他们都不给我办理。

　　柳西周紧着问,那你打算打哪里贷呢?

　　柳西兵微笑着告诉他说,我跑到泉阳的中银富登银行跟他们银行主任提了我这笔款项用途的事。这位主任是个挺热情、挺有远见的人,他表示可以给我贷这笔款,但有一个要求,就是让我们茶棚村的主要干部给我出面,做个担保人。

　　柳西周马上就说,那咱抓紧时间,我现在就跟你一道赶去啊!这么说过,他又补充一句,泉阳中银富登银行的主任我认识的,算是个熟人。

　　像柳西周这样的村干部,哪里只给柳西兵一个村民办事呢?他去泉阳中银富登银行帮着柳西兵贷好款返回来,途经镇上时,他又顺便去给两个村民申请办理低保和危房改造审批。当他打镇里返回家时,已经是晚上九点多了!

柳西周在家中用中老年奶粉冲了碗奶，强迫自己喝过，就用手臂顺便擦了下嘴。还没休息一会儿，他就又锁门走了出来，向着村里的柳志强家急奔而去。

可以说柳志强与柳西周这两个男人，快有十年没见面了。这一见面，两人亲热地互相紧握双手，好久都没有松开。柳志强心情激动地说，我啥时候都牢记着当年你送我走时跟我说的话：将来要是在外面闯好了，你最好还是回家发展，回来创业，当个家乡发展的引领者！我在外边近十年，一天也没有忘记家乡，家乡是生我养我的根，家乡一直让我魂牵梦萦。经过近十年的打工生活后，我终于返回了家乡。

柳西周高兴地说，我早看你是个有志向、有追求的人，是个跌倒能再爬起、永远不服输的人！尽管你这近十年一直在外地，但我们一直保持着电话联系。我知道你在外边打拼很不容易，可你不但还清了所有的欠债，还挣下了一百多万元，你打工还是有不小的收获的！

柳志强真挚地告诉柳西周说，我这近十年能一直坚持下来，还有如今取得的这个成绩，都是因为你不断地鼓励。正像你所说的：人活着要争一口气！尽管我走出去不搞养殖了，可我跟着人家搞起了种植，我不但积累了种植经验，也知晓了一些经营的门道，我也没有离开过农业。

柳西周跟着把话转入正题，继续说道，那你现在资金有了，技术有了，经营的门路也有了，既然你打算回来创业，要做家乡致富路上的带头人，那你有什么具体打算呢？

柳志强开始说他的计划，我这趟回来，决心在家乡发展。我想让你帮我租五百亩土地，让我放开手、上规模地进行作物种植。

柳西周继续问，那你说，打算具体种植什么？

柳志强回答道，草决明。

柳西周听到草决明时，他不仅不陌生，而且对这个植物非常熟悉。因为村民种粮食一直卖不上好价钱，他千方百计找出路时在茶棚村也引种过草决明。刚开始，村民只是在沟边、路角、荒地里种植，当大家发现草决明在荒地上生长旺盛，适应能力很强，而且亩产可达五百斤，价格也能卖到一元一斤,远比种玉米的收入高时,柳西周便带头把草决明放到大田里种植。

可大面积种植草决明有个难题,就是草决明落到地里的种子,会影响下茬庄稼从地里生长出来,而且草决明不是集中出苗,都是陆陆续续出土,中间间隔时间太长。草决明锄过一遍,只要遇场雨,就又长了遍地。如此这般生生不息,田间管理的难度也就大了。因此,村民就放弃进行大面积种植了。

之后两年,大家开始用药物除草,特别是阔叶除草剂,消灭草决明的效果相当好,只在田间喷打一遍,就可把草决明苗一扫而光。柳西周找到了抑制草决明的有效办法,接着又号召村民进行大面积种植。可草决明种植多了,价格也就卖不上去了,这给草决明发展造成了不利的影响。因此,草决明一直也没能大规模地种植起来。

柳西周听柳玉强说要在当地种植几百亩地的草决明,这气魄真是不小。他不担心产量,担心销路问题。他不由得问,你收了草决明,能高价出售吗?

柳志强便告诉柳西周说,这个你不用担心,我种植草决明,又不在我们当地销售。我要把收获的草决明直接拉到外地去卖。我那五百亩地都是订单种植。我当然有这个本事把它的价格卖上去。你想啊,不赚钱的买卖我还冒啥险?

柳西周见他有胆识,又信心十足,特别是他近十年来一直在外地跟着人家种植,靠着草决明挣到钱,他心里当然有把握。柳西周说,五百亩土地不成问题,我把咱柳大营南地那五百亩土地,都动员转租给你。只是,那五百亩原本都属低产田。

柳志强便说,我打小就生长在咱这大平原上,我种植草决明只种秋季下茬,上茬我还要种一季小麦。低产田我不怕,只要你能让村民签一份五年以上的合同,我就敢进行投资,把这低产田给它改造成高产田。

柳西周接话说,五年以上不成问题,你说说打算一亩地给多少租金。

柳志强微笑着说,我是本土的家乡人,当然不会亏待乡亲们,就算是低产田,我也给他们五百元一亩,你看行不行?

柳西周便说,你不亏村民,我也不让村民亏你。我从来做事公道,低产田就按照低产田的价格转租。你每亩出四百元，我给你把这事说成。我也希望你能尽快在我们茶棚村做大做强，给我们茶棚村在致富路上带个好头，成为回乡创业的好模范。

柳志强不由得动容地说，我心里最崇拜的就是你！凭你的聪明才智，还有你的能力，再加上你的实干精神，我敢说，你要是走出去肯定比我干得强。可你从不动外出的念头，心里一直装着我们茶棚村的众多村民，你为他们做了大量的工作，你为家乡的发展付出了很多很多，你很了不起！你就是我生活中的一位引领者。有你对我的大力支持和帮助，我一定要在家乡大干一番，给咱们茶棚村做个示范。

柳西周提高了音调说，好！然后，他又告诉柳志强说，在咱们村，不要怕困难，不要怕麻烦。就拿你转租这五百亩土地的事来说，我要召集村民给他们开会，要做大家的思想动员工作。碰到想不通的人家，我还要一趟趟地跑，一家一家去跟他们签合同，这个工作量有多大可想而知。可只要是有利于茶棚村发展的事，对我们茶棚村有示范意义的事，我都乐意干，我不怕辛劳。我这样一刻不停地忙碌着、奔波着，我的心里才甜，才觉得快乐。

柳志强打柳西周这番话语中，也明白了他人生的意义和价值。柳志强不由得说，我说句心底话，你向来都是一位让我肃然起敬的人。我知道，你有一颗火热的为民之心，还有一颗强烈的让人民富起来的心。

五十六

  那天晚上,柳西周直到十一点才从柳志强家离开。他在往回走的路上感觉两腿还很有力气,可当他走到家,打开门往屋里走时,忽然感觉十分疲惫,两腿好像灌了铅般沉重。特别是当他看见自家的床时,顿时觉得自己的身体像散了架一样,几乎整个人都瘫了下去。他是半歪着身子仰躺在床上的,他的两条腿还在床边耷拉着。他感觉自己连爬起来的力气都没有了,连身上的衣裳都没脱,顺手拉起被子胡乱地搭在身上,迷迷糊糊中沉沉地睡去了!

  睡到后半夜两点左右,他的病忽然又发作了,胸前剧烈的疼痛把他疼醒了,黑暗中他感到身上黏糊糊的,整个身体都湿淋淋的,虚汗已经把他的内衣都浸透了。人像面条一样绵软无力,大脑好像什么都不会思考了,仿佛成了一个将死之人。挣扎了半天,他总算坐了起来,可还没等坐稳,又一阵剧疼向他袭来,尤其是胸前和喉咙。不仅是疼痛,全身感觉到憋和堵,让他透不过气来,特别难受。

  这疼痛让他无法忍受,他在床上直打滚,浑身抽搐,冷汗珠子打额头滚落了下来。他紧咬着牙关,心想,我这到底怎么了?是不是真的命尽了?可这种境况下,三间空屋子里只有柳西周一个人。迫不得已,他只能给柳云峰打去了求助电话,云峰啊,你快点过来啊……

  柳云峰让夜半的铃声给惊醒了,黑暗中他摸到手机,电话中传来柳西周那有气无力的声音。他感觉到柳西周的异样,心里不禁打了个冷战,赶忙翻身穿好衣裳,趿拉着鞋子就向他家奔去……

  柳云峰一口气赶到柳西周家,柳西周强撑着下床,打开门让他进来。柳云峰见柳西周连坐都不能坐,只能躺在床上,阵阵疼痛使他身子向下弓着,整个人痛苦得不得了。柳云峰用手在他背上轻捶,可这也无济于事,根本起不到缓解作用。他只好换了种方式,把瘦削的柳西周搂到了自己怀里,用自己的大巴掌在他胸口、肚腹又是摁又是揉。这样折腾了半天,柳西周的疼痛才渐渐有所缓解。

柳西周苦着脸,问柳云峰,你说我这到底是怎么啦?我只要一忙起来就没事,但只要闲下来,疼痛就作怪、折磨人,好像有一万根钢针扎在心上,让我无法忍受,就连喉咙管里也出不来气,好像要死了似的。

柳云峰用纸巾给他轻轻地擦着汗,他心疼柳西周,但也不知该怎样安慰柳西周。他只好强忍着眼泪,对柳西周说,这就好比在半空中放了一块木板,本来只能承受一百斤的重量,你偏要放五百斤,甚至一千斤,这木板能不从中压断?你仗着自己身体强健、壮实,不知疲倦、没日没夜地操劳。这些天,你吃不下饭了,却还这样不停歇地忙,到处奔波。让你去医院,你又老不放在心上,不当回事。好不容易赶去了,医生都说你身体虚弱,要给你输液,你又不肯配合医生。就算你身体真没毛病,总这样强撑着拼命工作,也会把你累倒的。

这一刻,柳西周竟然像个顽皮的孩子一样,嘿嘿地笑了。他吐了下舌头,无奈地说,能有啥好办法呢?谁让咱当这个村干部呢?你又不是没看见,整天都有好多人找,你这事他那事的,都急等着要办。我不抓紧着给他们办哪能行呢?就这样不分昼夜、马不停蹄地给大家忙着还办不完呢。我也想上医院去看看,可老是脱不开身,不得闲啊。

柳云峰便劝解地说,你工作重要,可身体更重要,啥事也没有你的生命重要。你看你身体都虚弱到这个地步了,依我说,你再不能犟了。多一天也不能朝后拖了,等天亮了,天大的事情咱也不干,我先拉你上医院。这回,你一定要在医院住下来,应该好好治疗。

这个时候的柳西周,竟然像个听话的小孩般,他依顺地答应了一声,好!然后又说,快点把折磨我的病魔赶跑,让我的胸口不疼,出气顺畅,能吃能喝,浑身都是劲,让我能好好地给村里工作,给村民办事。村里离不开我,村民更需要我……

柳云峰不乐意地说,咋劝你半天也劝不进你心里去呢?你不要张口闭口就是工作,就是村民。现在你要把心思放在自己的身体上。

柳西周可能是太过疲劳了,身体极度虚弱的他,跟柳云峰说着话,不知不觉竟在柳云峰的怀中睡着了。

为了不惊醒柳西周,柳云峰将他轻轻地放到了床上,轻轻地把被子盖在了他的身上,然后,就坐在他身边守着他。他在心里说,你睡吧,睡吧,你应该好好地睡一觉,好好休息一下啦。

柳西周是个操心惯了的人,他根本就睡不沉,才打了个盹,就又醒了过来,睁眼看了一下,又迷糊地睡了过去。

柳云峰便在心里说,西周啊,撑到天亮。天一亮,我拉着你去医院。

没容他们等到天明,柳西周胸口的疼痛再一次发作。只见他的两手乱抓,身子剧烈地抖动着,柳云峰抱都抱不住。他实在是没啥好办法了,急切之中,他给柳兆广打电话。

没过多会儿,柳兆广就赶了过来。柳云峰便让他看护柳西周,自己则赶去柳西红家借面包车。

当柳云峰和柳兆广把柳西周打床上搀扶到车上,三个人上路时,天已经放亮了。

三人到达医院,柳西周下了车。上楼时,柳云峰走上前搀扶,柳西周不让。他转过脸对他说,没事,我自己能走。

柳西周进到内科看病,这也是他出生五十一年来,第一次进医院做正规的仪器检查——他这次做的是胃镜。

约莫过了半小时之后,结果出来了,医生初步诊断为食管癌。进一步做病理确诊需要三天,鉴于柳西周当时的身体状况太差,主治医生再次提出要住院调理,再做进一步的检查。

柳西周当时问了句,食管癌?这让他难以相信。他认为自己的身体向来不错,平日连个小毛病都很少。他今年也不过五十一岁,正年富力强,主治医生说他是什么癌症。他这个硬汉子,打心里不信。

可陪他一道前来的柳云峰和柳兆广两个人很相信医生的话。柳云峰就对柳西周说，谁都不想你有这样的病，可你这是胃镜给检查出来的，医生不会胡说的。

柳兆广也跟着说，医生就是干这个的，不可能说无影的事。

柳西周心里却充满了疑惑，那脸上的表情更是不以为然。在他看来，医生就是瞎说，他根本就想不通，自己年龄又不算很大，正是身强力壮的大好时候，怎么会得上这么严重的病？

也正是这天上午，柳西周先后接了六个电话，有镇里打来的，有村里打来的，更多的是村民打给他的。有工作上的事，还有村民找他要办的事，柳西周心里很是着急。他还没在医院正式住下来，就已经不打算住院了。他在医院咋也待不住了，就对他俩说，你俩看见没？我才离开一步就这么多人找！我是不能离开的，不回去绝对不行。他这么说过，便临时改变想法，立即作出了决定，说道，我不住什么院，咱抓紧时间回去。

柳云峰和柳兆广均不赞同，尤其是柳云峰，坚持自己的观点说，啥事能有看病要紧？医生要是没有查出你有病，你说回去咱立刻就回去。现在医生已经检查出你病得这么重，你可以向镇、村请假，还是先在医院住下吧，等把你这病看好了再说。

柳西周一句也听不进去，他不接受柳云峰这样的建议，只管转身朝外走，边走边说，那不行，家里有事，就得先去办事。人家急等着我办事，要因为我不在给耽误了，人家心里该急成啥样？今天的事情给拖到明天，那不像话。我当了这么多年的村干部，从来没让那么多人等过我，这样的先例我咋也不能开。我身体不碍事的，等回去办完事脱开身了，咱再来医院。

他俩见柳西周不听劝，又拗不过他，只得无奈地跟着他又一块儿回去。

柳西周当天上午赶到家，就趁响午那一顿饭的工夫，他给村民办好了两件该办的事。下午就去村里，他见到值班的孙敏，就问她都有哪些村民来过，有谁朝村里打过电话，具体都是什么事情。

孙敏看见他，就急忙站起来，没回答他所问的这些问题，先关心地问他去医院检查的事。孙敏说，西周大哥，你回来啦，看你脸色这么不好，医生咋说？

柳西周轻描淡写地说道，我没事，因为平时吃饭饮食没规律，就是一般的胃疼。说过，他又催促孙敏说，我问你的事情，你还没回答我呢。

孙敏就说，你不在的时候，有些该办的事老支书都处理了，只有镇动物防疫站刚打来个电话，说是下午两点镇里要召开动物防疫工作推进会，要求村里去个主要负责人员参加。

柳西周便说，动物防疫也是重要工作，这个会议我要前去参加呀。

他这么说过，顺便抬头看了一眼墙上的挂钟，才不到下午一点，他就把手机拿出来，给村里那些上年纪和行动不便的老人打电话，告诉他们自己下午有事要去镇上，顺便询问他们都有些什么需要他办的事情。他边打边用笔记着，陶大娘要去邮电所领一笔钱，于秀真老人要买一支金霉素眼膏，柳西安大哥要买一盒万通筋骨贴……

还有两户打通了电话，但暂时没人接。柳西周跟孙敏打了声招呼，便骑着他的电瓶车前往这两户家中上门询问。

每当柳西周去镇里开会，都给这些行动不便的老人顺路跑跑腿，这已经成了他雷打不动的习惯了。在柳西周心中，村里的每一件小事都是大事，他把这些小事办好，给他们生活上提供方便，从小事上就能体现出村干部给他们带来的温暖。他跟他的村民之间始终有着千丝万缕的情感连线。

孙敏看到柳西周身上有很多闪光的东西、可贵的东西，这些都值得她好好学习。她觉得，柳西周是他们村里一位难得的好干部，也是值得她敬重的人。

下午散会后，回家的路上镇防疫员于勇刚正好与柳西周同行。他见柳西周电瓶车骑得比往日要慢不少，又见他气色也不对，就关心地问他，我看你这段时间咋这么消瘦，你是不是身体哪儿不舒服？

柳西周就只好对他说，我有好些天不能吃饭了，身体条件有些差。我胃里出了毛病，只要发作起来，就让人受不了。你是咱防疫站的防疫员，我想咨询你一下，食管癌是啥情况？

于勇刚有些惊讶地问，你患了食管癌？

柳西周只得承认说,我信得过你才跟你说,请你为我保密。上午我去医院已经做过胃镜检查了,查出大致是这病。

于勇刚不由得直皱眉头,他对柳西周说,既然你上午就查出有这么严重的病,怎么不留在医院医治,还赶回来干啥?

柳西周无奈地说,身不由己呀!医生跟你说的一样,要求我住院,可我心里不愿意住。你知道的,我只要去住院,人就要给拴住了。可我们茶棚是个大村,千头万绪的,每日都有好多事要处理,工作量相当大,整个重担都压在我身上,我没法离开呀。再者说,我也想趁现在还能动,多为村里做些工作,哪怕是累死,我也心甘情愿啊。

于勇刚被柳西周这番话给感动了,他说道,西周哥,像你这样实在、厚道,又胸襟开阔、思想品格高的村干部,我见得真不多。换了其他人,上午查出这么严重的病,下午肯定在家休息,咋也不会还来开这个会。

柳西周笑着说,我这也不过是给你们捧个场,要是我人真没了,想参加也参加不上啦。

接下来,两人就转入了正题。于勇刚跟柳西周探讨了一些有关食管癌方面的知识,以及这个病应该怎样治疗,于勇刚也说了一些自己所了解的知识。

到了一个丁字路口两人不得不分手时,于勇刚又特别叮嘱柳西周说,你要是确诊了,切莫掉以轻心,千万要高度重视,这样的病一定不能拖,你要抓紧时间去治疗才行。

柳西周只好答应他说,你说的话,我都记下了。

五十七

柳云峰知道柳西周一定不会把病情告诉刘凤英。他认为,过两天还要陪柳西周上医院去拿确诊结果,到那时,柳西周就必须住院治疗,少不了需要家属前去照顾。于是,他就给在阜阳打工的刘凤英打了电话,告诉她柳西周在医院检查的真实结果,要她正式辞工,赶紧返回家来。

柳西周自打看病回来,一天也没有休息,一直都在参加工作,或给村民紧着办这事那事。他一生都是这样活着的,只有一直这样忙着累着,他才过得充实、享受、快乐。至于他的病,早给他丢到一边去了。在别人面前,他的精神状态完全像一个正常的人。

事实上,自打他做过胃镜检查之后,他的心里更感觉难受了,几乎连一口饭也吃不下去了,吃一口,吐一口。实在没办法,他只好去买奶粉冲着喝,但就是奶,他也只能少量地慢慢地喝。

他回来的那天,去镇里参加了动物防疫的会议,第二天上午,他又赶去镇里召开一个扶贫攻坚的工作会议。路上,跟他同去的张兴成见他脸色发灰发暗,连走路都摇摇晃晃,不由得惊诧地说,你人都这样了,还硬撑着,这怎能还说你没有病?

柳西周强作笑脸,仍不肯承认地说,你说我病了,可我上医院检查,医生都没查出我有啥病。我不就是不能吃饭嘛,你不用担心,我不要紧,没事。

上午,他一直坚持着把整个会议开完,但他连着几天都没吃饭,只喝了少量的奶粉,虽然他人还在那里端坐着,可他心里已经直打战了。散会后他强撑着站起,忽然感觉一阵头晕目眩,整个上身直向地下倒去。要不是老支书和另一个村干部都在他身边扶住了他,他真有可能一头栽倒在地。

汪书记和马镇长都大吃一惊,连忙赶过来询问他,你是不是生病了?

柳西周仍然执意遮掩,告诉他们说,我这不是生病,是工作太忙,没休息好疲累的!

柳西周硬说不要紧,可当他打会议室往外走时,他感觉两腿沉得像灌了铅,他只好咬紧牙关,稳住身体,直到走出大家的视线。这段路让他感觉十分漫长,他用意志力走完,出了一身汗。柳西周就是这样,他在别人眼中,总是表现出作为村干部、共产党员的挺拔和坚强。

可老支书张兴成一直紧跟在他的身后,他看柳西周步履蹒跚,走得十分吃力艰难。

老支书见他这个模样,非常心疼,逼着他一定去镇医院输营养液。张兴成说,你这样老吃不下去饭,只能让医生给你吊瓶水!

就在这天下午,刘凤英匆匆地打阜阳返回家来了。隔了十几天,她看丈夫柳西周的脸色却越发灰暗了,人也消瘦得几乎没了人的模样,她顿时难过得泪水扑簌簌地朝下掉。她哽咽着说,上趟回来我看你能吃下两碗面条子,你也告诉我说你没啥事,还让我只管放心走人!看来,你是骗了我,你苦了自己,也害苦了我和孩子们,要是你有个三长两短,你让我们往后该怎么活?

柳西周让妻子这般伤心的一哭,他的心里也跟着很不好受。不过,在妻子面前,他仍然强装坚强。他忙走上前,把妻子揽到怀中,轻声宽慰她说,没啥大事,我不就是不能吃饭嘛,人才越来越瘦的啊。你让我去医院,我也按照你的意思前去看了,医生也说我没啥事。回头,我再去趟医院,经过医生的一番调理,我的小毛病不就转好啦!你说你这泪水汪汪的,可值得哭?又哭个啥呢?

刘凤英让柳西周这么一劝说,忍不住越发放声大哭起来。她说,你都病到这种地步了,你以为我还被蒙在鼓里,啥都不知道?我知道你患的是很严重的病,已经到这个地步了,你为啥还要瞒哄人,不让我知道你的病情?

柳西周想,只有村里的柳云峰和柳兆广知道真实情况,不是柳云峰,就是柳兆广,一定是他们背着自己透露给刘凤英的。他意识到自己已经隐瞒不住了,干脆就向妻子和盘托出。他说,我在太和中医院只是做了胃镜检查,初步怀疑是食管癌,还没最终确诊,也或许不是呢。你哭个啥哭?他这样温和又亲热地劝说着,把刘凤英的泪水擦净了,接着说,你怎么不把我这病朝好处去想,偏朝坏处想呢?等结果出来了,要真没这没那的,你提到嗓子眼的一颗心不就落地啦?

刘凤英这才止住哭声,用手臂擦着脸上的泪,又问道,那你啥时还去太和中医院?

柳西周说,医生给我三天时间,我明天再去。

刘凤英便说,你说明天,那你明天一定要去,多一天也不能给我耽搁,再不能用假话哄人。

柳西周搂过妻子,亲热地接着说道,这是啥事,哪能呢?说明天去,明天我一定前去,你尽管放心。

刘凤英便依顺地说了一声,好。

新的一天,柳西周早早地就起了床,他刷了牙、洗了脸,告诉刘凤英说,我要去村里安排一下,跟老支书打声招呼,然后回来就赶去医院啊。

刘凤英站在院子里,用梳子梳着头,对他说,该去你只管去,谁又没拦你,快去快回,别耽误去医院。

柳西周得到妻子的回复后,便拔腿去了村里。柳西周在新一天的早晨按时赶来,在村里的签到簿上吃力地写下了自己的名字。由于身体太过虚弱,他在转身时,险些要晕倒了。

老支书张兴成迟一步赶到,他有些诧异地问道,你今天不是要去医院看结果吗?今天你又不上班,还来签到干啥?

柳西周微笑地告诉老支书,我去医院只用一上午的时间,下午赶回来,我还要上班啊。

老支书关切地对他说,西周啊,我都记不清已经跟你说过多少遍了,你要当心自己的身体,啥也没有你的健康重要。我还能再干几年?今后我们茶棚村还要靠你挑下这个重担啊。你要把我的话记到心里去,我要你把自己的病看好,这才是最要紧的事。

刘凤英见丈夫柳西周去了村里迟迟没有返回，她知道柳西周是啥样的人，生怕柳西周走出家门就由不得她了，又用假话哄骗她。她不放心起来，站在门口不停地朝村路上张望，却始终没有看见柳西周的身影。这时候，柳云峰和柳兆广开着柳西红的面包车赶到了他们家，看见刘凤英站在门口，边下车边大声问她，你在家，西周哥人呢？

刘凤英仍向村路上张望着，回答道，还用问吗？他不在村部还能在哪儿？她扭过头又告诉二人说，他都去了有一会儿啦，到现在还没有回。

柳云峰在面包车前来回走着，着急地说，他不回，我干脆去村部把他找回来，要抓紧时间呀。

刘凤英忙说，他这个人，怕你赶去也不一定能叫回，还是让我去吧，我去看看到底是咋回事。

柳西周刚跟老支书说完话，正打算转身返回，这当口，只见刘凤英脚步匆忙地打家里赶来了。她看见了柳西周，泪水忍不住流了下来。她啜泣着对老支书说，天底下找不到他这样的人，他的魂丢在了村里，只有村里的工作装在他心里，别的啥事也不装。本来说好的今天早点赶去医院，他赶来村部就长在了这里，一去就无影无踪。柳云峰和柳兆广已经在家里等他了。她这样说着，伸手就抓住了老支书的胳膊说，你看他脸色都啥样啦，还念念不忘他的工作，不要说顾我和孩子，连自己的命他都不要了。

张兴成拨打了柳云峰的电话，让他把面包车直接开到村里来，他搀扶柳西周，把他送到了车上。

五十八

　　当天下午,柳西周从医院看病回来后,他写了一个请假条,托人带给镇领导。请假条上这样写道,我在医院检查身体时,医生建议我去合肥再次检查,需要一段时间休养,请领导谅解,予以批准。

　　在这种情况下,家里一番商量,不得不告诉当兵后又去宁夏上大学的儿子柳兆文,让他尽快返回,陪同父亲前往合肥看病。

　　因为现在柳西周身体虚弱,合肥又远,大家担心他在路途上身体吃不消,只好先在家里输一些营养液进行调理。同时,得等他儿子柳兆文回来。

　　两天之后,柳兆文风尘仆仆地回来。隔天早晨,仍由柳云峰开车,柳兆文和另外三个近门的村民陪伴着柳西周,前往合肥。柳西周经过连续两天的调养,身体有了一些好转。上车之后,柳兆文要搂抱着柳西周,却遭到了他的拒绝,他表现得很坚强。他对儿子说,我没事,用不着担心,我坐我的,你坐你的。他这么说着,用余光环顾一周,接着说道,几十年来,我一直在工作岗位上,从没走出来过。这次是个大好机会,我要在路上看看不一样的风景。

　　坐在靠窗户边的位置上,他时不时透过窗户向外看,边看边说,哪儿也没有我们这淮土平原好。天宽地阔,一眼望不到边,到处都是青绿,都是茁壮向上生长的麦子,微风吹过,绿浪起伏,多美。

　　柳兆文只好跟着说,我爸好有诗情画意,要是个画家,肯定能把这壮美的景色画成一幅好画。

　　柳西周接着又说,我要真有那么高的水平,我就不当村干部啦。他说过后,又向外眺望着道,我们这里土地肥沃,四季分明,气候宜人,各种各样的庄稼都能种,而且产量高,品质好。不管是小麦,还是玉米,亩产都能超千斤。要是栽红芋、生姜、马铃薯，产量更是能达到几千斤。正因为我们淮土平原好，所以打山东、山西那儿迁移到这里的人特别多。他用手指着窗外说，你们看，一个村庄连着一个村庄，看起来特稠密。

柳兆文有些担心父亲的身体，就阻止他说，你不知道你是生病的人吗？你还是要多休息，话说多了，别把你给累着了。

柳西周正说得兴致很高，让儿子这么一阻止，他心里很不高兴。他埋怨地说，你又不是不知道你爸是啥样的身体，过去该有多强壮。你这净说笑话，说个话都能累着人吗？接着，他又话中有话地对柳兆文说，你爸我这可不是随便说说，我这话就是说给你听的，你也有必要听一听。

柳兆广打圆场说，你爸心里想说，你咋不叫他说？柳兆文抬头看了下柳西周，又接着说，不过，你要感觉累了，就不要强撑着。

柳西周忽然提出从小岗村绕行一下，看一看。虽然多走了几十公里，柳云峰还是毫不犹豫地同意了。当车开到凤阳小岗时，柳西周再次有了说话的兴致。他问儿子兆文，你知道凤阳最出名的是什么吗？

柳兆文只好摇摇头说，不知道！

柳西周嘴角向上挑了一下，说道，还大学生呢，你的知识面太过狭窄了。我告诉你，凤阳的花鼓最有名啊！"说凤阳，道凤阳，凤阳本是个好地方！"他这么哼唱一句之后，又接着说，当然，凤阳最出名的还有小岗村。过去毛主席走的就是"农村包围城市"的道路。20世纪80年代，我们国家实行改革开放，最早就是从凤阳小岗村发起的。小岗村有十八位农民，他们写下了自己的名字，每人都在自己名字上边摁下了血手印，他们宁肯去坐牢，也一定要把集体的土地分到各家各户去进行耕种。他们是改革的带头人，也是十八位勇于尝试的英雄！

柳兆文说，小岗村后来还出了一个叫沈浩的村第一书记，他为了小岗村的发展积劳成疾，最后献出了自己宝贵的生命。

柳西周便朝儿子柳兆文点下头，继续说道，做人就应该这样，有勇有胆。特别是干部，应该好好向沈浩学习，把自己的一切，包括自己的生命，都无私地奉献给自己的人民。说过，他目光殷切地看向儿子，又说道，我说的这些话,你能理解、能记在心里吗?

柳兆文抬起头,深情地看着自己的父亲说,你的每句话,我都在用心听,我都记下啦。

柳西周对儿子的这个回答感到十分满意,他接着说,要我说,我们中国的农民都是英雄。自打我们国家进行改革开放以来,不论是大江两岸,还是沿海地区,哪里没有农民工的身影?哪里不留下农民工的足迹?无论是城里的高楼,还是我们车轮下每一条宽广的公路,不都是农民工用双手建出来的?又有哪座城市,不是农民工参与建设的?还有城里的民营工厂,也需要农民工进去生产、劳动,给支撑起来。可以说城里的重活、脏活、累活,主要还是依靠农民工。谁有我们农民工勤劳?谁有我们农民工吃苦、能干?毫不夸张地说,几亿农民工就是一个拥有巨大能量的生力大军,我们国家能发生这么大的变化,农民工付出了多少智慧和辛劳,流淌下多少汗水!

柳西周越说越激动,挺身打座位上站了起来,用手在空中有力地挥舞着。

柳兆文也受到了感染,站在父亲对面,情不自禁地说,真想不到,我爸不过是一个村干部,见解竟这么深刻,认识有这么高。

柳西周的目光一直注视着窗外,有些自豪地说,你不要当你参过军,现在又上了大学,就敢小看你老爸。你爸平常可也没少看书,不论是对生活,还是对工作,都有我独立的思考和独到的见解。

柳云峰这时回头插了一句说,你爸连国际上的事都摸得门儿清,都很关注呢。他跟我提起过中东的叙利亚,谈起过什么禁飞区,什么冲突降级区,说得头头是道,简直像个专家。

柳西周没有把话题往远处扯,他把话收回来,继续说道,身为一名农村干部,真正要吃透的还是农村,要弄明白自己落后的难点究竟在哪个地方,应该怎样突破。农业、农村、农民,排在第一位的就是农业,农业才是最为重要的。像我们淮土人,主要是以耕种为主。可我发现,我们不少农村干部对怎样种好地,怎样才能把农业生产搞上去,是个门外汉,也放不到重中之重上。要知道,一个不懂农业、抓不好农业生产的村干部,就是一个不称职、让村民不能信服的村干部。

柳西周所说的这一番话一下吸引了车里除柳云峰之外所有人的注意力，大家不约而同地把目光投到了柳西周身上。

一时之间，谁都完全忘了他是一位重病在身的人。

柳西周仍有力地打着手势，越说精神越振奋。他说，要想让乡村真正实现振兴，首先要跟上中央的思路。现在，中央把乡村振兴当成全面改变乡村贫穷、落后面貌的战略部署，今后中央的工作重点将逐步向农村转移。我们淮土平原发展的难点，一个是农业生产技术没切实、高效地去抓，再一个就是乡镇企业在我们当地几乎还是空白。只有让我们的农民工能更多地返乡创业，让农民工这支生力大军重新回到平原上，让食品加工企业在我们当地生根开花，我们的乡村才能获得巨大的变化，乡村振兴才能成为现实。他说完，便跟着问儿子，你来回答我，你老爸说得在不在理？

柳兆文夸赞地说，我爸高瞻远瞩，这话说到了点子上，说到了实质上，切合实际，太正确啦！将来我考试就写篇论述农业发展的学术论文。

柳西周又出了一身虚汗，他重新在座位上坐了下来，目光炯炯地说，我不是让你写论文，你要知道，我们家族已经做了三代村干部了。爸爸最大的心愿是想让你入党为公，把你爸爸的接力棒传下去。将来等到你大学毕业了，就回到我们茶棚村来，当名大学生村干部。爸爸希望你到艰苦的地方锻炼，有雄心壮志，能坚韧不拔，为振兴家乡，为建设茶棚，做出自己应有的贡献。这么说完，他两眼充满渴盼，热切地看着柳兆文。

直到此时此刻，柳兆文才明白过来，父亲这一路撑持着说这些话，并坚持绕行小岗村的良苦用心原来都在这里。他是在劝说他的儿子将来大学毕业后能回到家乡当一名大学生村干部。

这一刻，柳兆文伸出双手，紧紧地抓住爸爸的手，热血激荡又坚决有力地对爸爸说，怎样能把我们茶棚村建设好、发展好，这是一道需要下力气去破解的难题。我作为你的儿子，只有接好你的班，投身其中，迎难而上，把这当成神圣的使命，乐于奉献，勇于担当。我愿为家乡的父老乡亲做一只新的、年轻的领头雁！他向着柳西周抬起头，有力地说道，爸爸，我现在就答应你。

五十九

　　柳云峰开车带着柳西周一行，到达安徽省立医院进行检查治疗。然而，这一切都为时太晚了。经检查，柳西周被确诊为食管癌伴多脏器转移，脾脏和肺部转移尤甚。

　　由于久拖不治，柳西周已经错过了手术治疗的最佳时机。长期的消耗，让他的身体太过虚弱，也不具备做放疗和化疗的基本身体条件了。

　　主治医生说他吃饭有梗阻感至少应该有小半年了，如果初期赶来，那时癌细胞没扩散，手术应该能够成功。再通过放疗和化疗，至少还能多延长他几年的生命。可事到如今，我们也回天无力了。只能说遗憾，太遗憾了。

　　柳兆文泪流满面地抓住主治医生的手问，我爸本来身体挺壮实的，人不过才五十一岁，又不算大呀，他怎么竟会得这种病呢？

　　主治医生说，他长期吃饭没规律，饥一顿、饱一顿，加上他工作繁忙，压力又大，夜晚又经常熬夜，尤其是他长期把泡面当主食，这都是这种病的诱因。

　　因为省立医院实在无法治疗，家人只好无奈又悲伤地回家去了。临走之前，主治医生只给他开了一些止痛药，这也是医院唯一能做的了。

　　可以说每个人都有求生的本能和延续生命的强烈愿望。尽管柳西周知道他得的是绝症，可他赶来省立医院，也还是盼望着医院能给他提供好的治疗，能尽力延长他的生命，让他能为他的村民再勤勉地工作几年，再做更多的事。从他的家庭来说，女儿已经结婚成家，可他的儿子还正在上着大学，他还没有完成作为一个父亲应尽的责任和义务。于公于私，他也不想现在就离开他们。当他从主治医生口里得知，他这个病已经无药可救了，他还是受到了很大的打击，实在是不能接受。他不顾一切地搂抱住儿子，放声痛哭起来。他边哭边对儿子说，爸爸不是一个好爸爸，爸爸对不起你啊。

柳西周从合肥回来了，茶棚村的所有村民闻讯纷纷拥上他的家门，前来看望他们的当家人。看望那个把一颗心都给了他们，待他们再好不过的柳西周。一拨来了一拨回去，往来不断，特别是那些上了岁数的五保老人、低保老人、贫困户老人。只见他们一个接一个，手里拄着拐棍磕磕绊绊地上门来。他们流着泪，嘴里不停地念叨着，西周，你快点好起来吧，我们这些上了岁数的老人，都离不开你啊。

最难过的还数五保户于秀真、低保户柳西安和贫困户柳洪俊等好几个中老年人，就在柳西周病重的最后几天里，他们干脆就守在柳西周的病床边陪伴着他，久久不愿离去。

柳西周从合肥回来的前两天，头脑还清醒，自打他获知他这病已无法医治，他悲痛不已，跟儿子柳兆文搂在一起痛哭之后，他的心情就恢复了平静。因他之前在太和中医院做胃镜检查，查出是食管癌时，他就知道自己这次患上了绝症，他已经有了一定的心理准备。他见村民们纷纷前来看望，大家忍不住为他伤心落泪，他自己却已经是心如止水，把生命看得很平淡了。他面对着村民，依然表现出惯有的坚毅和坚强，他不悲伤，也不落泪。

他已经明确地知道自己已经来日无多了。他头一天回来，第二天就让儿子柳兆文用电瓶车带着他，把他亲手建成的茶棚美丽乡村最后再游览一遍。柳兆文先带他来到生他养他的柳大营，他打村民的门前经过，每家每户他都那么熟悉，熟悉得犹如他的手指。他看哪儿都感到可亲，亲如自己的父母。然后又去看了文化广场，他在一处健身器材跟前停留下来，伸手抚摸了一下健身器材，就好像抚摸他的孩子一般。跟着又去了新建的鱼塘，他看着清亮的水面，用手指着水中摇头摆尾的鱼儿说，它们在嬉戏，自由自在多好。他最后来到了茶棚街上，看着宽宽的街道，平整如镜面的水泥路，整整齐齐的两街门面，路两边崭新明亮的路灯，绿色美观的垃圾箱……他抬头问儿子，你过去没想到茶棚村能变得这么整洁，这么美吧？你看我们现如今的茶棚村，街景、设施，跟人家城里没两样。

柳兆文如实地告诉爸爸说，不只是没想到，我刚回来从咱茶棚街上路过，看到咱茶棚村跟过去比真是变化惊人，简直让我不敢相信。

柳西周便满足、畅意地笑了。他对自己的儿子说，我相信，你大学毕业回来当村干部的时候，拥有了更多知识的你肯定比爸爸更有追求、更有作为、更有气魄。你将会给我们茶棚村带来更为喜人的变化，带领我们茶棚村登上更高的台阶。

柳兆文信心满怀地说，我要像你那样，脚踏实地地去干，尽我最大的努力。

柳西周在他回来之后的第三天，病情便急剧恶化，他连喝茶水都变得非常困难。跟着，他便处在了昏沉之中。这种境况下，他口中偶尔还念叨着于秀真、柳西安这些老人的名字。他这是还对他们有深深的牵挂，还放心不下啊。

柳西周病重，老支书张兴成更是频繁赶来看望。还有一次，他陪着镇领导汪向阳、马小雯上门来看柳西周。他见原本有一米七几的大块头的柳西周，现在因为过度消瘦，蜷缩成了一团，躺在病床上。老支书顿时悲从心来，感到揪心般地难受，不由得老泪纵横地连声喊叫着，西周，西周……跟着，他身子痉挛着跌坐在了柳西周的病床边。

可以说这个当初提拔、重用，并把他推到村干部岗位上的引路人——老支书张兴成，跟柳西周完全是同一战壕里的战友。风风雨雨几十年，工作在一起，建立起多么深厚的感情啊。只有他深深知道柳西周对于正在火热建设、发展中的茶棚村来说该有多么重要。老支书痛惜、难过地说，都怪我越来越年迈，不中用啦！把茶棚村的主要工作都推给了你，让你挑的担子太重了。你一直没日没夜，不知疲倦地操劳，生病了都强撑着坚守，抽不出时间，也没有抓紧去看病，硬是把你给累倒下啦。西周，没有你，接下来我咋办啊？

自从柳西周这次重病返回来，刘凤英便寸步不离地守在他的病床前。村里众多村民纷纷走到家门前来看望他，尤其那些上了岁数的村民，不顾年迈体弱，一趟又一趟。在从处在昏迷中的丈夫对村民发出的深情呼喊来看，妻子刘凤英更深切理解了她的丈夫与村民之间那种无法割舍的情感，更深切地理解了丈夫的价值和他生命的意义。她的丈夫为了村民,无怨无悔献出了他的全部力量,包括他宝贵的生命!她的丈夫是一个值得她珍爱和敬重的平凡又伟大的男人。她两只手一直紧紧地抓着丈夫的两只手,泪水就像断线的珠子,一次又一次地从她脸上朝下流淌。她的两眼哭得又红又肿,她十分后悔地反复呢喃着一句话,我明知道你担子挑得那么重,真不应该离开你去阜阳打工,都是我害了你,要了你的命啊……

这天,顽强的意志力让柳西周从昏迷中苏醒了过来。这时的病魔已经变得非常猖獗,时刻无情地折磨着柳西周,把他折磨得痛苦不堪,让他发出痛苦的呻吟。处在奄奄一息中的他,舌头已经僵硬地打不过卷,说不出半句话来,只是紧紧抓着儿子柳兆文的手不松开。他的嘴吃力地张开来。柳兆文看着,便连声喊叫着问,爸啊,你是口渴了,要喝水吗?

泪眼汪汪的女儿柳惠媛赶忙端着半碗温热的白开水走过来,用个汤勺舀着,一勺一勺地递向柳西周的唇边,细心地灌喂,口中一声接一声悲切地喊着,爸啊。

柳西周一边喝,一边深情地看着女儿柳惠媛。他喝过几口之后,便轻轻地摇了下头。

柳惠媛明白爸爸是不喝了,她只好把碗端离。

柳西周专注地只看着儿子柳兆文,嘴又张开来。这回,他明显不是要喝水,而是要跟柳兆文说话。可他已经难把想说的话说出来了,只好用手紧紧抓着儿子的两只手,两眼一直盯着儿子。

柳兆文终于从父亲的目光中明白了他说不出来的话。他是在跟儿子说,我们家几代人都是村干部,你一定要牢记我的要求,将来大学毕业了就回到我们茶棚村接我的班,继续当我们茶棚村的村干部。你可是答应过我的,你可一定要按着爸爸的心愿做啊。

正在这个时候,老支书张兴成又一次赶了过来,他站在了柳西周的病床边。

柳西周把目光移过来看了下老支书,又移向了柳兆文,然后又看向老支书,最后移到柳兆文脸上,不动了。

柳兆文重重地向爸爸点着头,他告诉爸爸说,你儿子是个有志向、有追求的人。当村干部为村民,我们茶棚村今后的发展需要我,我一定按你的心愿去做,接好我们家村干部这个接力棒!

柳西周看着儿子柳兆文向他重重地点了头,许下了承诺。他知道自己没完成的任务将来有他的儿子接着完成,他没办法照顾的村民将来也有他的儿子接替他来照顾,这下,他可以完全放心了,没有牵挂了。他紧紧抓着儿子的两只手,慢慢、慢慢地松开了……紧接着,他眼睛也完全闭上了。再也没有醒过来的他,面容上没留任何遗憾,带着微微的笑意。

柳兆文顿时悲痛欲绝,整个身子扑向父亲,大喊了一声,爸啊……

柳西周去世之后,他的身上没有一分钱积蓄。

他只活了五十一年。他十八岁当上村干部,同年加入光荣的中国共产党。勤勤恳恳,任劳任怨,一生都在奔忙,从不停歇,直至献出他整个生命。

那么,当了三十三年村干部的柳西周,又给自己的家里人留下了什么呢?

三间二十年前建起的旧平房,因雨天漏水,墙面已经变得有些斑驳。正好与他家平房形成鲜明对比的,是周围村民拔地而起的高大、气派的一幢幢楼房。对比之下,他家的平房显得是那样低矮、破旧。

室内有三张普通的木床,还有他过去跟妻子刘凤英结婚时,刘凤英陪嫁过来的老式大衣柜、老式木箱、方桌三样家具。他结婚后的这几十年,到如今一直仍在使用着,唯一由他亲手购买的家用电器,就是一台同样破旧的黑白电视机,孤零零地摆在那里。

这些就是柳西周留下的全部家当。

值得一提的是,他家也是党员之家的活动地,在他家正中间的墙壁上,端端正正地挂着:党小组之家,入党誓词,代桥镇党小组学习制度三块光闪闪的牌子。

这也算是柳西周生前给家里留下的特有的珍贵的遗产吧。

柳西周生前把他那些微薄的工资奖金,全都补贴给了村里那些有困难的村民。

柳西周,这位生在茶棚、长在茶棚,一辈子扎根底层的党的好干部,他把自己的一生全都无私地献给了他热爱的土地和建立了深厚感情的父老乡亲。他真正做到了严于律己,光明磊落,一生清贫如洗。

有人这样说过,我们农村的干部要是都能做到像柳西周这样,我们农村未来的发展就会大有希望。

此时此刻,淮土平原的这片蓝天上有一只头雁,它正领着一群大雁尽力地往前飞,一会儿排成"一"字形,一会儿排成"人"字形。当它们飞到茶棚村的上空时,茶棚村的田野上出现了一条金色的大道,一大群村民正沿着这条大道,迈着坚定有力的脚步,向着远方,大步向前!